快乐读中外文学故事

KUAILEDUZHONGWAIWENXUEGUSHI

条文学故事

煌开端——文学起风雷

范中华◎编著

湖南人民出版社

图书在版编目（CIP）数据

辉煌开端：文学起风雷：先秦文学故事 / 范中华编著 . —长沙：湖南人民
出版社，2013.1（2024.09 重印）

（快乐读中外文学故事）

ISBN 978-7-5438-8651-3

I.①辉… Ⅱ.①范… Ⅲ.①故事—作品集—中国—当代 Ⅳ.①I247.8

中国版本图书馆 CIP 数据核字（2012）第 186801 号

快乐读中外文学故事：辉煌开端——文学起风雷（先秦文学故事）

编 著 者　范中华
责任编辑　骆荣顺
装帧设计　君和设计

出版发行　湖南人民出版社［http://www.hnppp.com］
地　　址　长沙市营盘东路3号
邮　　编　410005
经　　销　湖南省新华书店

印　　刷　永清县晔盛亚胶印有限公司
版　　次　2013 年 1 月第 1 版
　　　　　2024 年 9 月第 4 次印刷
开　　本　710×1000 1/16
印　　张　15
字　　数　250千字
书　　号　ISBN 978-7-5438-8651-3
定　　价　25.00元

营销电话：0731-82683348　　（如发现印装质量问题请与出版社调换）

目 录

断竹黄歌：原始的劳动歌谣

duàn zhú huáng gē：yuán shǐ de láo dòng gē yáo

　　文学史上出现最早的文学样式是诗歌，最早出现的诗歌是原始劳动歌谣。《吴越春秋》曾记载的孝子之歌，就是在许多文学史著作里都称之为"黄歌断竹"或"断竹黄歌"的一首诗歌，"黄"指的是黄帝时期。它咏唱了从砍伐竹子、制作弹弓到发射土丸、追击野兽的整个狩猎劳动过程，这正是原始人类为寻求生存所进行的最基本的劳动实践。

　　正如语言产生于劳动实践，作为语言艺术的诗歌，也同样是从劳动实践中产生出来的。原始社会中，劳动是繁重的。原始人类为了生存，为了战胜自然，便要进行集体劳动。在集体劳动的过程中，伴随着劳动动作的节奏，人们往往自然而然地发出有节奏的呼声，这种情况即使现在的集体性劳动如拉纤、砸夯等中也还存在，这就是劳动呼声。在集体劳动中，这种呼声具有很强的实际作用。一方面，在生理上适应并调剂着劳动者的呼吸，可以减轻劳动时的疲劳，使劳动过程能够坚持长久；另一方面，在客观上可以统一彼此的动作，使人们在集体劳动中能够互相配合，从而提高劳动效率，增强劳动效果。这样看来，劳动呼声是在劳动中产生的，同时也是劳动的一部分，并在劳动中起着积极的作用。鲁迅先生在《且介亭杂文》中也曾形象地说：

　　　　我们祖先的原始人，原是连话也不会说的，为了共同劳作，必须发表意见，才渐渐地练出复杂的声音来。假如那时大家抬木头，都觉得吃力了，却想不到发表。其中一个叫道"杭育杭育"，那么这就是创作，大家也要佩服应用的，这就有了出版，倘若用什么记号留存下来，这就是文学。

　　这说明最早的文学创作，正是在集体劳动中根据劳动的需要产生的。当然，仅是简单的"邪许"、"杭育杭育"的呼声，还不能算作真正的诗歌，它只是诗歌赖以产生的基础。当这种劳动中的呼声一旦与表达一定意义的语言相结合，或被一定的语言所代替的时候，语言便有了它的歌唱形式，呼声也有了它的具体内容。

反映着劳动的内容，适应劳动的节奏，伴随着劳动的韵律，诗歌就是这样在人类最基本的劳动实践中产生出来的。

当然，诗歌起源于劳动，却不以劳动为所表现的唯一内容。作为原始社会生活的反映，它表现的生活和情感具有丰富性和广泛性。比如在原始社会中，人类无法理解宇宙万物的种种现象，便幻想存在着天神、地煞、人鬼，并且通过祭祀的方式，表现出自己的敬畏、祈求与愿望。诗歌服务于这种仪式的需要，用诗的语言形式表现着初民的宗教思想，使祭祀活动的主题更加明确化。

原始艺术是歌谣与音乐、舞蹈同在，呈现诗、乐、舞三位一体的状态。音乐仿效劳动中的音响而形成，舞蹈最初是劳动动作的模仿，诗歌是伴随着劳动呼声而产生，三者都表达着初民在劳动生活过程中的思想感情。正如《礼记·乐记》所说："诗，言其志也；歌，咏其言也；舞，动其容也。三者本于心，然后乐器从之。"因而，原始艺术中，诗、乐、舞总是相辅相成、紧密联系的。1973 年，青海省大通县孙家寨曾出土属于仰韶文化类型的纹彩陶盆，上面绘有原始歌舞的图案："五人一组，手拉手，面向一致，头侧各有一斜道，似为发辫。每组外侧两人，一臂画为两道，似反映空着两臂舞蹈动作较大而频繁之意，上下体三道，接地面的两竖道，为两腿无疑。两下腹体侧的一道，似为饰物。"据学者们研究，这是先民们劳动之暇，在大树下小湖边或草地上正在欢乐地手拉手集体跳舞和唱歌。由此我们可以想象原始先民们伴随着音乐（最初就是敲击劳动工具发出的声响）轻歌曼舞、载歌载舞的情景。

原始歌谣虽然很粗糙、单纯，但作品中那种直面生活的勇气、率真执著的情感和醇厚古朴的气韵，已经为中国诗歌奠定了重要的基础。中国诗歌正是在这样的基础上开拓创造，耸立起一座座文学的丰碑。

神话：天真儿童的幻想
shén huà：tiān zhēn ér tóng de huàn xiǎng

在上古初民的眼里，世界是神秘莫测而又残酷无情的。他们对大自然所发生的各种现象，如日月运行、风雨雷电、季节迁移和洪水野兽等，产生了无数的疑问。他们如饥似渴地探索着宇宙万物的奥秘，既想彻底了解自然，又想完全征服自然。但由于生产力的低下，他们不可能对所有事物都作出正确的解释，因而他们很多时候、很多方面只能凭借感性而质朴的思维方式去把握自然界。

神话产生的思想基础是万物有灵观念。初民由于梦的启示，产生了"灵魂"的观念。人们在睡梦中可以到处行动，而醒来却发现自己仍在原处。因此初民猜测在肉体之外，还有可以四处漫游的灵魂。初民这种"灵魂"观念扩而大之，便认为世界万物都有灵魂存在，这就是万物有灵观念。

人们不满足于解释自然，还力图借助想象力征服和改造自然，所以又创造了有关改造自然的神话。中国神话的佳作也主要集中在这一领域。如女娲补天、鲧禹治水、后羿射日、精卫填海等。神话的主角往往有着无畏的精神、奇异的力量和宁死不屈的气概。这些神话，实质是上古初民征服自然、改造自然的壮丽颂歌。

除了表现人与自然的神话外，随着氏族制度的发展，又产生了反映初期社会关系的神话。如黄帝讨伐蚩尤的《涿鹿之战》、《刑天舞干戚》等，即是这类神话的代表。《山海经·海外西经》中刑天的故事，说刑天和天帝"争神"，天帝砍断他的头，葬在常羊之山，他就"以乳为目，以脐为口，操干戚以舞"，要和天帝继续战斗。这个故事很强烈地表现了初民的坚强意志和顽强不屈的斗争精神。

神话，作为原始人类特有的一种社会意识形态，它通过"幻想"的形式反映了那个时代的人类生活、思想感情和理想愿望。但这种幻想并不是毫无根据的。神话的内容所反映的仍是自然界和当时社会，只是这种反映不属于直接的、科学的反映，而是在原始人极其幼稚的观念支配下，通过幻想的方式曲折地反映出来的。一些十分生动、美丽的神话故事，在我们今天看来，是一种极富想象力的文学艺术作品，但对当时原始人类来说，却并非是一种有意识的艺术创作，而是他们对自然界和社会本身所作的自以为真实可信的描述和解释。它告诉我们，原始人类是如何不屈不挠地与强大的自然力进行英勇的斗争的，是如何对未来的世界充满了希望和美好的憧憬的。这种对未来世界的希望和憧憬，及由此而产生的幻想，对于他们那一时代社会生产的发展，以及对后世的人们，都成为一种推动和鼓舞力量。

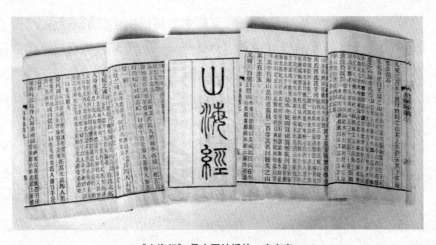

《山海经》是中国神话的一座宝库

上古神话作为人类童年时期的精神产品，对后世产生了深远影响，不仅具有无可替代的史料价值，还具有多方面的认识价值，它们孕育着自然科学、历史学、文学艺术、宗教观念、哲学思想的萌芽。它在人类文化史上居于突出的地位，还对后世文学艺术的发展有重大影响。正如马克思曾经指出："希腊神话不只是希腊艺术的武库，而且是它的土壤。"就中国而言，古代神话也是文学艺术的源头。鲁迅说："不问小说或诗歌，其要素总离不开神话。"由于神话特别富于想象力，它更直接成为浪漫主义的开端。

　　我国目前，发现最早的神话小说《穆天子传》，就是根据上古神话传说写作而成的。至于魏晋志怪小说、唐代传奇、明清时代的神魔小说如《西游记》等，都同神话有密切联系。"五四"以后，新文学也利用了古代神话这个"武库"。鲁迅《故事新编》、郭沫若《女神》、毛泽东诗词中的神话运用，都说明神话影响的深远。

　　总之，史学家从神话中发现其史学价值，文学家则从中得到了艺术哺育。神话是人类文化的发源，是多门学科的源头。无论人类社会如何发展，人们都不会忘记它的"童年时代"，不会忘记它那一时期健康、纯真的心灵所体现出的智慧和才华。所以，神话将在人类文化史上永远放射出夺目的光彩。

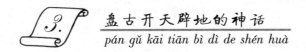

3. 盘古开天辟地的神话
pán gǔ kāi tiān bì dì de shén huà

　　古往今来，万事万物都存在于天地之间。天是那样高远，无边无际；地是那样辽阔，万里无垠。那么，天地最初的面貌是何种样子？我们的祖先也曾带着这样的疑问，力图对天地的形成作出解释。然而，由于当时生产力及知识所限，他们无法找到正确的答案，但他们却可以驰骋想象，用幻想的方式，描绘出一个充满神奇色彩的世界，于是便有了盘古开天辟地的神话。

　　据说，在非常遥远的古代，天地还没有分开，宇宙是黑暗混沌的一团，很像一个鸡蛋。就像鸡蛋的中心有一个蛋黄，这个浑圆的东西也有一个中心，这中心就孕育了人类的祖先盘古氏。盘古在这大鸡蛋中孕育着，生长着，这样一直经历了一万八千年。有一天他好像忽然睡醒了，睁眼一看，四周只是漆黑模糊的一片。他感到十分烦闷，就亲手制造了巨斧，然后朝着眼前的黑暗混沌用力一挥，"轰隆"一声震耳欲聋的巨响之后，大鸡蛋破裂了，盘古也像小鸡一样破壳而出。

　　有些轻而清的物体徐徐上升，一天能升一丈，久而久之，逐渐形成了

盘古图。盘古是宇宙开辟神，天地定位是他的功劳。盘古还是宇宙万物的化生神，宇宙间的万物，包括人类自身，都是盘古所化。

高远的天空；重而浊的物体不断下降，一天降一丈，久而久之，逐渐形成了辽阔的大地。

天地分开后盘古怕它们再合拢，就头顶青天，脚踏大地，站在它们中间支撑着，身高也随天地距离的变化而变化。渐渐的，天升得极高，地变得极厚，盘古的身体也长得极长，有九万里那么长。这个巍峨巨人像一尊巨大的擎天巨石雕像支撑在天地间，成了高大无比的英雄。他孤独地站在那里，做着十分辛苦的工作。有的神话中记载，盘古的喜怒哀乐带来了自然界的变化。当他欢喜时，天空是晴朗的丽日蓝天；当他发怒时，天空是阴沉的密布乌云；当他哭泣时，泪水就化成了倾盆大雨，而雨水又汇流成江河湖海；当他叹气时，口中之气变化成怒吼的狂风；当他眨一眨眼，天空就出现耀眼的闪电；而他睡觉时的鼾声就是隆隆的雷鸣。不知经历了多少年代，天和地在盘古的支撑下已经十分牢固了，他不用担心它们再会合到一起，而他也已走到了生命的尽头，倒下来死去了。

盘古临死时，周身变成了天地万物。他口里呼出的气变成了风和云，他的声音变成了雷霆，左眼变成了太阳，右眼变成了月亮，他的手足和身躯变成了大地四极和万方的大山，他的血液变成了江河，筋脉变成了道路，肌肉变成了田土，他的头发和胡须变成了天上的星星，他的皮肤和汗毛变成了花草树木，他的牙齿、骨头、骨髓等变成了闪光的金属、坚硬的石头、璀璨的珍珠玉石，他的汗水变成了雨露甘霖。盘古为开辟创造这个世界而生，为这个世界变得富足美丽而死，把所有的一切都献给了这个世界。

盘古开天辟地的神话，在今天仍具有不可忽视的价值。尽管各种史料对盘古的记叙有所不同，但它们都表现出人们对盘古——这位中华民族始祖无限的崇敬和敬仰，他的无私无畏、鞠躬尽瘁、死而后已的献身精神，成为中华民族宝贵的精神财富。从神话中我们还可以体悟出，我们的祖先已相信人的力量的伟大，肯定了人的意志。因此，这个神话以其宏伟的气魄，纵横的想象，在中国神话中具有崇高的地位。

4. 女娲创世的不朽神话
nǚ wā chuàng shì de bù xiǔ shén huà

在中国古代神话中，女娲是一个神通广大的女神，她是原始人在同自然的斗争中用"想象"创造的英雄形象，是我们祖先征服自然的理想和力量的化身。她不仅"抟黄土以作人"，而且"炼五色石以补苍天"。为了使世界充满蓬勃的生气，以便有与自然相抗衡的力量，她创造了人类；为了使人类摆脱肆虐的自然的威胁，给人类创造一个美好的环境，她又拯救了人类。

传说天地开辟之后，天空中有风云雷电，大地上也有了山川草木、鸟兽虫鱼，但却没有人类，世间仍然十分荒凉。盘古之后不知过了多少年，出现了一个神人，名叫女娲。她一个人在这天地之间生活了不知多少年，越来越感到孤独寂寞，就想造出

伏羲女娲画像砖。此画像砖在四川崇庆县出土，上面对称雕出人首蛇尾的伏羲女娲像。两人各自执规矩，擎日月，身姿柔秀，似翩翩起舞，是两个半人半神的形象。

一批人类，和她一起生活。她前思后想，突然灵机一动：器皿可以用泥土做成，人为什么不能？于是她选好地点，用水和好了黄泥，用黄泥捏起人来。说也奇怪，女娲捏的泥人在手中怎么捏都是泥人，但一放到地上便成了活蹦乱跳、会说会笑的活人。她既感到惊讶，又充满欣慰，于是不知不觉地加快了手中的工作，一会儿捏个女的，一会儿捏个男的，一时间她身边已围满了欢笑叫嚷的人群。

伏羲、女娲图。在中国古代造人神话中，有女娲用黄土捏人说，也有女娲、伏羲为夫妇共同造人说。

女娲工作了许久，泥人被一批批捏出来，又或单独或结伴地走到各处。但天地这样广阔，多少个人才能充满其间啊！渐渐地她感到疲倦不堪。像是舒展筋骨，又像是发泄内心的烦恼，她顺手拿起一条绳索，向泥土抽去，泥土随之四溅。说来更怪，那些溅起来的大团小粒的黄泥，也都变成了一个个大大小小的活人。这方法既省力，又快捷，大地上不久就布满了人类的踪迹。

天本来是圆圆的，而地则是方方的，天像个圆形的屋顶一样，在四根极粗壮的柱子支撑下笼盖着大地。日出日落，斗转星移，人们在这样的环境下自由自在地生活。但突然有一天，不知什么原因，世界顷刻间发生了巨大变化：天柱失去了擎天的伟力，天摇摇晃晃，好像要坍塌下来似的；天上出现了一个个巨大的窟窿，无法笼盖住下面的大地；大地上也出现了许多裂缝，有的地方甚至陷落下去，无法负载着上面的生灵；山林里火光冲天，野火蔓延不止；暴雨连绵不断，洪水滔滔不息；更有野兽凶禽，或横行天下，或直冲人间，残害人类。总之，从天到地，从火到水，从无生物到有生物，整个宇宙充满危机，人类在这样的处境中已经无法生存下去。

女娲创造的人类，给大自然带来了勃勃生机。而这一次大变故，不仅打乱了自然的安宁与秩序，也给她的孩子们造成了惨重的灾难。这位人类的母亲痛心极了，她决心修补苍天，拯救人类。她首先点燃了一堆一堆的芦柴，来烧炼五种颜色的石块，用它们一块一块地填补天上的窟窿；然后又从海里捉来一只巨大的乌龟，斩下它的四条腿，来替换天柱。而对于兴风作浪造成洪火灾的"水精"黑龙，女娲为从根本上解决洪水之灾，历尽千辛万苦，终于将它杀死。残存的积水，使用芦苇灰来堙垫。经过女娲的努力，苍天补好了，四极稳固了，洪水干涸了，中原的灾害消除了，猛兽凶禽被杀死了，善良的人民获得了新生。由于有这样的生存环境，又有怀抱青天、背负大地、胸襟博大、以拯救天下为己任的女娲的行为和品格的威慑作用，因而人类世界出现了无忧无虑、怡然自得的升平景象，甚至连残存的凶禽猛兽和大小害人动物，也都被她的威力所慑服，藏匿起利爪锐牙和体内的毒汁，再也没有攫食人类之心。

在神话中，女娲不仅创造了人类，还建立了婚姻制度。传说女娲在神庙祷告，祈求天神让她做媒，使人类男女婚配，繁衍后代。于是，女娲便成为人类最早的媒人，后人把她奉为高媒，即神媒，也就是婚姻之神。

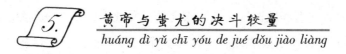

5. 黄帝与蚩尤的决斗较量
huáng dì yǔ chī yóu de jué dǒu jiào liàng

黄帝是我国古代黄河流域一个部族联盟的首领。他是我国历史上第一个优秀的领袖，是中华民族的祖先。

据说黄帝姓孙（也有人说他姓姬），名叫轩辕。他天生聪慧，很小便学会了说话，并懂得了许多道理。长大成人后，因为他热心为部族人服务，所以被推举为部族首领。他领导部族中的群众，改变了游猎生活方式，并教大家修盖房屋，驯养家畜，种植五谷，在黄河流域定居下来。为

轩辕黄帝石刻像

了便利两岸的交通，黄帝还创制了船和车。为了便于与其他部族打仗，他教会大家用玉敲磨成各种兵器。黄帝还让史官仓颉创造文字，并且当时部族在纪年、音乐、医术、缫丝等方面，都取得了很大成就。通过许许多多传说，我们可以看到，在黄帝时期，我们的祖先已开始过文明的生活，并进入了新石器时代的鼎盛时期。

在黄帝部族开始进入文明时代的时候，中华大地上还存在着许多其他部族。黄河流域的西北方有一个部族，首领姓姜，被称作炎帝。炎帝部族看到黄河中游一带水土肥沃，就逐渐向东南迁徙。他们来到了黄河中游，与已经在那里的九黎部族发生了大规模的冲突，在阪泉打了一仗。

阪泉位于现在的河北省涿鹿县东南一带，地势十分险要。炎帝部族和黄帝部族各自占领了有利地形。后来，双方进行交战，打得十分激烈。他们之间共经历了三次大规模的战斗，结果黄帝打败了炎帝。炎帝俯首称臣，甘心服输，并同意把自己的部族同黄帝的部族合并，由黄帝担任合并后黄炎部族的首领，炎帝担任副首领。这个黄炎部族就是中华民族最早的雏形。所以中国人也常常称自己是炎黄子孙。

黄帝部族和炎帝部族合并以后，炎帝要求黄帝帮他洗雪当初被九黎部族战败的耻辱，报仇雪恨。就在此时，九黎部族正在向东南迁徙，严重威胁了炎黄部族的安全。九黎部族的首领以为自己曾经战胜过炎帝，因而洋洋自得，趾高气扬，根本就没把黄炎部族放在眼里。

相传九黎部族首领蚩尤，也是一个十分了不起的人物。他共有兄弟81人。个个都是人面兽身，铜头铁额，长着8条粗壮有力的胳膊，脸上还有各种各样的花纹，能够以沙石作为食物。从传说中可以看得出，九黎部族在当时还比较落后，处于野蛮时期。

黄帝为了抵抗九黎部族的入侵，同时也要为炎帝部族一洗前仇，所以作了十分充分的准备。他与炎帝一起带领众人准备武器，磨砺出许多石刀、石斧，训练出了一支强有力的精锐部队。黄帝以野兽的名字命名这支部队的各个分队，虎队的首领身披虎皮，豹队的首领身披豹皮，利用凶悍的野兽来壮自己的声势、威慑敌人。黄帝与炎帝共同制订了周密的作战计划，一场惊天动地的大战，已经准备就绪。

战争终于在涿鹿爆发。

蚩尤和他的81个兄弟气势汹汹，来者不善，而黄帝和炎帝也带领虎豹熊罴作先锋，双方都请来天神助战。

大战一开始，黄帝首先利用水攻。他命令应龙担任大将，截断江河，准备用大水淹死蚩尤。蚩尤也非等闲之辈，他已请来了风伯雨师，让他们刮起大风，下起大雨，顿时遍地飞沙走石，江河波涛汹涌。看到蚩尤呼风唤雨，黄帝就请出女神旱魃，让她用强烈的阳光和干燥的狂风，与蚩尤的大雨和狂风对抗。双方在首次会合中，旗鼓相当，黄帝略胜一筹。

蚩尤一计不成，又生一计，施展绝招，采用"雾战"。浓雾一起，遮天蔽日，三天三夜，浓雾不散。黄炎部族的人在伸手不见五指的大雾中迷失了方向，无法发现敌方的部队，就连自己部族的人也失散了。形势对黄帝十分不利。黄帝苦思冥想之后，派其手下的大将风后，让他依照天上北斗星的斗杓能指示方向的原理，制造指南车，用以辨明方向。风后不负众望，及时造出了指南车。他们依靠指南车，认定蚩尤大本营的方向，集中力量，发动了一次有决定意义的全面进攻。

炎黄部族的军队在浓雾中悄无声息地向前挺进。此时的蚩尤，完全放松了对炎黄部族军队的防范，得意洋洋，以为黄炎部族一定在浓雾中迷失了方向，动弹不得，只能坐以待毙了。完全没有想到，黄帝利用他的聪明智慧和部下的团结一致，依靠指南车的帮助，冲到了自己的大本营前。只听得浓雾之中，杀声震天，蚩尤的部众在完全没有准备的情况下，大都死于黄帝部众的石刀、石斧之下。蚩尤再想集结队伍抵抗已经来不及了，他终于被打翻在地，成了黄帝的俘虏。树倒猢狲散，九黎的部众大部分投降，少部分逃到了南方的海边和海岛上。

黄帝陵坐落于陕西黄陵县。每年这里都要举行盛大的祭陵典礼。

黄帝在战争中大获全胜。他捉住了蚩尤，派应龙把蚩尤押到了一个叫凶黎之谷的地方，砍掉了他的头颅。黄帝和炎帝还把投降的九黎部族全部并入了炎部族。那些不肯投降的九黎部族的残部，在南方的海边和海岛上，继续生息繁衍，成为后来黎族的祖先。

从历史学的观点看，炎黄部族在和蚩尤的较量中获胜，是先进部族战胜野蛮部族的一个生动的故事。这个神话虽然充满了仇恨和血腥，却也为我们了解中国悠久的历史，提供了生动的史料。神话中的蚩尤是凶残暴虐的，黄帝则一直是氏族的显赫英雄和正义的象征。

悲壮崇高的夸父逐日
bēi zhuàng chóng gāo de kuā fù zhú rì

我国古代著名神话《夸父逐日》，为我们描绘了一幅悲壮的图景：夸父以无比的英雄气概去追赶太阳，虽然追上了太阳，但终因剧渴而死。但他的手杖却化作了郁郁葱葱的桃林，长留在人间。

传说夸父和太阳赛跑，曾经一度进入太阳内部，有人说他已经逮住了太阳。图为《山海经》插图《夸父逐日》。

这则神话运用夸张的方法塑造人物形象，这也是原始神话的一个共同特色。这里的夸父是个人，他一口气喝干了黄河、渭水，尚且不足；他的一根手杖竟化作绵延数千里、造福数万年的桃林，使人设想他的身躯该有多大！神话的创造者驰骋丰富的想象，而这种想象在整个故事里又表现得如此和谐，获得了美的艺术效果。是的，因为要与太阳一比高下，进入太阳，探索太阳的人需要喝干黄河、渭水，不是很成比例吗？这种神奇美妙的想象构成了这则神话的浪漫主义基调。别林斯基说过："体力的伟大是使人们意识到生活和生活魅力的第一个因素，于是出现了无穷无尽的强有力的英雄勇士。他们用桶喝酒，吃掉整只羊，有时是整只牛。"夸父正是

这样一个英雄！古代人民塑造这样一位巨人，正是意识到要战胜大自然，自己就要首先成为强者。因此，夸父实际就是古代人民为自己塑造的伟大形象。

这个形象，反映了原始人对自然界的探求精神，也反映了原始人在征服自然的斗争中所具有的坚毅精神。《夸父逐日》描写的是一场奇特的斗争，一方是普照万物、酷热炎炎的太阳，一方是拄着拐杖的老人，而这个老人，居然要在拐杖的扶持之下去追赶太阳！两相比较，真是太悬殊了。在追赶太阳的过程中，夸父遇到的困难是巨大的，上面是阳光炙烤，下面有体力、水分的消耗，自然奇渴无比。而神话却写他在"入日"以后才感到口渴难忍，竟至因渴而致死。这进一步说明夸父是如何逐日的——他为了争取时间，紧紧地追赶着太阳，消耗了巨大的体力，忍受了奇渴的困扰，竭尽全力绝不稍停半步。正是在这种悬殊的对比中，在这种战胜艰难险阻的斗争中，才反映了夸父的抱负是何等伟大，他的决心是何等坚强，他的毅力是何等惊人，他的气概是何等雄壮！正如马克思说，神话"具有人类童年的天真"，但它的可贵也正在这里。因为在这"人类童年的天真"里蕴涵着一种战胜自然的雄心壮志和追求理想的不屈不挠的抗争精神。

这个形象，具有浓重的悲剧精神和鼓舞人心的力量。为了探索太阳的奥秘，从而掌握它，征服它，夸父不辞辛苦，顽强不屈，抗争到底。但是由于生产力水平和人的认识能力的低下，强大的客观自然又以一种盲目的必然力量压倒原始人的主体力量，使人失败、死亡，造成悲剧。但从猿到人亿万年的实践经验，又牢固地潜藏在先民的意识之中：人类只有自强不息，才有生路。夸父在与太阳的较量中虽然牺牲了自己的生命，但这形体的毁灭，个体生命的结束，并不是斗争的结局，神话又以生命换形的方式，让夸父的手杖变化成为郁郁葱葱的桃林，来养育人民，让人民继续与大自然斗争，从而创造出一种死而不已、奋斗不息的悲壮崇高的艺术境界，表现出一种不屈不挠的精神，这种精神将永远教育后人，永远鼓舞人心。

7. 表现不屈精神的精卫填海

biǎo xiàn bù qū jǐng shén de jǐng wèi tián hǎi

这是一个神奇、美丽、动人的故事，它通过美丽的少女化为小鸟，誓向大海复仇的悲壮描述，表现了远古人民的坚韧意志和顽强不屈的斗争精神。

故事中的主人公女娃是炎帝的女儿，炎帝就是尝百草、教人耕作的神农氏。炎帝共有四个女儿，女娃是他的小女儿。一次，少女女娃乘着小船，到东海去游玩，一个大浪袭来，导致船翻人亡。女娃死后，变成一只美丽的小鸟。鸟的形状像乌鸦，头上长着美丽的花纹，并且是白色的嘴，红色的脚，名字叫精卫。精卫痛恨

女娃的父亲炎帝的神像。炎帝与黄帝一起，被认为是华夏先民的始祖。

无情的大海夺去了自己年轻的生命，她要报仇雪花恨。因此，她一刻不停地从她住的发鸠山上衔了一粒小石子，展翅高飞，一直飞到东海投下，想把大海填平……

如果说夸父逐日是对人们征服太阳的讴歌，鲧禹治水是对战胜洪水的赞美，而精卫填海则是对征服大海的颂扬。在远古之时，由于生产力低下，自然灾害往往威胁着人类的生命：旱灾夺走人们的性命，洪水毁坏人们的家园，无情的大海又使无数人葬身鱼腹。大海的辽阔无际，波涛汹涌

和气候多变，造成了交通的阻隔。初民为了跨越大海，曾制造了竹筏、小木船，但这些简陋的交通工具在海洋的狂风巨浪面前，显得那样渺小和不安全。所以初民期望消除海洋给人类造成的威胁。他们想征服大海，改造大海，便创造出《精卫填海》这一神话，并为我们塑造了精卫的动人形象。这一形象之所以动人，就在于它从外到内表现出来的美。

这则神话为我们描绘出这样一幅图画：举目远望，大海浩瀚无边，深不可测，而在这无垠的大海之上，飞翔着一只小鸟。这只小鸟居然要用它细小的嘴，衔来木石，将这夺走它青春和生命的大海填平。这是一场力量多么悬殊的较量！而越凸现出精卫复仇艰难不易，也就越突出其决心之大盖过沧海，正反映了精卫鸟远大的志向，豪迈的气概，惊人的毅力。这看似天真的行为却是如此可爱和可信。

由此，令我们联想到《列子》中"愚公移山"的故事，两个故事虽然内容不同，精神却是极其相似！一个年迈体衰，面对的是雄伟高大的山脉；一个瘦小脆弱，面对的是无边无际的大海。愚公立志移走高山，精卫发誓填平大海，表现出的都是同大自然斗争到底的不屈精神，体现了我们祖先艰苦卓绝、锐意进取的浩然正气。

这个神话又同夸父逐日一样，都具有浓重的悲剧色彩，它们都把有价值的东西毁灭给人看。夸父和女娃的死固然使我们痛心难过，却不使我们颓废消沉，因为他们死去的是肉体，不朽的是精神。夸父拐杖化成的桃林恩泽后世，女娃化成的小鸟立志填海，正是这一精神的体现。

一只小鸟要去填平汹涌澎湃、波浪滔天的大海，看似有些荒诞无稽，幼稚可笑，但它所表现出的死而不屈、顽强到底的精神却是一种巨大的力量，从中表现出的理想、渴望、不屈的精神，是先民留给人们最神圣的遗产。所以千百年来，这个神话故事感动着后人，教育着后人，不知多少文人墨客赞颂精卫，以抒情言志。

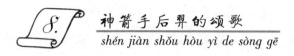

神箭手后羿的颂歌
shén jiàn shǒu hòu yì de sòng gē

相传在帝尧之时，曾出现 10 个太阳同时升入中天的情况，人间出现了罕见的旱灾。大地上江河断流，草木枯萎，禾稼不生，颗粒无收。人们无粮可食，无水可饮，饥渴难挨。而那些吃人的怪兽人形怪物、能喷水吐火的怪物、兴起大风的怪鸟、大野猪、大蟒，也都尽逞威风，一起危害百姓。人类面临着巨大的威胁。

旱灾是亟待解决的问题，而解除旱灾的关键是减少太阳。然而，这 10 个太阳却是天帝帝俊之子。相传在南海之外，甘水之间，有一个女子名叫羲和，东方天帝帝俊娶她为妻，共生了 10 个孩子，即 10 个太阳。他们都居住于大海中的扶桑树上。本来一个居于树顶，其他 9 个栖于树枝，轮流值班。在帝尧之时，这 10 个孩子也许是太顽皮，互不相让，争着值班，便出现了 10 个太阳同时出现的情况。

人们面对着饥渴、干旱的灾难，苦苦寻求救世良方。有人求女巫到丈夫山上去祈雨，女巫跪于山巅，苦苦祈祷，天空却不曾出现半点云影。有个叫"女丑"的巫者，因为无法承受 10 个太阳的炙烤，被活活晒死。

帝尧无奈，只好祈祷上苍，希望上苍垂怜他的那些备受煎熬的子民。帝俊对孩子们的胡作非为亦十分生气，但又无可奈何。最后，他下定决心，惩戒这些捣蛋鬼。于是他派了一个长于射箭的天神后羿到人间，给这些顽童以警告，并让他帮助帝尧解决其他困难。

后羿的威名，神人共知。后羿心里明白，帝俊并不想让他伤害他的孩子们，只不过想让他去震慑他们一下。后羿与帝俊辞行，帝俊赐给后羿一把红光耀眼的神弓，一袋洁白如雪的利箭。后羿便来到人间。

人民闻听后羿的到来，非常高兴。他们虽然已骨瘦如柴，奄奄一息，却相互携扶，云集广场，大声欢呼，欢迎救世的英雄。后羿见到人民的苦难，怜悯之情油然而生。而 10 个不知天高地厚的太阳依然高居天上，毫无

悔过之意。人们呼叫后羿的名字，后羿清楚人们的渴望。他忍无可忍，决心一定要除掉祸害，拯救人民，因为这是他义不容辞的责任。

只见后羿阔步走到广场中央，缓缓地摘下红色神弓，抽出洁白闪亮的利箭，把箭尾搭上了弓弦，弯弓如满月，对准天上的火球，一箭射出，一个太阳应声炸裂，鲜红的火苗在空中乱窜，金色的羽毛从空中飘落下来。顷刻，一只三足巨乌"砰"的一声，砸落在地上。这就是背负太阳在天空中巡行的神乌——"三足乌"。

后羿看到已闯下大祸，便决心把这些恶少全都射下来，一劳永逸。其他 9 个太阳见后羿果真敢射杀他们，就仓皇逃窜，而后羿的神箭似流星般飞去，只听得随着"嗖嗖"的箭声，空中火球先后破裂，流火把蓝天烧成了赤红，金色的羽毛在天空中飞舞。站在土坛上的帝尧突然想到，如果把 10 个太阳全部射下来，人间将面临无尽的黑夜，于是急忙派人从后羿的箭袋中暗中抽出一支箭，太阳才最终剩下一个。

后羿射落 9 个太阳后，人间又重新焕发了生机，但危害人民的猛禽恶兽还没有除去，后羿拯救人间为民除害的任务还没有完成。

猰貐原是上天诸神之一，因被他神谋害，被昆仑山的巫师救治，才化成龙头、虎爪、牛身、马足的怪兽，专门以人为食，吃人无数，令人心惊胆寒。后羿到中原找到了猰貐，杀掉了这个恶兽。

后羿不顾休息，又奔走南方叫畴华的地方，铲除名叫凿齿的怪物。这个怪物人身兽头，其嘴中能够吐出一只长约五六尺状如凿子的巨齿，这是他最有力的武器，不知多少人死于他的长牙之下。后羿却毫不畏惧，与凿齿展开了殊死搏斗。他凭着勇敢和机智，不容凿齿近身，终于射杀了这个怪兽。

后羿又转战于北方的凶水，这里有一只长着 9 个脑袋、名叫"九婴"的怪兽。他 9 个头都能吐出水和火，给人民带来了许多灾难。凶悍的九婴并未吓倒后羿，后羿于凶水之上与九婴展开激战。九婴吐水喷火，后羿箭无虚发，只见波浪滔天，烟云惨淡，九婴虽凶猛，却终敌不过后羿的神勇，被射死于凶水之中。

在南方深山密林，河汉湖泊之中，毒蛇横行。特别是有一种可怕的修蛇，长达数百丈，一口可以吞下一只大象，三年后才把消化后的象骨头吐出来。后来，修蛇行游至洞庭湖，在那里兴风作浪。他把渔船掀翻，不知多少渔夫葬身蛇腹。傍水而居的人们生活受到严重影响。后羿要斩除这条巨蛇困难重重，但为人民除害的决心使他一往无前。他驾着一叶扁舟，在波涛中寻找。修蛇也明知在劫难逃，所以就拼死迎战。它昂着头，吐出长舌，在湖水中掀起滔天巨浪，向后羿的船猛冲过来。后羿弯弓搭箭，对准巨蛇，连发数箭。巨蛇虽身受重伤，依然负隅顽抗，逼近后羿的船身，妄图掀翻小船。后羿拔出随身佩带的利剑，和修蛇缠斗在一起。蛇血染红了湖水，腥臭之气弥散了数十里。最终大蛇筋疲力尽，被后羿斩成了数段。岸上渔民欢呼之声震天动地。据说人们把巨蛇的尸骨打捞出来，堆成了山陵，这就是现在的"巴陵"。

后羿后来又除掉了名叫"大风"的巨鸟和叫"封豨"的大野猪。用箭射瞎了鼓动狂风巨浪造成洪水泛滥的河伯的眼睛。后羿射九日，缴大风，射河伯，诛凿齿，杀九婴，斩猰貐，断修蛇，擒封豨，立下卓越功勋，赢得了人民的崇敬和追怀。他被中国人奉为宗布神，统辖天下万鬼，使鬼魅不敢为害人民。

关于后羿的神话，形象塑造完满，故事十分曲折。后羿的来历、使命、本领、业绩以及人民对他的传颂，都在神话中交代得清清楚楚，这在上古神话中是少见的。后羿是一个手持弓箭的神射手，从有关后羿的传说中，我们可以看到弓箭在后羿为民除害中立下的功劳。这个故事正表现了远古人类对劳动工具的赞美，同时也反映了人民征服自然、战胜自然灾害的强烈愿望，热情地歌颂了英雄后羿。这是一只弓箭与射手的颂歌，它将代代相传，流芳百世。

9. 鲧：中国的普罗米修斯

gǔn: zhōng guó de pǔ luó mǐ xiū sī

在上古时期，人与自然的矛盾是社会的主要矛盾，因而世界各民族的神话，都创造出许许多多人与自然斗争的可歌可泣的故事，塑造了众多神话英雄形象。有的壮怀激烈，有的虽败犹荣。鲧和普罗米修斯便是中西神话塑造的两个悲剧英雄形象。

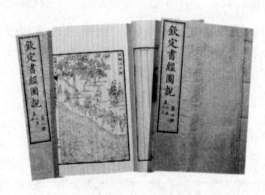

《书经图说》中鲧治水的插图

传说在尧的时代，人类经历了一场洪水的灾难。当时，世界浩浩渺渺，汪洋一片。由于洪水泛滥，因而田地荒芜，野草横生，怪兽当道，猛禽凌空。可怜的人民没有居住的地方，只好攀援上树，像鸟雀一样筑巢栖身；或者爬上高山，像野兽一样躲藏在洞穴之中。

面对人们遭受的这些厄运，作为天子的尧真是忧心如焚。为了解救人们的疾苦，他召集四大山神及各路诸侯来商议对策。他说："诸位首领，如今洪水滔天，为害多日，田园被毁灭，山陵被侵吞，百姓正在受苦受难，谁能够去治理洪水呢？"大家一致推荐了鲧。尧却摇着头叹道："恐怕不行吧。这个人总是违背天命，会被诛灭九族的。"众人说："虽然如此，但没有第二个人有这样的勇力，就叫他试试看吧。"尧仔细想了想，也确实如此，于是就这样决定下来了。临行，他告诫鲧说："治理洪水不是一件容易的事，你要善于采纳众人的意见，认真思考，小心做事。"鲧应命而去。

史书上记载，鲧是尧的时候封在"崇"（今陕西祁县东）这个地方的首领，叫做"伯"，所以人们称他"崇伯鲧"或"有崇伯鲧"。鲧是个刚直之人，最受不了人们满含痛苦的泪眼。于是他首先奔赴天庭，请求天帝收回漫野的洪水，赦免人民的罪过，还给人民安定的生活，但没有奏效。洪水仍在蔓延，禽兽仍在肆虐，人民依然生活在水深火热之中。

鲧哀怜人民的痛苦，决心自己想办法来平息洪水。但是滔天的洪水已经弥漫了世界，从哪里下手才能够制服它呢？情急之中，他想到了平时人们取土垫低湿之地的情景，于是他首先壅土挡水，把高地的土垫在低处，堵塞百川。结果是地越垫越高，而洪水却不但填塞不了，反而越涨越大。这样治水九年，却不见成效。洪水仍然泛滥不止，鲧有些无可奈何。正在他烦闷忧愁的时候，一只猫头鹰和一只乌龟互相拖拉着经过这里，他们问鲧为什么闷闷不乐，鲧就把忧烦的缘故告诉了他们。猫头鹰和乌龟停下脚步，同鲧一起商量治水的事。他们建议盗取天庭宝物"息壤"来埋塞洪水。鲧深知此举的罪责，但水火不留情，天帝又专横跋扈，自己只有这一选择了。

息壤是天帝的至宝，既封藏得十分严密，又有勇猛的神灵守护。但鲧却排除万难，终于把他寄予极大希望的息壤偷取到手。

众多的洪水神话表明，在文明初始时期，人类确实经历了一场巨大洪水的袭击。

这息壤土果然灵妙，把它撒向何处，那里就会积土成山，筑起一座座堤坝，而且随水的上涨而自动增高。原本汹涌的洪水这下不仅不再逞凶，而且还会在泥土中逐渐干涸。于是一种新的景象出现了：洪水渐渐退去，代之而来的是大地上一片片的绿野；住在树上和山上的人们，纷纷出来，欢呼着准备重建家园。

但不幸的是，就在洪水快要平息的时候，鲧窃息壤的事终于被天帝知道了。天帝勃然大怒，派了兽面人身的火神祝融，前来惩办违犯天条的鲧，将鲧杀死在羽山，并取回了息壤土。于是洪水又蔓延回来，泛滥在大地各处。

鲧抱着拯救人类的理想来治理洪水，却惹怒了天帝，招来杀身之祸。他死不瞑目，不是为了自己的被杀，而是为了自己的事业还没有成功，为了自己的理想还没有实现，为了人民还生活在苦难之中！正是由于有这样一种强烈的情绪在支撑着，因而他的精魂不死，他的尸体竟然三年不烂。

鲧死三年而不烂的奇事很快被天帝知道了。天帝怕他将来变成精怪，与自己做对，便又派祝融带着天下最锋利的"吴刀"，剖开鲧的肚子，看个究竟。谁知这一刀下去，更奇怪的事发生了：从鲧被剖开的肚子里，忽然跳出一个人来，头上长着一对尖利的角——这就是鲧的儿子禹。禹后来继承父志，终于完成了治水的大业。而鲧的内心有了寄托，也就变成了一条黄龙，潜入了羽山下的深渊。

鲧为了拯救人类，不怕冒犯天帝而窃取息壤，并且最后付出了生命的代价。无独有偶，这种充满大无畏精神和以悲剧结局的故事，在希腊神话中也有，这就是普罗米修斯的故事。

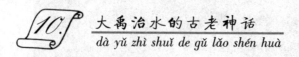

10. 大禹治水的古老神话
dà yǔ zhì shuǐ de gǔ lǎo shén huà

大禹接受了治水的任务之后，决定先进行实地考察，然后再对症下药，进行治理。于是他带领益、后稷等人，踏遍了水害严重的九个州，跋山涉水，测量地势高低，分别竖立木桩作为标记，然后根据调查来的资料，制定治水的计划。

禹治水工作很顺利，却惹怒了水神共工。共工本是奉天帝之命兴动洪水来惩罚下民的，而现在禹居然来治水，共工当然要与之对抗。于是共工掀起滔天的洪水，从西到东，滚滚而来，一直淹到今山东境内的空桑一带。而当时，黄河的龙门尚未打开，吕梁山也挡着黄河的去路，水神共工正好借势兴涛作浪，造成洪水泛滥，大地成为汪洋一片。人们被迫登上丘陵，爬上大树。

这使禹意识到，要平治洪水，必须先除去兴风作浪、为害人民的罪魁，才能从根本上解决问题。为了彻底击败共工，禹在会稽山汇合天下群神，共商大计。诸神都按期来到，只有防风氏不遵约束，逾期到达。为了严明纪律，统一号令，禹便将防风氏斩首示众。据说防风氏的身躯非常庞大，每个骨节都得用一辆车子装载，由此可见禹召集的群神具有何等伟力！

禹正是率领这样一群威武的天神，很快打败并赶跑了水神共工，从而堵住了洪水之源。

接下来，禹便着手排除各地的洪水。他先叫一只大黑乌龟背着息壤，跑在自己后面，按

大禹画像。《夏书·禹贡》是中国古代最早的地理志，以大禹治水为线索，介绍天下九州的方位、地形、物产、居民等方面的情况。

照他的命令撒下神土，填平了极深的洪泉，加高了人类居住的土地。然后，他改变了父亲"水来土掩"的简单办法，开掘沟渠，疏导积水。他又让会飞的应龙根据地势，利用水性，用尾巴划出水道，使洪水流向江河，使江河流向大海。当禹治水到黄河的时候，正在高崖上观察水情，忽然看见一个身材高大、白脸鱼身的怪人，从黄河中腾跃而出。那怪人自称为"河精"，送给了禹一块水淋淋的石头，又转身跳入河水深处。禹很奇怪，

仔细一看，原来石头上刻画着一些弯弯曲曲的线条，这就是"河图"，标示着治理河水的整体脉络。

虽然有河图作参考，又有应龙拿尾巴开路，但许多具体的艰苦工作，还必须禹率领众人去做。禹亲自做工，成为人们的楷模。他脸顾不上洗，插在头发上的簪掉了也来不及拣，鞋子掉了也不去穿，手上长满了老茧，脚上长满了脚垫。由于长年累月地泡在水里，脚趾甲都脱落了，小腿上的汗毛也磨光了。他还得了"偏枯"之症，走路时，左脚越不过右脚，右脚迈不过左脚，只能一步一步地前腿拖着后腿走。

为了治理洪水，禹到三十岁还没有娶妻。来到涂山时，他突然感到自己年龄已很大了，恐怕不能得到子嗣。于是他向神祷告说："如果您要我婚娶，就请把神物显示给我吧！"果然，就有一匹九尾白狐出现在他面前。这种狐狸，生长在东方君子国附近的青丘国。看到它，禹就想：白色是我服装的颜色，九条尾巴是王者的象征，这正应了本地流传的一首民歌："那寻觅配偶的白狐，生着九条肥大的尾巴，谁见了他可以做王，谁娶了涂山的女儿，就可以昌盛兴旺。"这狐狸的出现和民间歌谣的流传，或者正是暗示我将在这里结婚吧？

涂山有个姑娘，名叫女娇，娴雅秀美，禹一见到便爱上了她。但治水工作的紧迫，使他来不及表达爱情，便匆匆地到南方巡视灾情去了。女娇了解到禹的这份情义，心中也早已充满爱恋之意。于是她派了一个使女到涂山的南麓等待着禹的归来。长久的等待，使涂山女由相思而忧愁不已，便唱了一首歌："候人兮猗！"（"等待人啊，多么长久哟！"）据说这是南方最早的一首诗歌。

终于，到南方巡视灾情的禹回来了。使女迎接着他，向他表达了涂山女赤诚的爱慕之心，并把他领到涂山女身边。相思的痛苦化作了相见的热诚，两人情投意合，不需要繁文缛节的仪式，他们就在台桑这个地方结了婚。

婚后才仅仅四天，由于洪水的威胁和治水的紧张，禹便告别了新婚娇妻，踏上治水之路。这一去就是十多年。十多年中他曾经三次路过家门，但也顾不得回家与妻子团聚。

治水的工作是辛劳而艰苦的，有时生命安全都难以保障。轩辕山坐落在今河南偃师县东南，阻碍着河水的东流。这里山势险峻，山路盘旋，只有打通它才能使河水顺利通过。为了照料好丈夫的饮食起居，使禹有充足的精力从事工作，涂山女决定和丈夫一起去轩辕山。出发之前，禹叮嘱妻子："我在山崖上挂一面鼓，我饿了就会击鼓，你听见鼓声，才可以送饭来。"为了早日开通轩辕山，宣泄洪水，禹变成一只大熊，奋力劳作，他用嘴拱，用爪挖，弄得尘土飞扬、沙石翻滚。不料有几块石头飞落到石鼓上，发出了"咚，咚"的声响。他妻子听见鼓声，急忙上山送饭，正巧看到变成大熊的禹，不禁发出了一声尖叫，跑下山去。禹醒过神来，急忙追去，一直追到今河南登封县北的嵩山脚下，才赶上了妻子。涂山女没想到自己日夜思念的夫君竟是一头大熊，她既吃惊又羞惭，既着急又生气，觉得无脸见人，摇身一变，化成一块石头。禹眼睁睁看着怀孕多时、即将生产的妻子变成石头，万分焦急地喊道："还我儿子！"于是，石头的北面应声裂开，中间迸出一个小孩。这就是禹的儿子"启"。启就是"打开"的意思。

坐落在浙江绍兴的大禹陵

就这样，禹治水十三年，劈山开地，掘通九河三江，疏通大川三百，小河三千，使洪水流入江河，汇入大海。禹还平整丈量大陆的土地，划分"九州"，给名山大川命名，消灭害人的鸟兽大虫，并且引导人们利用水土发展农业生产。从此，人类才过上了安居乐业的美好生活。

大禹治水的神话，形象地反映了人民的意志、精神和愿望。鲧失败了，但他并不甘心，他将自己的精神传给了下一代，而禹正是在总结了前人教训的基础上获得成功的。因此，这神话反映出一种赴汤蹈火、公而忘私的博大胸怀，前仆后继、百折不挠的坚韧精神，敢于实践、善于总结的顽强个性，而这正是中华民族精神的象征。因此，古往今来，人们一谈到禹，总是充满感激和崇拜之情。《左传》中说："如果没有禹，我们恐怕早就变成鱼虾了！"现在中国辽阔的土地上，还保留有许许多多关于禹的传说的遗迹：禹陵、禹穴、禹庙、禹碑等，都表现了人们对这位神话英雄的无限怀念。

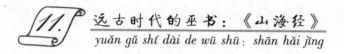

11. 远古时代的巫书：《山海经》
yuǎn gǔ shí dài de wū shū：shān hǎi jīng

《山海经》本来是巫教中的经典，鲁迅先生称为"古之巫书"，按地理分篇，从山川、风土、名物到古史谱系、民俗风习、人物故事，无所不收，简直是上古文化的渊海。它原来是有韵的，作为巫师从业的依据，需要世代记忆背诵，因而不能够随时消失；时代的演进、文化的累积，又陆陆续续由新一代的巫觋、方士增补进原有的系统，使得《山海经》文本随之而呈现出动态生成的特征。像这样来理解《山海经》的创作年代，就不会陷入传统的静态研究那种无谓论争之中了。不过，这并非说《山海经》的成书没有一个比较清楚的时段说明。汉代刘歆在《山海经表》中说："已定《山海经》者，出于唐虞之际。"据说四千多年前的中国正是洪水肆虐（所谓"尧遭洪水"）的时代，人民流离失所，或居于高岗，或避于洞穴，或干脆在大树上巢居，其情状之狼狈可以想见。先民将陆地称作

"山"，把水叫"海"，大概就是洪水时代的艰难情状的反映。大禹治理水患，历经一段漫长的时间，其间足迹踏遍"九州"、"四渎"，并将随处考见的风俗、名物、神异"使益疏而记之"（赵晔《吴越春秋》），便于日后行施巫术时参考。由大禹的助手伯益整理而成的这个本子即是《山海经》最初的底本，其中可能有《荒经》、《山经》、《海内经》的部分内容，但估计比较简略。这时可能就已整理出文字的版本，并附有绘载山川道里的插图。其后随着洪水的渐渐消退，尤其是部族间交往的增多，估计到殷商时《海外经》已写成，而其他部分也日益丰富和完善。由于它特殊的性质，《山海经》从诞生起就

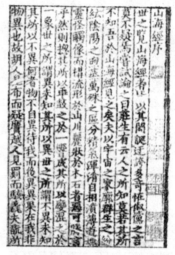

图为《山海经》书影。《山海经》是中国早期的百科全书。山川形势、风物特产、珍禽异兽、神灵鬼怪，无所不载。其中记载了大量的中国古代神话。

藏于深宫内院，专由巫师掌管，其间经历夏、商、西周，到春秋战国之际才有了最终写成的定本。司马迁曾经有"《山经》、《禹纪》，虚妄之言，其事难知"的话，陶渊明亦有"流观《山海图》"（《读〈山海经〉》）的诗句，可见它对后世影响之深。可惜《山海图》后来亡佚了，今天见到的插图都是后人补进的。据说朝鲜藏有唐代的《山海图》，但亦不能确知。

那么，既然《山海经》已有了累世相传的写本，为什么还要编成便于巫师们世代记诵的有韵之文呢？另外，它到底是巫教中施行巫术时运用的参考书，还是一部实用的地理书？类似的问题体现出今人对于上古文化很难做到超越经验隔阂的深刻体认。由于先民对于周围的世界持一种"万物有灵"的信仰，上古时代的文化基本掌握在兼通天地神人的巫师手里，因此可说巫教即为虞夏时代中华大地上精神文化的核心。而巫师在部族中往往由首领兼任，或在部族的精神活动中有着无上地位，除主持宗教仪式外，不仅操纵教育活动，对决策也发挥作用。伯益可能就有此类身份。如

果明白周的"儒"和"士"都是从虞夏时代的巫转化出来的，巫师在当时社会生活中的位置就比较容易理解了。《山海经》成于禹、益在极端情境之下为治水而作的艰苦而广泛的调查。里面有神话的因素，有当时中华大地上各部族的历史、风俗、物产等内容，有关于天地万物生成运行秩序的基本知识，更有繁多的巫教律令，内容相当浩繁。当时虽已有了比较成熟的文字，但作为对巫师的职业要求，一定要熟练地记诵，才可能方便地运用，临时东翻西查是不可能的。今天，许多少数民族的巫师仍都能将本民族的巫史文献倒背如流，如阿昌族的《遮帕麻与遮帕米》，正是用有韵之文的形式将《山海经》时代先民纷繁浩博的生命经验与文化想象知识化，使文明真正得以累积与传承。至于所谓巫书和地理志之间的"矛盾"，则是不理解当时的巫教兼具宗教、认知、政治、教育等多种功能的结果。在先民的巫术思维里，大地是人体化的，是人和他的经验世界的扩展；人体以及人周围的狭小空间则是大地的凝缩。作为部族联盟的首领的统治部族，历来自视为大地的中心，极可能在宗教仪式上运用"影响"巫术，在思维幻想中对天下所有部族施加控制，甚至驱遣八方神灵而集于掌上。这都可能是巫师们需要在施行巫术时佐以《山海经》的原因。《山海经》中有许多记载诸巫师活动的段落，讲的是巫师们以某座山为天梯，上下出入人间天庭，沟通人神，宣示神谕，上达民情，忙碌不已。古老文明的发源与初创正是透过《山海经》的动态生成而流露出强烈的神秘意味。

《山海经》中有许多神话，如"夸父逐日"、"精卫填海"、"共工怒触不周山"等，都是脍炙人口的精彩篇章。正是这些内容的保存，使我们得以窥见先民在自然的威压下坚持创造与建设的坚强精神和美丽梦想。当然，其中流露出的先民看待世界与自身的那种活泼而奇幻的新鲜理解，也许是更珍贵和富于价值的。

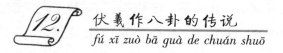

12. 伏羲作八卦的传说
fú xī zuò bā guà de chuán shuō

伏羲，中国古代神话传说里的文化创造神。关于他的出生很富有神奇的色彩。他的母亲华胥在雷泽里行走（雷泽是雷神的家园，《山海经·海外东经》载："雷泽中有雷神，龙身而人头"），看见一个让人惊奇的大脚印，她就试着踩了上去，可刚刚踩上，身子突然有一种异样的感觉，后来就怀孕生下了伏羲。这和《诗经·大雅·生民》里讲姜嫄孕育周族始祖后稷很相似。伏羲长着人的头，蛇的身子，这种外貌又与雷神很相似，都以人面为首、以兽体为身。其细微的差别在于伏羲是蛇身，而雷神是龙身，联系到民间称蛇为小龙的传统习俗，那么存在于伏羲和雷神之间的父子血缘关系就愈见清晰，也为日后伏羲造八卦为何要把雷和泽计入八卦埋下了最自然不过的伏笔。

伏羲图。他的双眼充满智慧，似乎洞穿了过去、现在与将来。

问题是，这种人首兽身的体貌特征，实在是让后人难以理解的。而实际上，这是人类在早期一时还无法将自己自觉地从自然界中区分出来，他们对于许多自然现象和动物存有神秘的敬畏和崇拜，而且还将某一种特定的动物看作自己氏族、部落的祖先，祈求这种动物能够保护自己。伏羲的人首蛇身，正是此种图腾文化所残留的印迹。

伏羲在后世逐渐被人们衍化为具有圣德的天帝，居于东方，所以人们又称他为太昊，是一位了不起的文化始祖，许多文明功绩都被认作是他创造的：他教会人们打猎和捕鱼，告诉人们怎样烹饪，制定嫁娶之礼等。上述种种若依据美国人类学专家摩尔根关于原始人的分期理论，正是原始人由蒙昧时代的初级阶段跨入高级阶段，并大步迈向野蛮时代的若干标志。

在诸多被认作是伏羲的发明创造之中，流传最广泛、也最具文化价值的，是关于伏羲始作八卦的传说。这在《史记·日者列传》、《汉书·律历志》及王充《论衡·对作篇》都有相同的记载。

据《易·系辞下》载，伏羲仰观天象，俯察地理，根据鸟兽身上诸多错综的花纹和地上诸般事物的对应关系，近取人类的特点，远仿天下万物，创造出阴阳八卦。这是我们所能见到的最早的关于伏羲怎样创造了八卦的说明。这里有三个要点：一是它交代了八卦所容纳的内容，带有空前绝后的囊括性。它自构思之初便大气包举，以整个自然、社会和人生为自己的思考对象。二是它敏锐地发现了自然和社会里广泛存在的诸种矛盾对应关系，如天与地、水与火，既彼此独立，又相互对应，是用联系的眼光观察事物，是富有哲学意味的思考。三是它把这种对应关系付诸于象征思维，用符号化的卦象，代表根本无法穷尽的自然和社会里的万事万物，创造了一个思维的奇迹。一个几乎毫无可能穷尽、也没有希望穷尽的排列竟被伏羲举重若轻地以八卦巧妙无比地解决了。

伏羲以☰（乾）这种符号代表天，☷（坤）代表地，☵（坎）代表水，☲（离）代表火，☶（艮）代表山，☳（震）代表雷，☴（巽）代表风，☱（兑）代表泽。

对每一种卦象的含义还可以作更广泛、更深入的引申，例如，乾既然可以代表天，也可以代表天子，天子所在的朝廷，朝廷上所聚集的君子、男人，君子、男人所有的刚健、阳气，等等，由此类推，以至无穷。再如坤，除了代表地外，还可以代表臣子、女人、柔顺、阴气等。此外如震是雷，也是长子，还是龙、东、春、动等，巽是风，也是木、长女、鸡、东南等。这样一来，八卦中蕴涵的八种属性，便涵纳了世界的万事万物，换言之，世界上的一切事物都可以根据八卦的属性归纳成八类。比如《说卦传》载："乾为首，坤为腹，震为足，巽为股，坎为耳，离为目，艮为手，兑为口。"这又是将八卦与一个本属阳的男人、或一个本属阴的女人的人体各部位，一一对应起来。八卦的圆融性、灵活性于此可见一斑。它不孤立地僵化地看待观察对象的属性，而是承认在不同条件下事物属性的转化。

河图、洛书的现代雕塑

八卦属于巫术，它和原始神话、歌谣在同一文化背景下诞生，根据文化发生学理论，它们具有同源性，也就是说它们处于相同的思维水准，操有相似的思维模式——原始思维；它们又相互渗透、相互影响，文化的整合发生了。由此使八卦渗入了神话、诗歌的因素，从而使它具有了某些文学和诗的特点。

关于八卦的创造还有另外两说，即"河图"说和"洛书"说。所谓河图说，是讲有匹龙马从黄河里奔腾而出，它背着一幅图，上面便是八卦，伏羲便照着画下来。这是宣扬伏羲是圣人，那个时代又是盛世，上天才会派了龙马赐给他这件圣物。所谓洛书说，是讲大禹治水时在洛水中从一只神龟背上获得了八卦，同样是缘于上天所赐。

13. 不吃周食的伯夷和叔齐
bù chī zhōu shí de bó yí hé shū jì

在中国古人的眼中，朝代的更替就意味着天命的变革，民间所谓"气数已尽"，终是无法挽回的事。新的天子登基，不仅要更改年号，而且要改易百姓服饰的颜色，甚至还要"改正"——重新选择一个月份作为新的正月，也就是变革时间。这一切措施都有着强烈的了结旧账、另谱新篇的意味。也正因为如此，古时"家国同构"的伦理讲究一个"忠"字，个人的生命是和他所生长居栖的国家紧紧联系在一起的，即所谓"世受国恩"。一旦遭逢亡国之痛，忠贞之士纷纷以身死殉旧朝，就是因为不愿做"两截人"。旧朝的叛徒，投降新朝后往往也被视为贰臣，其实仍然是被尴尬地夹在了中间。更多的则是退隐山林，在新朝的国家政治秩序之外安安静静地做一个"遗民"，其实是默默地为故国守灵，缅怀胜迹，陪伴心魂，直至老病衰残，追随而去。遗民们在新朝的统治下度过的这一段余生，只可算是肉体生命的无意义的延续，他们的心在河山易主的那一刻就已经死去了。

　　采薇图。画的是伯夷、叔齐耻于吃周朝的粮食，在首阳山采集薇、蕨果腹的故事。后来因为意识到薇、蕨也是属于周朝的，便绝食而死。

中国历史上可考的最早的遗民可能是商周之际的伯夷和叔齐。在这以前，商族代夏而为天下共主，先有太史终古的逃奔，后有万民欢欢喜喜的归顺，其间商汤还召集诸侯会盟，说"天下是天下人的天下，有德行者才能居天子位"，并象征性地推让三次，可见当时并不讲究效忠，反倒颇多民主遗风。而商周之间的变革，则不仅是周族的代商，还标志着新旧社会制度的更迭，传统所谓的"封建社会"就是从这里开始的。伯夷和叔齐饿死首阳山的故事就是发生在这剧烈动荡的历史转型期的一幕悲剧。"封建社会"的初期，君主专制渐严，要求下属效忠的范围也就越来越大，但只限制在臣子对君上效忠，并不涉及普通百姓。就这一故事来说，一方面，商纣王是否昏君，或者竟为英明俊伟的中兴之主，已经有学者根据甲骨卜辞提出争议；另一方面，伯夷和叔齐在商朝确实是臣子一级的人物，而非一般小民，当有效忠商王的义务。不过，其中或有异民族间经年矛盾的累积，也未可知。

据《史记·伯夷列传》，伯夷和叔齐是孤竹国国君的两个儿子。国君死去，遗命叔齐即位。叔齐执意让位给伯夷，伯夷说："父亲命你即位。"于是逃走。叔齐也不肯即位而逃走。国人无法，只好另立国君。伯夷、叔齐无家可归，听说西伯姬昌十分仁德，能为投奔的人养老送终，就赶去归依。谁知西伯姬昌不久去世，其子姬发追谥为周文王，并用车拉着父亲的牌位，率各路诸侯组成的大军，浩浩荡荡一路讨伐商纣王而来。伯夷和叔齐拦在大军之前，苦苦劝说："父亲死了不埋葬，还动刀动枪，这算是孝吗？做臣子的讨伐君主，这算是忠吗？"有人提议将他们抓起来杀掉，军师姜太公说："这是义人啊！"就放他们走掉了。后来有了著名的牧野之战，周取代商成为天下共主。伯夷和叔齐甘愿做已经亡掉的商朝的遗民，因为耻于吃周朝的粮食，就躲进首阳山里，靠采集蕨、薇一类野菜度日。蕨和薇就是今天所谓蕨菜、灰菜，可见他们生活的清苦和艰难。伯夷、叔齐此时曾作《采薇歌》以明志，表达了在新旧交替时代对往昔和谐安宁的社会秩序的深情缅怀和顿觉生命无所归属的复杂情感。后来有个妇人对他们说："你们仗义不吃周朝的粮食，可这些野菜也是周朝的呀！"伯夷和叔齐听到这话，就连野菜也不吃了，不久就饿死在首阳山。

伯夷、叔齐采薇而食的故事渐渐成了典故，也常常被后世的文人用来

形容隐士遗民的高风亮节。但也偶有用做反语讽刺那些假遗民的。譬如清朝初年为笼络明遗民而开科考试，许多难耐凄苦的所谓"遗民"纷纷跑去应考。某诗人做诗讽刺他们："圣朝下旨纳贤良，一队夷齐下首阳。……并非一夕忽改节，只缘西山蕨薇光！"吃光了蕨薇就出来应试，此"夷齐"早已经不是彼"夷齐"了。

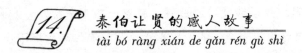

14. 泰伯让贤的感人故事

tài bó ràng xián de gǎn rén gù shì

泰伯，又称太伯，是周太王古公亶父的长子。他的三弟季历很贤明，还生了一个德才出众的儿子姬昌（即后来的周文王）。太王非常想立季历为继承人，以便能把自己的政权传给孙子姬昌。

可周氏族实行的却又是嫡长子继承制。为了不让自己父王因愿望落空而伤心，也为了避免陷入与自己弟弟争夺王位的尴尬，更为了让一个能带领周族走向强盛的人——姬昌继任为王，实现一个远大的政治目的，泰伯毅然和自己的二弟仲雍离家出走了。

他们不远千里，跋山涉水，栉风沐雨，饱经风餐露宿、颠沛流离之苦，来到当时被称作"荆蛮"（意思是极端落后、尚未开化）的南方。

这时候，泰伯和仲雍再一次地表现出了惊人的胆识。他们不是以自己熟稔的、也比较先进的周文化矫正当地的土著文化，更不是居高临下地以周人自傲，鄙视土著文化，而是毫不迟疑地入乡随俗，毅然决然地皈依于当地的土著文化——兄弟二人也"断发文身"。根据古籍记载和考古发现，所谓断发文身，就是将额前及两鬓剪短后散披，脑后的头发则盘束成椎状式的发髻，几乎在全身刺上花纹。

断发文身是古时吴越（今江浙一带）人迥异于中原的民俗，曾被视为吴越人的象征和标志之一。那么，古吴人为什么会形成断发文身的传统习俗呢？这要联系到他们生活、劳动的自然环境。吴地，即今江苏一带，那是水网密布、河道纵横的水乡，吴人为了在水下不被散乱的头发遮住双眼，不被飘拂的水草缠住头发，自然要剪短额前、两鬓的头发，将脑后的头发再束成椎髻状，这便有了所谓"断发"、"披发"、"攒发"、"祝发"诸说；因为水下危机四伏，暗流、凶蛇和鳄鱼随时都可能吞噬人的生命，而在身上刺上龙纹则在主观意念上给吴人一种安全感。龙既可以升天，也可以下地，更能入水。吴人身上饰以龙纹意在向水中诸族显示，自己本与它们同类，是龙之子，甚至求得龙神的庇护。

那么，泰伯、仲雍"断发文身"的意义何在呢？

此举足以尽快而广泛地获得当地土著人的认同，进而将其视为同族。泰伯兄弟来自于号称衣冠之邦、礼仪独盛的中原，他们义无反顾地断发文身，正鲜明地表达了他们对土著人这种习俗的真诚尊重，当然也更是对土著人人格的尊重，自然也就容易获得他们的好感。特别是在文身过程中，要用锐器刺遍几乎全身的每一个部位（据 1984 年在江苏丹徒县北山顶发掘的吴王余昧墓中，出土了一件鸠杖，杖镦末端有一跪坐人形，胸、背、股和臀部都有云纹。这是我们第一次看到的吴人文身的实物形象，打开了吴人文身面积之谜），需要忍受的痛楚之深、之长，以及在这个过程中表现出的决心和气概，都足以从心灵深处感动当时的每一个土著人。

事实也正是如此。据《史记·吴太伯世家》载，泰伯兄弟断发文身后，有一千多家人前来归顺，并推举泰伯兄弟作为他们的领袖。而泰伯这种谦让和谦卑的君子之德也为孔子所欣赏，《论语·泰伯》称："泰伯，那真可以说是品德极崇高了。多次把王位让给季历，老百姓简直找不出恰当的词语来称赞他啦！"一向讲求"过犹不及"的孔子，那该是在怎样的赞美激情鼓动下才有此无以复加、登峰造极的话语啊！由此也反映了泰伯兄弟品行的异乎寻常。那毅然出走时对权力和地位的漠视，对本氏族未来更深沉的历史责任感，那"断发文身"时对"非我族类"的土著的宽广胸襟和包容气度，都是多么令人感动啊！

泰伯兄弟积极去适应环境的变化和形势的需要，毅然入乡随俗、"断发文身"，从而赢得了当地土著人的拥戴，并和土著人一起开创了至今还让人称赏的轰轰烈烈的吴文化，以惨惨戚戚的离家出走的悲剧发端，以重

创辉煌的正剧告终。

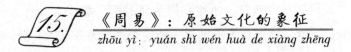

15. 《周易》：原始文化的象征

zhōu yì：yuán shǐ wén huà de xiàng zhēng

《周易》的象征，若依据它所使用的手段可以分作三类：卦象象征、爻位象征和卦爻辞象征。前二者是用图形或数字作为象征物，所谓象数思维即指此而言；卦爻辞则是以文字表达象征意义。

《周易》的卦象、爻数、卦爻辞，正是可以把象征的意象性和意蕴性融而为一的文化载体。

《周易》的经卦——八卦，最初是在诗的萌生的时代氛围中创制的，带有原始文化的意象性、模糊性、混融性，具有神秘意味的原始诗意的性质。由八卦衍生而来的卦爻辞是殷、周之际的产物，当时距离原始社会未久，加之巫术传统的作用，因此，卦爻辞仍然保持并发扬了神秘意味的象征性的诗化传统。中国最古老的诗歌样式是二拍子的四言诗，《周易》卦爻辞里类似诗歌的句子也以四言居多，这也证明了它和《诗经》基本是同一历史时期的产物。

《周易》的卦爻辞是按照象征方式编制的，"易以道阴阳"（《庄子·天下》），这是古今学者公认的事实。综观《周易》卦爻辞，却没有一个字明言阴阳，阴阳观念是通过卦爻辞中具体的事象、物象加以暗示。《周易》卦爻辞像《诗经》的比、兴一样，也是"以彼物比此物"，是"先言他物"。（朱熹《诗集传》）它所表现的对象不直接出现，而是借外物比况和衬托，就此而论，《诗经》的比、兴和《周易》卦爻辞在表现方式上是相通的。

《周易》卦爻辞的象征物有人自身："过其祖，遇其妣；不及其君，遇其臣。无咎。"（《小过·六二》）爻辞以祖和君象征阳，以妣和臣象征阴。它所表达的思想意蕴是：当"小过"之时，避阳而遇阴无咎。人作为阴阳观念的象征物在卦爻辞里出现时，他们的阴阳属性，或以性别划分，或从政治地位着眼。依此类推：夫为阳，妻为阴；主为阳，仆为阴；君子为阳，小人为阴。……用来象征阴阳观念的人都处于一定的社会关系之中，有着特定的感性特征，是具体的人、活生生的人。

作为阴阳观念象征物的还有各种禽兽。虎豹是凶猛的野兽，所以用它们象征阳。"大人虎变"、"君子豹变"（《革·九五·上六》），把大人、君子比作虎豹，象征阳刚有力。鱼生活在水中，不构成对人的威胁，所以用它象征阴。"井谷射鲋"（《井·九二》），鲋为小鱼，象征阴，"射鲋"就是除阴。在以飞禽作象征物时，也是根据他们的习性划分阴阳。鹰隼凶猛，雉好斗，它们都用来象征阳。爻辞所说的"射隼"（《解·上六》）、

清刻本《周易说略》书影，是为阐发朱熹《周易本义》而作。

"射雉"（《旅·六五》），都是指除阳。鸿为水鸟，生活在水滨，由鸿联想到它赖以安身立命的水、联想到水的柔软性质，因此就以鸿象征阴，《渐》卦即为其例。用做象征物的家畜有牛、马、羊、猪。牛、羊头上长角，给人以威武雄壮之感。马善于奔跑。由此而来，牛、马、羊都用来象征阳。猪较为驯服，用它象征阴。雄性动物比雌性健壮，而雌性则相对柔弱，故又用雌性牲畜象征阴。《坤》卦卦辞"利牝马之贞"，《离》卦卦辞"畜牝牛吉"，牝马牝牛都象征阴。在以动物作为象征物时，对它们阴阳属性的划分是多层次的，而不是一次完成的。

除了人和动物外，《周易》卦爻辞用作象征物的，还有自然界和人类社会的其他种种事象、物象。如以石、蒺藜、鼎象征阳，以水、雨、泥、血象征阴。在运用这类象征物时，主要从它们物理属性的硬度上着眼，坚硬者象征阳，柔软者象征阴。

　　总之，虽然《周易》卦爻辞里所出现的象征物种类繁多，但它们都是具体的事物，有形象可观，阴阳观念是借助于它们暗示给人们的。

　　《周易》的宗旨是标示以往，预测未来，显示细微，阐明幽隐。打开《周易》之书，所用名称适当，能辨别它所代表的事物；所下的断语都是直言，或吉或凶，不加隐瞒。但是，在语言表达方式上，它又举具体事物而言之，用细小之物作比喻。取小物以类比大事，以具体象征抽象，用个别暗示普遍。因此，《周易》卦爻辞旨意深远，用词文雅，它的话委曲中正，论事直截了当而又隐晦含蓄，这正是它具有文学价值的根本所在。文学作品的一个重要特点，就是要委婉含蓄，经得起咀嚼和回味。语贵含蓄，是文学创作的一条金科玉律；相反，一泄无余，意蕴不足，则是文学作品的欠缺。

　　无论在古代文学创作中，还是在文学理论中，《诗经》的比兴和《周易》卦爻辞的象征，常常作为结合在一起的宝贵文学传统而被继承下来，并在后世的文学中发扬光大，与日月同新。

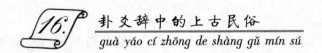

16. 卦爻辞中的上古民俗

guà yáo cí zhōng de shàng gǔ mín sú

　　民俗之于个人是重要的，因为每个人的每一天都生活在民俗之中，正如鱼必须生活在水中一样；民俗之于民族同样是重要的，因为正是民俗凝聚起民族，民族才能穿越历史的漫漫风尘。而《周易》卦爻辞里，正积淀了我们民族乃至我们民族每一个人引为自豪，也给我们以深刻影响的先秦民俗。

　　民俗几乎涵纳了人类活动的全部，不论是物质生产还是精神生产，或是它们的消费方式。

　　先看看卦爻辞中的生产习俗。"无妄卦"的第二条爻辞里有"不耕获，不菑畲"，意思是说，不在刚开始耕作时，就期望立刻获得丰收；不在荒地刚开垦一年时，就期望它立即变成良田。据《尔雅·释地》："田，一岁曰菑，二岁曰新田，三岁曰畲。"指出一块农田在三年里要经过三个不同的利用阶段，即第一年休耕长草，以恢复地力；第二年清除草木，复垦为田，故谓新；第三年整治成熟，才可利用。这说明我们的先民很早就意识到了土地的通过休养以增加地力的问题，证明此时的农业文明已由所谓"生荒耕作制"，进入到了高一层次的"熟荒耕作制"。

随着土地利用知识和技术的积累，特别是伴随着铁制农具和牛耕的出现，深耕就成为可能，由此也增加了收获，也使我们的先民更加注重对牛的饲养。"离卦"的卦辞说："畜牝牛，吉。"意思是说饲养母牛吉祥，这里实际上是表现出原始先民对母牛的偏爱，因为相对说来，无论是驾车运输，还是拉犁耕地，母牛较之公牛都更柔顺、更容易驾驭一些；更重要的是母牛还可以生产小牛犊，而拥有牲畜的多寡又是当时人们社会地位高低的一个标志。可见先民偏爱牛的习俗，是与扩大生产、提高自己社会地位的美好憧憬相联系的，这民俗里蕴涵着先民们对生活的一片热望。

再说说卦爻辞里的婚娶习俗。"蒙卦"里的第三条爻辞说："勿用取女，见金夫，不有躬，无攸利。"意思是说不要娶那个女子！她见到有钱的男人，就要失身，娶她没有好处。这一方面说明当时的社会已有了很强烈的贞操观念，把女子的失身看作很不道德的事，是情感上绝不能容忍的事；另一方面也说明当时社会各种思想碰撞的激烈，既有人坚持婚娶标准以道德为先、节操为重，也有人挟金自持，以此蛊惑诱骗妇女。而且更糟糕的是，这种社会现象还较为多见，因为"渐卦"的第三爻里有"夫征不复，妇孕不育"的类似记载。

卦爻辞里还记载了上古一个很奇特的婚娶方式——抢婚，所谓"匪（非）寇，婚媾"，既载于"屯卦"第二爻，也载于"贲卦"第四爻，还载于"睽卦"第六爻，而以"屯卦"的描述更为形象、感人。它通过允婚前马儿的"屯如邅如"、徘徊不前，形象地表达了女主人公心中的犹豫不定；再借助"乘马班如"、车马止步不前的形象描绘，烘托了女主人公临嫁前"泣血涟如"、悲痛流泪的惜别心情。

抢婚这种民俗是从母系氏族社会向父系氏族社会过渡时期的产物。在母系氏族社会里，婚后生活是男从女居，而在父系氏族社会则随着男人社会地位的提高而转变为女从男居，是"人类所经历的最急进的革命之一"。（恩格斯《家庭、私有制和国家的起源》）抢婚正是体现上述转变的一种社会表现方式。

这种抢婚习俗直到新中国成立前夕，在我国西南的景颇族、傣族及傈僳族仍有遗存。

最后，谈谈卦爻辞里的生活习俗和观念习俗。"姤卦"的第二爻和第四爻分别载有：厨房里有鱼，不会有灾祸；厨房里没有鱼，会发生凶险。鱼成为当时的人们拿来趋利避害的吉祥物。那么原因何在呢？

应该说原因是多方面的、复杂的。上古时期洪水泛滥，人们饱受洪水之苦，无处安身，而鱼儿却能自由自在地在水中生活，嬉戏，这自然引发了人们的无限神往。上古时期的医学很不发达，生育孩子是很凶险的，孩子的成活率极低，可人们却发现鱼儿的产卵及成活都非常顺利，这自然又引发了人们的无限向往。于是鱼儿就成了先民们奉为神明的图腾，西安半坡遗址发掘出的大量原始陶器上都刻有很多鱼形纹饰，就是最充分的证据。

因此在先民们的观念中，便形成了对鱼的崇拜的传统习俗，以至在生活习俗里也形成了以厨房里有鱼为吉祥、无鱼为凶险的思维定势。生活习俗与观念习俗互为因果，一同酿成了关于鱼文化的习俗。

卦爻辞里蕴藏着丰富的先秦民俗，系统而又细致地加以研究，对我们生动深入地感受先秦文学，对理清中华民俗的来龙去脉，都有着极为重要的意义。

17. 洋溢古人丰富情感的《易经》
yáng yì gǔ rén fēng fù qíng gǎn de yì jīng

《易经》是卜筮之书，人们读《易》时，通过对过去事物的了解，获得对未来的先知；察觉先兆，预见将来的发展趋势。说到底，这一切还是源于人类对自身命运的深切关注，是对人生充满真情和热情的曲折流露，上古时代尤其如此。从这个意义上说，《易》既是一部力图洞晓未来、充满玄机的著作，也是一部洋溢着人类丰富情感的著作，更是一部哲思与诗情相伴的著作。

《易》主要在哪几个方面激发起读者的共鸣呢？

首先，是语重心长的诲人之情。豫卦的第一爻称："自鸣得意，欢乐过甚，凶险。"这很像是一位饱经人世沧桑、洞晓世态炎凉的智者，怀有一颗善良关切的心，在谆谆告诫有所成就、已面露得意之色的人，千万别因小失大，遭人嫉恨，真有防微杜渐之妙用。

但这种超前的先见之明和智慧，是建立在洞晓世人大多有所成就后难免有所骄矜的人情世态之上，是对尚不够成熟的世态、人情的一种警觉。而将此内心世界的警觉化作对世人的警告，正源于他对世人怀有一颗善意的心，期望人们能少一点不必要的挫折，多一点顺利和早一点成熟的美好感情，所以才有这语重心长的叮咛，才有这类似长者的浓浓的关切之情的流溢。

为了不给自鸣得意而欢乐过甚的人造成太大的思想负担，也怕"凶险"这一后果给他们造成很沉重的心理压力，豫卦的第六爻又称："沉溺于安乐，若能改正，则没有祸患。"这无疑又给因骄矜而安乐过甚的人以新的转机和希望、新的鼓舞和抚慰。对人的呵护之情如此细致周到，真可谓达到了无微不至的令人感激的程度。

其次，是是非分明的感人之情。蛊卦的第一爻说儿子纠正父亲的错误，父亲也就没有罪过了，这可能会遇到危险，但最终是吉祥的。第四爻说宽容父亲，发展下去，就会蒙受灾难。这是从正反两个方面说明，在家庭伦理关系中，儿子是可以纠正父亲错误的。这和封建社会后期"父为子纲"一类僵化的伦理主张还是有很大区别的，表明了先秦时期在维护家族的共同利益、也是更大利益方面，父子间还有某些平等的因素可言。

在《易》倡导儿子可以纠正父亲过错的主张里，我们可以强烈地感受到不为尊者讳、不为亲者讳的义正辞严、正气凛凛和是非分明、不容含混

的大丈夫气概，这是对家族、对社会的一种强烈的责任感，和民俗里的一条著名谚语——"向亲向不了理"的呼告是一脉相通的。

也许正是为了倡导真理面前父子也能平等的正确观念，蛊卦的第五爻又说，纠正父亲的错误，一定会受到人们的普遍赞誉。这显然又是在进一步地鼓励人们应该大胆地冲破父尊子卑的等级观念，勇纠父过，去取得社会的支持和家族的荣誉。这和后来《孝经》里"父有诤子，则身不陷于不义。故当不义，则子不可以不诤于父"（诤，以直言相告，使人改正错误）的正确主张也是一脉相通的。由此可以看出，《易经》对民俗、对正统文化的系统规范和深刻影响。

再次，是如泣如诉、如诗如画的动人之情。屯卦的第六爻说，车马止步不前，他悲痛欲绝，哭得眼睛不住地流血。联系到本卦的第二爻是描写了上古的民俗——抢婚，那么这第六爻自然是写女子出嫁时柔肠百转，与家人难舍难分的痛苦的话别场面，生动形象，感人至深。又如离卦的第五爻说，眼泪像泉水一样不停地涌出，纷纷从面颊流下，忧愁悲伤地叹息，居安思危到了这种程度，必将获得吉祥。居安思危，原本是中华民族忧患意识的具体体现，是一种未雨绸缪、防患于未然的深谋远虑，属于一种理性的抽象思维。但它一经与泉水般涌出的眼泪相伴，便平添了一种动人的情愫。正像白居易《与元九书》中所说的那样："感人心者，莫先乎情。"依照傅道彬先生《诗外诗论笺》里把爻辞原来的独立面貌加以恢复的学说，则坤卦的爻辞是：履霜、直方、含章、括囊、黄裳。我们若再用现代汉语将这五个鲜明的诗歌意象串联起来，在我们眼前就会呈现出一幅令人心醉的秋日收获图——一个行人走在刚刚落霜的秋日原野上（履霜），放眼望去大地坦荡无垠（直方），丰收的田野多彩多姿（含章），人们忙着把丰收的果实装进口袋（括囊），大家穿着黄色的衣衫（黄裳）。用如此简练得不能再简练的笔墨，描绘出如诗如画的秋日景色，所要表达的正是那位行人胸中如诗如歌的情怀，是面对辽阔霜天逸兴遄飞的激荡情怀。

总的说来，《易经》虽为卜筮之词，但它凝神关注的终究是人世间的生老病死、吉凶祸福，所以也就在这凝神关注里自然融入了人世间的欢喜与忧伤、惨烈与优柔，从而使《易经》不仅时时闪烁着人类智慧之光，也处处流溢着人类情感的华彩，有着多样的审美价值。

《易经》的哲思是不朽的。

《易经》的诗情也是不朽的。

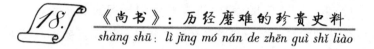

18. 《尚书》：历经磨难的珍贵史料

shàng shū: lì jīng mó nán de zhēn guì shǐ liào

《尚书》是上古时代的历史文献汇编，而"尚"即是上古的意思。据说从黄帝的玄孙帝魁开始直到秦穆公时代，诰言、誓词、大事记等共计约三千三百篇，这些零散的"故典"就是《尚书》的原始面貌。孔子晚年对这些文献作了一番大规模的整理删减，上起唐虞之际，下迄于周，以"可以为世法"（《璇玑玲》）为取舍的标准，"芟荑烦乱，剪裁浮辞，举其宏纲，撮其机要"（孔安国《尚书序》），共保留一百篇。内中有虞夏书二十篇，商书四十篇，周书四十篇。孔子的删书，历来有些争论，但若联系到

东汉画像石讲经图，其中的经即包括《尚书》。

西晋初年汲郡出土的《逸周书》七十一篇，与《尚书》篇目无一重复，就知道它确是孔子当时删落的部分了。《尚书》经过孔子的编辑整理，从零散的文献提升为完备的系统，成了孔子用来教育弟子的历史课本。至于《尚书》的文体，则可大致分成典、谟、训、誓、诰命、其他叙事之作等六体。典是记叙帝王的言论事迹，如《尧典》；谟是记载帝王与身边名臣相互谋议研讨政事，如《皋陶谟》；训是贤臣训导帝王的记录，如《伊训》、《高宗肜日》；誓是战争讨伐之前的誓师宣言，如《甘誓》、《汤誓》；诰命是政府的重要文告，如告谕指令和天子奖赏臣下的命辞，《金縢》乃周公替武王禳疾代祷，也属此类；其他叙事之作如《禹贡》是地理著作，《洪范》是哲学专论，等等。总之，《尚书》开了后世应用文体的先河。从这六体的宏观划分，也可窥见夏商周时代历史散文的洋洋盛状了。

百篇《尚书》经历秦火的洗劫，残损最为严重。以秦始皇的淫威，书生有在街头提及《诗》、《书》之语的都要处斩，民间更不敢冒险收藏。但《诗经》是韵文，便于记诵，到汉初迅即恢复；而《尚书》本来艰涩难读，纯靠记忆而保留百篇的内容，不免有些勉为其难。今天能看到的《尚书》五十八篇，按朝代编辑，计有《虞书》五篇，《夏书》四篇，《商书》十七篇，《周书》三十二篇，历两千年朝代更替和战乱洗劫，能够保存这样珍贵而丰富的史料，实在是件幸事。但这五十八篇中又分成"伏生"系统三十三篇、《泰誓》三篇和"晚书"系统二十二篇。以下简单交代一下各自的来历：伏生是秦的博士，秦始皇焚书时，他冒死将《尚书》藏在墙壁内，后来兵乱流亡，到汉惠帝时禁书令取消，垂老的伏生回去搜寻藏书，但只剩下二十九篇了。伏生用此残本在齐、鲁间讲授，他的学生用隶书写定，称为今文《尚书》。后来的人又将其中《盘庚》析出三篇。并从《尧典》中析出《舜典》，从《皋陶谟》中析出《益稷》，凑成三十三篇。至于古文《泰誓》三篇，则是汉宣帝时河内女子收拾老屋而发现的。这些都是屡遭战乱而未散失的。其间鲁恭王曾在汉武帝末年因扩建宫室而在孔子故居的墙壁中新发现古文《尚书》十六篇，藏于政府之中，而且汉代皇宫中可能也藏有秘本的百篇《尚书》全本。可惜在晋永嘉之乱中散失。东晋梅赜向朝廷献出孔安国《孔传古文尚书》，又新增出二十二篇，因学者们多怀疑这部分内容是伪造的，故而称作"晚书"。

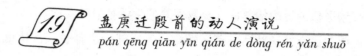

19. 盘庚迁殷前的动人演说
pán gēng qiān yīn qián de dòng rén yǎn shuō

　　远古的国都，曾多次迁徙。在成汤立国之前迁徙过八次；从成汤建立商王朝到盘庚之世，又迁徙过四次；而盘庚的由奄迁殷，则不仅克服了跨越黄河的巨大困难，也说服了反对迁徙的上层贵族，成为商民族最后的也是最著名的一次迁徙。但成汤立国前的八次迁徙，从东部沿海地区向豫、冀、晋一带缓慢移动，最后盘桓在今河南商丘附近，完全是由商族作为源起较早的游牧民族，长期过着"逐水草而居"的经济生活所决定的。夏朝末年，由于剧烈的气候变迁导致草原干涸（《管子》"汤七年旱"），成汤迫于商族的生存困境，急于向农耕聚居区扩展，于是率诸侯西进，发动了和夏族的战争。商王朝从此确立了以东部平原为中心的统治，此后虽仍保持着渔猎的传统，但已开始从事农业，所以迁徙的次数已不像前面那样频繁了。不过农业社会的初兴总是伴随着先民在一片黑暗蒙昧中艰难的经验积累和智慧摸索。商民族的农业水平较为原始，那时由于地力逐渐衰竭，收获逐年减少，为继续发展农业生产，只有不断地改换耕地。这样的农耕方式叫做游农。要知道长久定居条件的成熟总是和一个民族的农业生活的成熟相伴随的。可明明粮食收成在年年减少，农夫农妇在日日忧烦，上层贵族们却只图自己安逸，将民众的意见隐匿不报，这该多么让人焦心！据《尚书》中的《盘庚》中记载：民众不喜欢奄地的旧居，要求迁徙，他们向盘庚的贵戚近臣们呼吁，说出一番正直的话。这段话因为出自商代底层民众之口，显得活泼而又精彩。民众们说：从南庚迁到奄地，经阳甲到盘庚，我们这些农夫农妇，没因为环境日渐恶劣而死尽，但是如今即使我们相互救助，也生存不下去了！那么，问卜于龟又能怎样呢？该迁还是要迁！这果决明快的风格，这务实理性的精神，正是先民人生哲学的绝佳展

现。下面说到："恪谨天命"而"于今五邦"（西亳、嚣、相、耿、奄）正是先王的传统，而今却"不承于古"，不知这正是"断命"之举啊！只有快从旧邑迁到新邑，才能像伐倒的枯树发出新芽，恢复先王的大业才有希望。这里生动形象的比喻恰是民众朴素深厚的生活智慧的流露。

商王盘庚听到民众的这些话，有所觉悟。他把邦伯、师长、百执事之人以及贵戚近臣们都召集到朝中来，开始向这些上层贵族训话。这其实即是在迁都大事面前整个商城邦召集的长老会议。商王盘庚先作了讲话，他要求这些人不要沉湎于康乐安逸，而要对民众的感受更多地体谅和了解。从前先王之所以任用这些世臣贵戚的"旧人"参与国事，是因为这些人能够做到一言一行并不隐藏内心的意旨，因此民众们的意见都毫无保留地反映了上来。这些劝诫反复强调"民"即下层民众才是宗邦的根本，而"旧人"只有顺应"民"意才可以被任用。大概这些话惹恼了这些反对迁都的贵族们吧！他们当即在长老会议上纷纷阐述理由，和盘庚争辩起来。看来长老会议的结果的确是不利于迁都的。盘庚于是勃然大怒，意思是说：现在你们竟愚蠢自用地聒聒乱说，生造并且发挥险恶、肤浅的浮言以迷惑民众，我不知道你们这样争辩用心何在！不是我荒废先王任用"旧人"的原则不施行，而是你们不照先王训诫的那样做！你们聒聒乱说，根本不敬畏我，不听我的话。我看的很清楚，我也有问题，是我不善于谋划，才造成了你们的过失。盘庚那锐利的词锋、充沛的感情、沉痛的自责都传达得活灵活现。"观火"的比喻生动而且贴切，渐渐演变成"洞若观火"的成语，一直沿用至今。

由于盘庚定下了迁都的决心，一场以"询国迁"为主题的更大规模的邦人大会正式召开了。时间在公元前15世纪初叶，是古代中国有文献可查的最早一次邦人大会了。会议是这样开起来的。民众们都来了，在王庭里惴惴不安地等着。盘庚招呼大家靠近些，他当然知道如果自己也赞同那些邦伯、师长、百执事之人以及贵戚近臣的意见，迁都的事就没了指望，而这正是民众们不安的原因。因此他才说，我是顺从你们盼望安居乐业的想法，亦考虑你们的愿望和利益，决定迁都，而绝不会惩治你们，因为你们本来没有过错。迁都不仅是你们的愿望，也是先王的意愿。这样，邦人大会当然一举通过了迁都的决议。在会议的末尾，盘庚激动地说：去吧，去谋生吧！我现在就要带领你们迁移，在新的地方为你们建立永久的家园。这"永建乃家"的祈愿竟真的成了现实，在新都殷地，商民族的农业生活渐渐成熟，告别了原始的"游农"时代，彻底定居了下来。这就是有名的"盘庚中兴"。

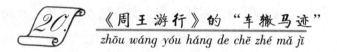

《周王游行》的"车辙马迹"
zhōu wáng yóu háng de chē zhé mǎ jì

周穆王的时代距今约两千九百年，他的统治长达五十五年，但因年代久远，只有零星的记载可以窥得其性情之大概。《周王游行》全然是身随周穆王征巡四海的一位史官所作记录，将穆王"周行天下"的"车辙马迹"依次写来，毫无靡遗。其实如《孟子·告子下》所云，"天子适诸侯曰巡狩"，周穆王的巡游正是有周一代不多的巡狩事例之一，他作为大旅行家的情志与气魄能够得以舒张，是和西征犬戎取得胜利大有关系的。穆王西征犬戎，祭公谋父就百般劝阻过，然而无效，出兵的结果是得到四只白狼、四只白鹿，还有一把削玉如泥的宝刀。这样，周朝在远方少数民族中的威势加强，穆王作为一代雄主的英名也传遍海内，西巡的障碍扫荡一空。于是穆王带着大批财宝和"六师"人马，乘着造父驾驭的八匹骏马拉的车子，从成周出发，进入河南，并沿太行西侧渡过黄河，越过今山西平度的磐石，以日行千里的速度径直西行。据说他向东、向北皆走过二亿多里，向南、向西皆走过一亿多里，辙迹遍及天下。这样，穆王这场浩大的远游到底去过哪些地方，就成了近世学者争论的焦点。

按传统的说法，并参照《竹书纪年》的有关记载："穆王北征，行流沙千里，积羽千里"，是指到达了今内蒙西部的居延海、巴丹吉林大漠一带；"西征昆仑邱"是说到达了祁连山地附近的青海湖头；"见西王母"于张掖的南山，然后进入新疆的田河、叶尔羌河一带，并从此往西北行进，

到达两千里外"飞鸟所解羽"的地方，即今中亚一带。西晋的著作佐郎郭璞为《穆天子传》作注释，直到民国学者卫聚贤先生的《穆天子传研究》采取的差不多都是这种观点。只是卫聚贤将"西王母之邦"指派在欧亚两洲交界的乌拉尔山，就更显出穆王此行的宏阔与雄奇了。《周王游行》虽是"起居注"性质的史官实录之笔，但无论周穆王还是他身边的史官都难逃脱上古神话思维的影响，不免稍涉夸张；而且关于三代山川部落的记载往往具有模糊性和流动性，很难用后世情状强加比附，这些都使它不断受到疑古派学者的怀疑。其实周民族始源于黄帝，实乃狄人之一支，其先世越过阴山，然后"自西徂东"（《诗经》语），渐渐兴起壮大；穆王的西北之游，很可能是对先祖迁徙路径的回溯。追寻来路，朝拜故乡，正是人类精神世界里恒久不息的渴望。而且周时的交通未必如后人想象中达到举步维艰的程度，黄帝族以游牧见长，车战、骑术、兵器，正是它能够统帅中原的强势所在，这纵横驰骋的剽悍传统也正是周穆王"欲肆其心"的渊源。这场远游达到甘肃和新疆境内，应该是足可信据的史实。

周穆王会见西王母的一段怕是《周王游行》中最精彩的篇章了。西王母，实际是西方的貘族，周时可能居于甘肃一带，其族酋长是一位风华典丽的女子，她的气度姿容深深吸引着贵为天子的周穆王。穆王带去了玉圭、璧和丝织品，并与她在瑶池举行酒会，席间气氛十分融洽。西王母情意绵绵地向穆王发出邀请："白云在天，山陵自由，道里悠远，山川间之。将子无死，尚能重来。"激动的穆王当即作谣答之：

> 予归东土，　　　　我回到那东方，
>
> 和治诸夏，　　　　好好治理周邦。
>
> 万民平均，　　　　实现百姓均平，
>
> 吾顾见汝。　　　　才能再来探望。
>
> 此及三年，　　　　用不了两三年，
>
> 将复而野。　　　　一定再来你乡。

西王母为穆王的诚挚情感深深打动，又吟诵道："……嘉命不迁，我惟帝女。……吹笙鼓簧，中心翔翔。"意思是说：愿你信守诺言，我也坚贞不变。今朝送行之宴，内心浮想联翩！穆王在西王母之邦逗留了四十四天，登上弇山，题写了"西王母之山"的"名迹"，终于依依不舍地告辞，继续向西北行进了。这段爱情的结局是令人伤感的，周穆王回到成周之后，由于政务的繁忙，就再也没能重游"西王母之邦"；不过西王母可能后来又来到中原，或者竟和周穆王异地相逢，重温旧梦？但亦是不得而知的推测之辞了。

21. 《诗经》是怎样采集的
shī jīng shì zěn yàng cǎi jí de

《诗经》收录的作品创作年代相距甚远，其中最早的作品是《商颂》，大约创作于公元前12世纪或更早；最晚的是《陈风·株林》，大约创作于公元前599年。其产生的地域大约包括现在的山东、山西、河南、河北、陕西、安徽、湖北北部的长江流域。这样漫漫数百年、绵延数千里的时空中产生的诗歌，如何汇聚于一部《诗经》中？

这在几千年前的周代，的确是一个难解的谜。靠诗三百篇本身无法完全解开这个谜，我们只有依靠后人的记述与推测，捕捉一切信息，才能逐渐揭示出谜底。古代早设有采诗之官。这在东汉班固的《汉书·食货志》中记载更为全面：

> 孟春三月，群居者将散，行人振木铎循于路以采诗，献之太师，比其音律，以闻于天子。

意思是说，每年初春的时候，集居的人群将要散到田间去劳动，这时就有朝廷派出的行人之官，敲着木头梆子在路上巡游，把民间传唱的歌谣采集起来，然后献给朝廷的乐官太师，由他审订、编曲，再给天子演奏。类似的描述在《孔丛子·巡狩篇》、何休《公羊传解法》等中也有。这就是"采诗说"。

　　那么，朝廷为什么花费这么大的气力进行采诗的工作呢？其目的首先在于考察民情。中国是一个诗的国度。早在《尚书·舜典》中就有"诗言志"的记载，这说明当时人们已经认识到了诗歌抒发情感的本质特征。既然诗是抒发情感的，而各种情感又往往是在一定的社会环境和历史条件中产生的，所以通过诗歌所表现的内容就可以了解到当时的社会情况。可以说周朝设立采诗官，首先是为了考察人民的动向，了解施政的得失，以利于巩固统治。我国古代非常重视音乐教育，传说中的舜就曾让夔掌管音乐，并让他以诗、乐教育子弟。在这里诗、乐、舞是三位一体的，这带有原始艺术的特点。而诗、乐不仅可以使人欣喜欢爱，养成一种正直而温和、宽宏而庄严、刚毅而不冷酷、简古而不傲慢的品性，而且诗与乐的配合达到一定境界时，可以使神与人交流思想感情而能够协调和谐，甚至于能够以乐来感百兽，使它们相率而舞。而在周代，诗、乐除了培养人的品德性格，使之能够和谐地处理好上下左右各个层次的关系外，还有一个更实际的用途，即赋诗言志。民间诗歌那种鲜活的语言、生动的形象、丰富的意蕴，可以使贵族子弟、各类官员在许多场合下，截取其中的诗句以表情达意。这种教育子弟的需要，是周代采诗的又一目的。

　　另外，民间的歌谣具有清新、活泼、生动、形象、玲珑剔透的特点，与宫廷音乐的典雅、板滞截然不同，因而参照民间音乐，制礼作乐，应用于祭祀、燕飨等场合，可以使气氛热烈，创造出一种其乐融融的情境；将这些采集来的歌谣直接进行演奏，更可使听腻了宫廷之乐的诸侯、贵族，有一种别样的感受，以此来满足耳目之娱。

　　当然，收录在《诗经》里的诗歌，除了采集上来的民歌之外，还有通过献诗的途径集录上来的。

　　不管周代采诗出于怎样目的，客观上为我们保存下诸多当时的民间歌谣，使我们了解丰富多彩的周代生活，体味几千年前民众的喜怒哀乐，欣赏到民间歌谣的多样风格。

春秋时期的赋诗时尚
chūn qiū shí qī de fù shī shí shàng

　　在春秋时期，人们在典礼上、宴会上，在外交往来乃至日常生活中，将所处的情境与诗句联系起来，委婉地表情达意或美化辞令。这在古籍中多有记载，仅《左传》一书，以诗应对，或谈判政治，或称叙友谊，就达一百五十余处。赋诗言志，俨然成为春秋时代流行、时髦的社会风尚。

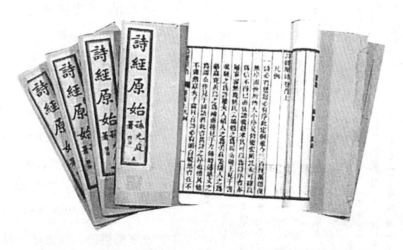

图为清人方玉润所著《诗经原始》书影。《诗经》是中国古代第一部诗歌集，收入西周初年到春秋中叶五百多年间的诗歌三百零五首。它是中国早期社会生活的形象再现，是丰富多彩的历史画卷，也是历代沿用的教科书。

　　《汉书·艺文志》上说："古代诸侯及卿大夫与其他国家交往的时候，往往以婉言互相沟通，在见面致礼及会盟典礼时，一定赋诗以明志，大约从这里可以分辨出人物的贤能与否，了解到国家的治乱盛衰。"称诗喻志，可以臧否人物，还能够观国家兴亡。意义如此之大，所以春秋时期的诸侯卿大夫都是从小就开始学诗，无论是涉职从政的男子，还是待字闺中的少女，也无论是中原各国，还是异族蛮夷，都必须烂熟于《诗》，做到随时称引。在当时，不能赋诗或听不懂别人赋诗含义的人是被人所鄙视的。

《左传·襄公二十七年》记载，齐国庆封好田而嗜酒，贪得无厌，又不讲礼仪。这一年，他到鲁国访问，坐的车非常华美。孟孙对叔孙说："庆封的车，真是华美啊！"叔孙说："我听说其人之衣着、车马、佩饰不与其人相适应，必得恶果，光有美车有什么用？"叔孙请庆封赴宴，他表

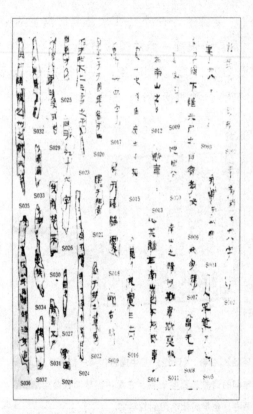

现得很不恭敬，叔孙便朗诵了《相鼠》一诗。《相鼠》是《鄘风》中的一篇，诗中有"人而无仪，不死何为"、"人而无耻，不死何俟"、"人而无礼，胡不遄死"之句，意思是人活在世上，应该懂得礼仪和羞耻，否则还不如死了，以此来讽刺庆封的不敬与臭美，但庆封却不知道什么意思。《昭公十二年》还记载，宋国的华定到鲁国访问，为新即位的宋君通好。鲁国设宴招待他，为他赋《蓼萧》这首诗，这首诗在《小雅》中，就是用于宴会的。诗中有"既见君子，我心写兮。燕语笑兮，是以有誉处兮"之句，意思是看到对方到来，

现存最早的《诗经》写本：阜阳汉简《诗经》摹本。

内心非常高兴，饮酒谈笑，欢乐而难忘，对华定的到来表示欢迎；诗中还有"既见君子，为龙（宠）为光"之句，意思是看到君子的到来，又能陪君子用餐，感到非常荣幸；诗中还有"宜兄宜弟，气德寿岂（恺）"之句，意思是彼此有如兄弟之谊，赞美对方德高寿长；诗的最后两句是"和鸾雍雍，万福攸同"，意思是祝愿未来万种福泽齐聚共享。鲁臣通过《诗》是

又欢迎，又赞美，又谦逊，又祝愿，热烈有加，热闹异常，怎奈华定却一句都不懂，也不赋诗回答。于是昭子很气愤，并由此评价他说："他将来必定会逃亡。因为诗中所说宴会的情谊不怀念，宠信和光耀不宣扬，美好的德行不知道，共同的福禄不接受，他怎么能够长于其位呢！"

　　而在外交的场合，如果赋诗恰到好处，则往往能够取得预想不到的效果，在融恰的气氛中，化险为夷，化干戈为玉帛。《左传》记载，卫国侵占戚的东部边邑，杀掉晋国戍卒三百余人。于是晋与鲁、宋、曹等国在澶渊会盟，讨伐卫国，夺回戚田，并攻取卫西部六十个边邑。卫侯被迫到晋国会盟，却被盛怒中的晋人抓了起来。襄公二十六年（公元前547年）秋七月，齐侯和郑伯相约到晋国为卫侯求情，晋侯设享礼同时招待他们。在诸侯争霸、战乱频仍的春秋时代，赋诗言志为血腥的政治斗争蒙上了一层文质彬彬的温柔色彩，也算是中国诗歌史乃至中国文化史上的一大景观。而从赋诗言志的形式来说，这是否就是后来文人饮酒赋诗、互相唱和的滥觞呢？只不过后代赋诗大部分是自己做诗罢了。

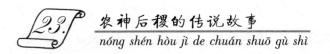

23. 农神后稷的传说故事
nóng shén hòu jì de chuán shuō gù shì

　　周的始祖是农神后稷，他的孕生便富有神异色彩。后稷的母亲叫姜嫄。有一次她到郊野，突然看到一个巨大的脚印，她感到非常奇怪：这么大的脚印，该是怎样大的巨人啊！于是怀着少女的好奇之心就用脚去丈量，而当她的脚踏在这巨人之迹的大拇指印的时候，感到体内一动，便怀了身孕，怀孕之后的姜嫄，居处行事处处虔诚恭谨、敬穆肃然，怀胎十月，便生下了后稷。

　　后稷的诞生也奇异非凡，母亲产门不破，婴儿胞衣不裂（"不坼不副"），一生下来就是一个圆圆的大肉蛋（"先生如达"）。因而虽然平安降生，无灾无害，也使得姜嫄惶恐不安。姜嫄以为这是不祥的征兆，便将这异样的怪胎遗弃。但更神异的事情发生了：把他抛弃在狭巷中，牛羊都来庇护他；放到树林中去，恰巧赶上人们在伐树；再把他扔到寒冰上，又有大鸟飞来以羽翼覆盖保护他。后来大鸟飞去，后稷才哭出声来。看起来这个大肉蛋在大鸟羽翼孵化、啄食下，才挣开胞衣，发出哭喊。姜嫄领悟到，这一定是神的赐予，才抱回家抚养。

后稷从小就有"屹如巨人之志"，显示出非凡的才能。刚会匍匐爬行，就能够自求食物，游戏时也愿意摆弄庄稼，"好种麻菽"。稍长就善于耕作，任何谷物瓜果，一经他手，即大获丰收：种大豆，大豆茂盛；植禾苗，禾穗沉沉；艺麻麦，麻麦繁密；稼瓜果，瓜果累累。他锄杂草，播良种，田野里谷物壮盛，颗粒饱满，一派丰收景象。于是他率领部众在邰（今陕西省武功县）安居下来。

后稷从匍匐爬行到稍长教民禾稼，到后来带领周族定居有邰。从《大雅·生民》的史诗中，特别是歌颂后稷的优美的旋律中，我们仿佛可以看到周人歌唱始祖——神异英雄后稷时的欣喜敬慕的神情；它还形象地描绘了农作物的生长过程，从丰富多彩的词语中，我们似乎可以听到庄稼拔节抽穗的声音，看到菽瓞千顷、麦浪千重的画面，感受到劳动的热烈气氛和生活的幸福景象。周人由游牧生活进入了安居农耕的生活，对以农业为主的周族来说，具有奠基之功和重要意义，因而史诗特别突出了这一点。

后稷在带领周族定居有邰，并在农业生产取得了重大发展后，没有忘记天帝的恩惠，于是他创造了祭祀，运用一种特殊的方式感谢天帝。

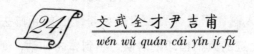

24. 文武全才尹吉甫
wén wǔ quán cái yǐn jí fǔ

"槊"是古代的一种常见兵器，即长矛，提到它，我们脑海中首先映现的是武士横执长矛、拼杀疆场的形象。诗是人们表达情感的一种重要工具，看到它，我们自然会想到文人学士饮酒赋诗，互相唱和的雅兴。"槊"与"诗"，一文一武，本不相干，但人们偏偏愿意把这两种表面互不相容的事物联系起来，并用一个情感色彩很浓的动词支配它们，造出了一个成语——横槊赋诗，用来形容儒将既建功疆场，又名震文坛的风采。人们首先用它形容曹操父子，以后又有周瑜等人。但实际上这类文武全才的人物在中国文学史上早已出现，而有明确记载的首先便是周代的尹吉甫。

尹吉甫是周宣王时的一员大将。周宣王即位时，西周已经衰落下去，周围各游牧部族也趁机加紧了对周的侵略与掠夺，所谓"戎狄交侵，暴虐中国"。因而周宣王即位之后，一方面"内修政事"，进行社会政治的改革与建设；另一方面"外攘夷狄"，多次率军或派将四处出击。尹吉甫曾在率领军队、抗击猃狁的战争中屡立战功，声名远扬。《诗经·小雅·六月》便是歌颂他奉命北伐获胜而归的诗。

《六月》一诗描述外族入侵、宣王授命之后，从准备到出征、从交战到胜利、从班师回朝到设典庆功的全过程，塑造了"万邦为宪"的尹吉甫形象。诗开篇即写"六月栖栖，戎车既饬"，按古代兵法惯例，冬夏不兴师，而现在夏六月却破例出兵，可见战事十分危急，作品开头便创造了一种紧迫惶急的战争气氛。正是在这样的气氛中，诗篇展开了具体描绘：主帅尹吉甫的治军有方、指挥若定，周军将士们的同仇敌忾、斗志昂扬，反侵略战争场面的浩浩荡荡、气势壮盛。

尹吉甫是个历史人物，但被写入诗中，他已经成为一个艺术形象，而对艺术形象的塑造，也便反映出诗人本身乃至一个民族的某些文化心理。对尹吉甫这个形象，作者没有着力渲染他的剽悍劲健、技艺高超，而是精心刻画他指挥若定、从容不迫的气度。作品写到周朝军马健壮无比、兵士威武整齐："四牡骙骙，载是常服"（四匹马儿很强壮，旌旗插在战车上），"比物四骊，闲之维允。维此六月，既成我服。"（四匹黑马都强壮，习战全靠法度良。尽管是在六月中，也已备好我戎装）。作品还写到了战场上周军的表现：旌旗绣绘着鸟隼的形象，白色的飘带鲜明飘扬，最大的战车有十乘之多，已经先行冲破了敌人的战防。军队训练有素，军马合乎法度，冲锋锐不可当，这都从侧面烘托了主帅尹吉甫的治军严格、领兵有方。直接写尹吉甫，先说"猃狁孔炽，我是用急"，敌人侵略猖狂，形势十分紧张，因而主将也心急如焚，但奔赴战场的时候却是：

我服既成，于三十里。……戎车既安，如轻如轩。四牡既佶，既佶且闲。

他带领穿着戎装的周军，每天只行军三十里。他乘坐的战车前进时非常安稳，可以随意俯仰。四匹驾车的马气宇轩昂，走在路上熟练安闲。这样写，并不使我们感到他自骄轻敌，贻误战机，而恰恰相反，诗歌通过对行军、兵车、战马的描写，把周军统帅尹吉甫的从容镇定、游刃有余的大将风度衬托出来。

尹吉甫还是文武全才，因而诗人称他"文武吉甫，万邦为宪"，是万方的典范和榜样。

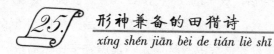

25. 形神兼备的田猎诗
xíng shén jiān bèi de tián liè shī

田猎，是我国上古原始农业经济的重要补充，《诗经》对此有着生动而形象的反映。根据文献记载，西周春秋时期，各级贵族多有供狩猎游乐的苑囿。天子之猎已如上述，那么贵族之猎呢？

贵族田猎的场面、气势，由于苑囿规模的限制，自然没有，也不许有天子之猎的恢弘；但它在氛围的制造、猎兴的渲染等方面，一点也不因之逊色，请看《车攻》描绘出猎的画面：

出猎的服饰多鲜艳：红围裙，金黄鞋；

出猎的仪仗多显赫：旗帜飘，旌旎扬；

出猎的人儿多兴奋：人声杂，笑语欢；

出猎的马儿多欢快：萧萧鸣，款款跑。

收获的禽兽一排排，厨房的野味数不清。

因为没有天子参与，贵族们多了放松和自由，少了天子在场的拘束，

宋人马和之作《小雅·鹿鸣之什卷》（局部），以《小雅·杕杜》为绘画题材。
原诗倾诉远行在外的役夫对父母妻子的思念，这幅画面出现的是车辚辚、马萧萧的景
象，颇为雄壮。

贵族之猎较之天子之猎，其快乐有过之而无不及。把反映贵族田猎的《车
攻》与描写天子田猎的《吉日》加以对读、比较，自然会获得很不同的感
受：前者侧重于热烈氛围的渲染，后者则长于田猎过程的叙述。特别需要
指出的是，在《车攻》里创造出了一联千古名句——"萧萧马鸣，悠悠旆
旌"，这也是一则文坛佳话，它把喧与静、动与闲作了非常富有艺术境界
的对比，表现出了狩猎归来，严整猎阵，清点猎物，以论高下时，人们既
兴奋又略有紧张的气氛，使人顿生身临其境之感，如睹其人，如触其情，
给人留下了很深刻的艺术印象，所以也自然地激发了不少后世文人对它的
仿效。

　　田猎的场面中，最让人赏心悦目的，是猎者那神勇无畏的胆气和箭无
虚发的技艺。这在《驺虞》、《叔于田》、《大叔于田》和《还》四首诗中
都有鲜明的描述。其中尤以《大叔于田》的描写形神兼备，是其中的佼佼

者。它写一个叫叔的人，纵横驰骋在猎场上，大显身手，独领风骚：

> 叔有让人生畏的豪气：赤膊空手捉老虎；
>
> 叔有盖世无比的御技：驾驭骏马似雁翔；
>
> 叔有令人艳慕的射艺：百发百中不虚发。

由此把一位胆气粗豪近似鲁莽，身怀绝技近似天神的猎者形象，淋漓尽致地塑造出来了；他那君临猎场、目空一切的个性也就鲜明、立体地凸现出来，为农业文明背景下的中国古典诗歌，增添了一种豪放的美、浪漫的美，而这种美又正处在历史的源头处，因此也就更加弥足珍贵。

如果说田猎场面的描述和神勇猎者的描摹都带有外在的性质，那么田猎的过程中猎者那跃动的心灵和流动的情愫，则又为这类题材的诗歌添上了必不可少、颇为精彩的一笔，从而情貌无遗地表现了鲜活多姿的人物。

这里既有《兔爰》里表现的一群武士们在路口、在林中设置兔网过程中，因为在内心感念自己竟成为公侯的心腹而洋洋自得、喜不自禁，因而显出"赳赳武夫"豪气的描述；也有《采绿》里居家妻子惦念外出渔猎已经六天不归的夫君，心里一会儿忐忑不安，一会儿又幻想夫君归来后，共赏鲢鱼、鳊鱼丰收的欢乐，一会儿又计划着夫君回来后，把头发洗干净，清清爽爽伴夫君的细腻、微妙的心理活动，真实、传神而又生动、感人。

可见《诗经》中的田猎诗是涉及了社会上各阶层的人物，也反映了各色人物丰富的心态，体现出了兼重形神、情貌无遗的特点；同时它既有田猎场景的正面描写，也有居家思妇的侧面烘托，反映田猎生活的视角灵活、视野广阔，显示出了足以垂范后世文学的伟大创造力。

最后要说及的是，春秋时期的狩猎一般在农闲时进行，且与军事演习相结合。《左传》隐公五年说：对贵族和王室说来，狩猎除了是一种娱乐外，也是与"祀与戎"相关联的：既可以用猎物作为祭品，又进行了军事演习，是一举数得的好事。

26. 上古时的婚恋习俗
shàng gǔ shí de hūn liàn xí sú

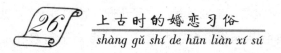

上古时期，春天有临水祓禊的习俗，这也是未婚男女聚会狂欢的节日，他们借此机会彼此相谑，寻求配偶。临水祓禊，就是洗澡除灾。这种民风盛于郑国，《太平御览》引《韩诗章句》说：三月上旬，正是春光称丽的时节，人们度过了索寞的寒冬之后，纷纷到郊外领略明媚的春光，愉悦自己的身心。因此，三月上巳也就约定俗成地演变为民间的游春节日。这一天也成为情人约会的好时光，少男少女自由交游，互诉心曲，浇水洗身，扬水相戏，并相互馈赠，以表示友好和爱情。《郑风·溱洧》为我们描绘了这样一幅景象：季春三月，流水清澈的溱洧河畔，青年男女手拿兰草，成群结队地来到水边。其中一对在游春时不期相遇，两人一见钟情，相约同行。他们在澄清的水中，洗掉污秽，拂除邪恶，彼此扬水相戏，谈情调笑，无拘无束。欢快愉悦的环境，明朗妍丽的意境，活泼传神的对话，把这对青年恋人的幸福与欢乐刻画出来。这里的"伊其相谑"包含着当时扬水戏谑的择偶习俗，以水相浇，戏谑求爱，最后互赠芍药以定情。

这种习俗在《诗经》以"扬之水"名篇的作品中得到了更为明确的反映。写男女泼水洗濯，相谑调情，接着主人公便以比喻象征的手法表明心迹：自己毫无隐瞒的忠诚之心像洁白无瑕的河石一样，自己愿意与心上人像天鹅那样自由自在地比翼高飞，像天鹅雌雄交欢一样相伴相随。可见这是民间一种重要的择偶形式。现在云南西双版纳傣族、白族还有泼水节，也应该是这种风俗的流传。

《诗经》反映出上古时期结婚有赠送束薪的习俗（与束薪并称的还有束楚、束刍、束蒲），这是说，准备束薪之时，三星出现在东南方；束薪准备就绪之后，就要前去迎娶新娘；因为今晚就要见到日夜思念的美人，内心充满了欢畅；由于心中满是激动与兴奋，竟至面对新娘不知如何是好。可见，束薪是男子的新婚礼品，必须在迎娶新娘之前准备好。

薪是薪草，束薪就是成捆的薪草，其用途是供迎娶新娘时喂马之用，《周南·汉广》所说"翘翘错薪，言刈其楚。之子于归，言秣其马"，就是这个意思。这种薪草是用白茅捆结。白茅非常柔软，多用于包裹礼品赠物，具有庄重的意义，因而具有恋爱或婚姻关系的男女在赠送礼品时，往往以白茅捆结。以束薪作为新婚礼物，与当时生产力发展水平有关，在以畜力车作为主要交通工具的古代，保证牲畜的饲草供应是极其重要的。为过路、来访客人的马匹提供饲草，在礼文中有着明确的规定。古代普遍存在着准备薪刍以待客人的风俗，新郎为新娘送亲车筹措束薪也就不足为怪了。《唐风·绸缪》描写的便是男子在迎娶新娘临行前紧张捆束薪草的情景。男子对于作为新婚礼品的束薪亲手割、亲手捆，这是表示庄重。婚礼中新郎赠送自己亲身劳动的成果，这是对对方的尊重，也表达了要使婚姻巩固持久的愿望。

扬水定情，束薪迎娶，这在上古时代是一个非常普遍的婚恋习俗，反映了当时淳朴的民风。了解这一民俗，掌握某些词语的特定含义，我们便可以对《诗经》某些篇章的思想内容、表现手法和具体词义，得出更接近于本义的认识。

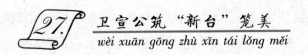

27. 卫宣公筑"新台"笼美
wèi xuān gōng zhù xīn tái lǒng měi

卫宣公是春秋时期卫国的一个荒淫无道的君主。早在他做公子的时候，就无耻地与庶母夷姜私通，乱伦后生下个一个儿子，名叫急。

卫宣公即位后，马上公开了他与夷姜的丑恶关系，立她为夫人，立他的私生子急为太子。太子急就是在这样的环境中逐渐长大，转眼间已经是二十几岁的小伙子了。太子急的老师右公子职为他做媒，从齐地娶来一个女子。宣公听说齐女容貌美艳，是绝代佳人，便垂涎三尺，企图占为己有。他急忙派人选用卫国上好的工匠与材料，在卫国边境处建筑了一个华丽的宫殿，名叫"新台"。这新台虽不及都城中王宫的雍容富丽，却也建得精巧别致，独具风格，让人流连忘返。宣公料定卫国迎亲的队伍已快到达卫国，便提前来到新台，等候齐女的到来。待他看到齐女天姿国色，顿时魂不守舍，色眼放光，恨不得立即把她拥入怀中。齐女随迎娶的队伍渡过黄河，进入卫地，首先映入眼帘的便是这金碧辉煌的"别墅"，再想到马上就要看见思慕已久的英俊潇洒的年轻郎君，心里自然喜滋滋的。万万没想到，后来围着她团团转的，却是一个满脸淫邪之色的干瘪老头儿。而这卫宣公既是一国之君，又是其夫之父。齐女只能忍气吞声，却无处去申诉，就这样稀里糊涂地被公公霸占了去。齐女在新台一住就是几年，她为卫宣公生了两个儿子，一个叫寿，一个叫朔。

卫宣公把儿媳占为己有的丑行，很快在卫国朝野传开了。太子急的母亲、卫宣公的夫人，不能接受这种淫乱的事实，感到无脸见人，便在嫉妒、绝望的心情中上吊自杀了。卫国的百姓也感到这事十分可耻，他们编谚语、唱歌谣，用另一种方式讽刺卫宣公。夷姜自杀后，卫宣公并没有警醒，而是觉得自己又有了一次机会。于是他迫不及待地立齐女为夫人——这就是宣姜。宣姜最初被聘为太子急之妻，等到了新台，却一下子变成了急的庶母。她对太子急由羞愧而生仇恨，必欲置之死地而后快。于是便同她的小儿子朔一起，谗毁太子急。卫宣公抢占了儿媳为妻，因乱伦悖理而心怀鬼胎，也一心想废除太子。于是，他不管宣姜母子说的是否有理，便设计加害。他让太子急出使齐国，临行前，赐太子白旄，作为使节的标志，暗地里却派遣刺客，看到拿白色旄节的格杀勿论。宣姜的另一个儿子寿知道这个阴谋，就劝太子急赶快找机会逃走。但急认为这是君父之命，不能逃避。寿趁为急送行时把他灌醉，偷偷拿着白旄先行，在边境果然遇难。急赶到后，对刺客说："君命杀我，寿有何罪？请把我杀掉吧！"于是他也被杀害了。

许穆夫人作《载驰》
xǔ mù fū rén zuò zài chí

在中国文学发展史上，爱国主义精神像一条红线，贯穿于始终，并放射出最耀眼的光芒。屈原、杜甫、陆游、辛弃疾、秋瑾等文学家，都奏响了时代爱国乐章的最强音。而产生于春秋时期、收录于《诗经》之中的许穆夫人所作的《载驰》，就是这部乐章开篇时一个强劲的音符。

《载驰》的创作，要从卫国的几近灭亡说起。

卫宣公在位二十年。他死后，他与儿媳齐女所生的第二个儿子朔继承了君位，这就是卫惠公。卫惠公在位三十一年而死，他的儿子赤即位，这就是卫懿公。

当初，公子朔曾伙同其母谗毁太子急，致使太子急与公子寿同时遇难。因而卫国的臣民不仅非常痛恨君王的荒淫无道，而且对公子朔以及其子太子赤的即位都有所不服。

卫懿公即位后，非但不接受父祖辈们的教训，反而更加"淫乐奢侈"。他不理朝政，远离贤臣，而亲近奸佞，宠爱物类。在众多的宠物中，他最喜欢鹤。鹤毛白头红，长喙高足，能鸣善舞，视远寿长，这些无不使懿公格外喜爱。于是他百方罗致，重赏献者，使苑囿宫廷，无处无鹤。他所畜养之鹤，都有品位俸禄：好的食大夫俸，差点的食士俸。懿公如果出游，其鹤也分班随从。既要满足众鹤的口腹，又要供俸养鹤之人，因而便只有横征暴敛，人民怨声载道。

懿公九年（公元前660年）十二月，狄人伐卫。此时，懿公正欲载鹤出游，听到狄人入侵的报告，慌忙组织京城及四郊的百姓进行抵御。但百姓对惠公朔逸杀太子急自立为君，而其子懿公赤继之而立，早已不服，常想找机会惩罚他们；再加上懿公重物轻人，亲佞远贤，又兼横征暴敛，残害百姓，因而必欲除之而后快。被征召来后，他们相互示意，纷纷声言："君王授予禄位的是鹤，君王厚赏看重的是那些宫人。让那些富贵的宫人带领鹤阵对敌好了，我们这些人哪有资格上战场啊！"于是四散逃走。

懿公自知已失去民心，只好带领城中部队出城御敌。卫、狄两军战于荥泽，仓促应战的卫军，怎能抵挡住狄军的精兵强将！战争的结果是懿公被杀，卫军失败，卫国灭亡。卫国的遗民在漕邑（在今河南滑县东南）拥立戴公为君。不到一年的时间，戴公又死去，文公继立。

卫国是许穆夫人的父母之邦，戴公、文公与她都是同胞兄妹，因而这一连串的不幸消息传到许国后，许穆夫人真是坐立不安，昼夜难眠。她决心冲破种种阻碍，赶回卫国，吊唁卫侯，慰问文公，为拯救灾难深重的宗国尽自己的一份力量。

在是否应该回国这件事情上，许国大夫与许穆夫人的认识很不相同。他们以礼相责难，阻挠她回国。因为按照当时礼的规定，女子出嫁后，如果不是父母去世，就不能够回家吊丧。《礼记》中就明确地说："妇人非三年之丧，不逾封（邦）而吊。"懿公死于兵乱，戴公卒于寓居之地漕邑，都不能举行盛大的葬礼，二人又非父母，所以许穆夫人回国便不能以奔丧为理由。但她早已明白宣称：我回卫国，乃吊卫侯之失国；宗国破灭，这不是常有的事，既不能救，义当往吊。

但在许国人看来，许穆夫人作为"国母"，影响非同小可，她既不应该做出"非礼"的举动，又不能以此举惹怒了狄人，牵连到自己国家。因而在许穆夫人已经启程、并且快到漕邑的时候，他们又追来劝阻。他们只知道不能得罪狄人，却不懂得"唇亡齿寒"的道理，卫国的灭亡不正给狄人清除了长驱直入的屏障吗？更何况这一举动虽不合于常经，却符合天理人情！因而许穆夫人愤怒地指责他们："你们只考虑你们的'礼'，为什么不想想我的国家！面对我父母之邦的残破与灾难，你们这些男子汉却拿不出哪怕是一条好办法。我一个女子就是要看望自己的亲人，拯救自己的国家，你们还有什么可说！"

失去亲人的痛苦，国家破败的忧伤，使她五脏俱焚。她登上高高的山冈，遥望灾难深重的家乡，悲凉之情油然而生，情不自禁地唱道：

载驰载驱，归唁卫侯。

驱马悠悠，言至于漕。

大夫跋涉，我心则忧。

……

在这首《载驰》诗中，她描述了自己怀念宗国、奔赴国难的内心世界，表达了借助大国、拯救卫邦的坚定信念，抒发了沉郁悲壮而又缠绵悱恻的爱国情怀，掷地有声，感人至深。诗人通过吊唁卫侯，忧虑国家，希望复国，同许国大夫论争等一系列行动与心理活动的刻画，突出了许穆夫人这一超凡拔俗的富于传奇色彩的形象，而通过许国君臣的袖手旁观，责难阻挠，更有力地反衬了许穆夫人的勇敢与伟大。一个通权达变、高瞻远瞩、义正辞严、义无反顾的爱国女诗人的崇高形象，活生生地展现在人们面前。

作为一个贵族妇女，在关键时刻敢于挺身而出，为拯救灾难深重的祖国而献出自己的赤胆忠心和智慧才华，尽己所能为国效劳，这种爱国热忱，当时就感染了许多人。齐桓公同情姻亲之国的遭遇，一方面亲自率领各诸侯国的军队讨伐狄人，另一方面又派公子无亏带领三百辆战车、三百名甲士保卫漕地。许穆夫人的这种精神，汇入中国文学的爱国主义传统的长河中，成为一朵最为耀眼而美丽的浪花。

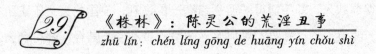29. 《株林》：陈灵公的荒淫丑事
zhū lín：chén líng gōng de huāng yín chǒu shì

胡为乎株林？	去株林干什么？
从夏南！	去找寻夏南啊！
匪适株林？	难道不是去株林吗？
从夏南！	为的是寻找夏南啊！
驾我乘马，	驾着我的四匹马，

说于株野！	来到株林才卸鞍！
乘我乘驹，	乘着我的四匹驹，
朝食于株！	赶到株林吃早饭！

　　这首诗题为《株林》，是《诗经·陈风》中的一篇。那么，是谁这样匆忙地赶往株林呢？株林是一个什么地方呢？为什么急于赶到株林吃饭？夏南又是什么人呢？原来这里包含着陈灵公丧身亡国的一段荒淫丑事。

　　春秋时期，陈是一个小国，处于楚、晋、鲁等大国的包围中，经常受"夹板子气"。那时，郑国也处于晋、楚的夹缝之中，但由于郑国国君自强自立，再加上善用贤臣，所以在与大国的相处中，始终占有一席之地。而陈国上没有圣明的君主，下不用贤能的臣子，因而国内动荡不已，祸患不断，在国外也始终难以自立。

　　陈灵公在位时，有一个名叫夏姬的女子，长得风姿绰约，妖艳迷人。她本是郑穆公的女儿，在未出嫁时，就与庶兄公子蛮私通。不久，公子蛮短命而死。后来，她就嫁给陈国大夫夏御叔为妻，始称夏姬。夏御叔的采邑为株林。夏姬与御叔生了一个儿子，取名征舒。不幸的是，没等征舒长大成人，御叔便身染绝症，一命呜呼了。

　　夏姬年轻守寡，独居空闺，面对这风景秀美的株林，常常唉声叹气，自叹命薄。而夏姬的美貌早已名传天下，许多男子想入非非，设法了解她的行踪，偷偷寻找机会接近她。一时间，原本清静闲适的株林热闹起来。

　　陈国朝廷中有两个大臣，一个叫孔宁，一个叫仪行父。他们平时就不务正业，专干投机钻营、溜须拍马、压制贤能、谗害忠良之事。他们知道陈灵公是一个淫邪之徒，便经常从各地选来美女，以讨主子的欢心。夏姬的美貌与淫行，他们早有耳闻，于是不费吹灰之力，就为灵公与夏姬穿针引线，还经常陪灵公到株林与夏姬幽会。天长日久，二人也都与夏姬勾搭成奸，而且彼此之间毫不避讳。

　　一次，陈灵公与孔宁、仪行父竟穿着夏姬的内衣，会于朝廷。三人毫无羞耻之心，以内衣相互比看把玩，还拿与夏姬私通淫乱的细节彼此取笑。这一丑行秽闻传出后，一些大臣非常气愤，忠直的泄冶直奔宫中，向陈灵公进谏道："国君和二卿在朝堂上公开宣扬淫乱，会给百姓做出什么样的榜样呢？这样做也将使陈国在诸侯中名声扫地，所以请君王还是自重自爱，把那件汗衫收起来吧！"陈灵公表面上承认错误，心中却很窝火。他将此事告诉了孔宁、仪行父，两人觉得泄冶是颗眼中钉，于是请求灵公答应杀掉他。陈灵公昏聩无耻，色迷心窍，也嫌泄冶碍手碍脚，因而也不加劝阻。二人得到了陈灵公的默许，便毫不顾忌地将泄冶杀害了。

像泄冶这样的重臣尚且被杀，别人再也不敢公开非议，没有谁愿意直言惹祸了。于是，君臣三人更加肆无忌惮，经常不理朝政，一起到株林去与夏姬寻欢作乐。

陈灵公十五年（公元前599年）的一天，陈灵公又微服私行，与孔宁、仪行父到夏姬家鬼混。夏姬同往常一样，准备了丰盛的美味佳肴，来迎接君臣三人。这三人平时尚且戏于朝廷，现在一齐聚在夏姬家，酒酣耳热、觥筹交错之间，更是手舞足蹈，声淫语浪。灵公对仪行父说："征舒有些像你，莫不是你生的？"仪行父也笑道："有些地方更像您，恐怕是君主您生的吧！"征舒当时在门外，听到此言，不觉怒从中起。他平时对这帮淫乱的家伙早已恨之入骨，于是埋伏下弓箭手，射死了陈灵公，孔、仪二人惊恐万状地逃亡到楚国。

对于陈灵公君臣的丑恶行径，陈国的老百姓早已感到不堪入目，他们便用诗歌的形式加以揭露和讽刺，《株林》就是这样一首诗。

"株林"是夏姬居住的地方；"夏南"即夏子南，子南是夏征舒的字号。这里虽只字未提夏姬，但却将其丑事暴露无遗。据《礼记·礼运》篇记载，国君如果不是探视病人和吊唁死者而去臣子之家，便叫做君臣相谑，是不合礼法的。而此时夏御叔已死去多年，征舒只是一个下层官吏，所以诗人在"胡为乎株林"、"匪适株林"的层层相逼的疑问和"从夏南兮"的恍然大悟的解释中，已把陈灵公的丑恶用心揭示出来。又据记载，按照礼仪，大夫以上直至天子，都可以乘坐四匹马驾的车，只是马的叫法不同，标准有别：天子马叫龙，高七尺以上；诸侯马叫马，高六尺以上；

大夫马叫驹，高五尺以上，因而诗中称"驾我乘马"、"乘我乘驹"。而古代又常用饮食饥饱隐喻情欲之事，因此诗中称"朝食于株"。从这些描述可见，这正是陈灵公君臣三人不顾廉耻、相约到株林满足淫欲的丑恶行径的写照。

这首诗旁敲侧击，意在言外，把陈灵公的荒淫丑事活脱脱地暴露出来，取得了强烈的讽刺效果。

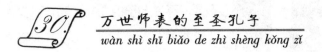

30. 万世师表的至圣孔子

wàn shì shī biǎo de zhì shèng kǒng zǐ

在中国古人的价值观念里，神圣是为绝大多数人所仰慕敬从、少数人所孜孜以求的，因为人人都知道，成为神圣者，实在跟登天相差无几；但神和圣又是有区别的，创造天地万物并能主宰者谓之神，具有最高道德和智慧者谓之圣，由此看来，在现实人生中只有成为圣人尚有可能。

然而在三千年的中国古代文化里，被人们心悦诚服地尊为至圣者却只有一个人——那就是孔子。

其实，至圣是一种至高无上的人生境界，这个境界实在需要一生的扎实艰苦的努力。《左传·襄公二十四年》引古语说："太上有立德，其次有立功，其次有立言。"我们的先民认为人生的价值最高层次是树立德行，其次是建立功业，又其次是著书立说。人一生能做好其中一项，就可以英名不朽，而若能集立德、立功、立言于一身，就可以成为至圣了。

我们先从山东曲阜孔庙前棂星门柱上的一副对联说起。这副对联是明人所撰：

德侔天地，道贯古今。

上、下联虽然仅有八个字，却概括了孔子道德与天地齐等、思想学说横贯古今的境界。从空间与时间两方面，纵横兼备地把孔子道德的至尊至崇说得无以复加。从这种对孔子道德绝对化的礼赞里，可以看出后人心目

"至圣先师"孔子画像

中对孔子的高山仰止式的赞叹敬仰之情，也印证了孔子德业的无与比肩。若再联系我国许多地方的大成殿前的匾额上，都大书"万世师表"的赞语，则说孔子是千古一圣，是一点也不夸张溢美的，这是对至圣孔子的恰切评语。

再说孔子的立功，我们以少为人知的夹谷之会为例。也唯其夹谷之会的少为人知，人们才形成了一个错觉——孔子只是一位坐而论道的至圣先师。而事实上，孔子在夹谷之会的非凡表现，足以印证孔子还有另外一个寡为人知的人生侧面——作为政治家和外交家的远见、果敢和机敏。

夹谷是山名，在今山东莱芜市南，当时是属齐国的南境。鲁定公十年（公元前500年），鲁侯与齐侯约定相会于夹谷。以往鲁侯出席诸侯盟会都是由"三桓"陪同。这次盟会"三桓"感到非常棘手，不肯陪同，所以才推孔子为礼相，把陪同鲁侯前往的艰巨任务放在了时年五十二岁的孔子肩上。

听说是孔子陪同鲁侯而来，齐大夫犁弥非常兴奋，对齐景公说："孔丘这个人只懂得礼仪而不懂军事。如果两君相会，派人以武力劫持鲁侯，必能达到我们的目的。"齐景公听从了他的意见。——由此看来，楚汉相争时范增设计的"鸿门宴"也不是什么新招数，而是从这春秋诸侯盟会的暗伏杀机中学来的。

然而犁弥和齐侯的如意算盘被富有远见的孔子打破了。孔子除了外表循规蹈矩的儒者形象外，还有韬略在胸的智者襟怀，他对鲁定公说："有文事者必有武备，有武事者必有文备。"要求在谈判时一定要有必备的军事防范措施，因此鲁国又增派了军队人数和军事长官。

所以当齐、鲁二侯盟会之际，齐国执事者以增添舞乐助兴为借口，让一群手持刀剑的人闯入会场之际，孔子一面严令带来的鲁国卫队把这伙人挡在场外，不许后退一步，一面三步并作两步抢先登坛保护鲁侯，也顾不得登坛的礼节了。

孔子一上坛，就责问齐景公："两国君主友好相会，您却以武力向友好示威，这对神灵是不祥，在德行上是失义，对人是无礼。这不是您齐君的本意吧？"

齐侯自知理亏，无法作答，连忙命令这伙人离开，并歉意地说："这是寡人之过啊。"孔子凭着他的果敢和机敏，粉碎了犁弥的预谋。

犁弥等人一计不成，又节外生枝，在两国盟誓时，单方面在盟书上加入一句话："齐师出国征伐，如果鲁国不派出三百辆兵车相助，就会像盟书所约定的那样受到惩罚！"这显然是要鲁国无条件地承认自己是齐国的附庸国。孔子也马上派鲁大夫兹无还答道："你们齐国如果不归还强占去的我们鲁国的汶阳之田，却要我们供应齐国所需，也会同样如此！"孔子又一次凭着他的果断和机敏，击退了犁弥的进攻。

夹谷之会后，齐景公为了履行盟约和改善同鲁国的关系，便把汶水以北的龟阴、汶水以西的郓等地归还鲁国。

鲁国以弱小之邦，参加大国的盟会，仅仅靠孔子一人的智慧，不仅恢复了失去的国土，而且维护了自己的尊严和独立。因此，夹谷之会于鲁国说来，是外交上的一个重大胜利，而孔子立下了最大的功劳。也正是因为在夹谷之会上的非凡表现，回到鲁国后不久，孔子即"行摄相事"，直接参与重大国政。如果说在一百八十四年前曹刿协助鲁庄公打胜了一场"长勺之战"，显示了曹刿的胆识和细心，那么一百八十四年后，孔子一手导演的夹谷之会的外交胜利，则显示了孔子的后来居上，他有更高超的胆略、勇气和智慧，所以才兵不血刃地在谈笑间就夺回了曾失去的三邑。于立德之外，孔子又有此立功的壮举，其至圣人生又多了精彩的一笔。

最后说孔子的立言。一部《论语》大部分是由孔子的语录构成，是名副其实的立言，而这立言又有一言九鼎的致世之用。

唐代写本郑玄注《论语》（残页）

后人津津乐道的"半部论语治天下"的典故，就出自于这里。以半部《论语》就足以平定天下，再以另一半《论语》便足可巩固皇权，一部《论语》的致世之用，真让人惊叹。

孔子有至德令万代敬仰，有至功让万人敬慕，有至言使万世致用，称之为至圣孔子，不是很恰当的吗？

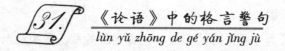

31. 《论语》中的格言警句
lùn yǔ zhōng de gé yán jǐng jù

"岁寒然后知松柏之后凋也。"（《子罕》）"三军可夺帅也，匹夫不可夺志也。"（同上）几乎是人人皆知的警句。前者赞美了坚贞不拔的性格，后者歌颂了个体人格的坚强。《论语》中类似这样深入浅出、语约义丰的格言警句还有很多。千百年来，这些警句代代相传，为人们喜爱。

孔子是一位伟大的思想家，其博大精深的思想体现在《论语》之中，通过格言警句的形式反映出来，成为人们立身处世的座右铭。怀安邦定国之志的仁人志士，借此而实现鸿鹄之志；追求独善其身人生境界的人，凭此以实现道德的自我完善。孔子的思想核心是"仁"，"仁者爱人"，推己及人，就是"己欲立而立人，己欲达而达人"（《论语·雍也》），就是

"己所不欲，勿施于人"（《颜渊》）。"己所不欲，勿施于人"是孔子的人生准则，体现了一种理想的道德境界，它具体表现在对富贵贫贱的取舍、贤与不贤的反思等等诸多人生态度中。孔子曾说："富与贵，是人之所欲也；不以其道得之，不处也。贫与贱，是人之所恶也；不以其道得之，不去也。"（《里仁》，第二个"得之"是"去之"之误）他又说："不义而富且贵，于我如浮云。"（《述而》）他认为，无论是追求富贵，还是摆脱贫贱，都要坚持操守、洁身自好，决不为不义之事。后代"穷且益坚、不坠青云之志"（王勃《滕王阁序》），

宋代刻本《论语》

"斯是陋室、唯吾德馨"（刘禹锡《陋室铭》）所体现的高尚的情操，正是孔子主观自觉精神的发扬光大。孔子始终追求至善至美的人生境界，所以常常内省。"见贤思齐焉，见不贤而内自省也。"（《里仁》）他所忧虑的不是不能飞黄腾达，富贵荣华，而是"德之不修，学之不讲，闻义不能徙，不善不能改。"（《述而》）他反对那种无所事事、消极混世的人生态度。所以他说："饱食终日，无所用心，难矣哉。"（《阳货》）人生是如此短暂，应惜时如金，有所作为；人生只有一次，所以生命才显得可贵。但当生命和仁德发生矛盾时，应以怎样的态度处之？孔子认为："志士仁人，无求生以害仁，有杀身以成仁。"（《论语·卫灵公》）即人不应该贪生怕死，损害仁德，宁可牺牲生命，以实现仁德。孟子提出"舍生取

义"的思想，与此相一致。后人遂用"杀身成仁"、"舍生取义"指为追求真理和实现正义事业而不惜牺牲生命。

孔子圣迹图。此图所绘为孔子周游列国、游说诸王的典故。孔子神情恭肃，席地而坐，国王和颜悦色，作聆听状。

孔子的"仁"，包含了一种要求把仁当做人的思想，具有人道主义精神。这一精神不仅为华夏子孙所继承，且为其他民族所汲取。因为人类有共同的理想，即对真善美的追求，因此，文化在相互交流、融合中发展着。正如汉代佛教、唐代印度音乐传入我国，促进我国文化艺术的发展。16—17世纪，孔子的学说也传入法国，给法国启蒙主义思想家伏尔泰产生很大影响。伏尔泰首先标榜并宣扬"己所不欲，勿施于人"，提倡应为每人的座右铭。18世纪末，法国雅各宾派领袖罗伯斯庇尔执笔起草《人权宣言》，将"己所不欲，勿施于人"，作为自由道德的标志写入了宣言。1984年联合国大会通过的《世界人权宣言》，也是以法国《人权宣言》为蓝本制定的。可见，"己所不欲，勿施于人"体现了人类所共同追求的普遍标准。

孔子又是一位伟大的教育家。他的教育思想，他所提倡的学习态度、学习方法也体现在许多格言警句中，使历代学子受益无穷。孔子之前，知识被贵族阶级所垄断。孔子大胆提出了"有教无类"（《卫灵公》）的教育思想，十分可贵。孔子开始打开私学的风气，广收弟子。其弟子多为平民，如子路、冉求、子夏等，多出身微贱，家境贫寒。这些人能同贵族子弟一样受教育，充分体现出孔子平等、博爱的人道主义精神。他提倡"敏而好学，不耻下问"（《公冶长》）的学习态度。强调"知之为知之，不知为不知，是知也"（《为政》）。并且以"学而不厌，诲人不倦。"（《述而》）的严谨态度去学习、去工作，体现出其孜孜以求、持之以恒的敬业精神。他又用精练的语言总结出学习方法："学而时习之"（《学而》）、"温故而知新"（《为政》）、"学而不思则罔，思而不学则殆"（《为政》），有力地论证了新与故、学与思之间的辩证关系。孔子还能以发展、变化的眼光看问题，自己德才兼备，多才多艺，却不轻视弟子，尤其看重后人，以一种平和大度的心态审视品评他人。他说："后生可畏，焉知来者不如今也。"（《子罕》）孔子以此警人，令我们永不自满，及时勉励和学习。孔子又总结出教学方法："不愤不启，不悱不发。举一隅不以三隅反，则不复也。"（《论语·述而》）意思是："学生不到苦思不解的时候，我不去开导他；不到想说又说不出来的时候，不去启发他。我告诉他这一方面的道理而他不能连类推想到其他方面的道理，就不再教他了。"这是后世一直推许的启发式教学方法。

在其他方面，孔子也提供给我们许多格言。"巧言令色，鲜矣仁。"（《学而》）意思是花言巧语，阿谀逢迎，装出伪善面孔的人，很少是品德高尚的人。孔子以其敏锐的目光，透过伪善的表象揭示其本质，为我们区分贤愚、判别善恶提供了明鉴。"始吾于人也，听其言而信其行；今吾于人也，听其言而观其行。"（《公冶长》）这种"听其言而观其行"的评判标准至今仍有其现实意义。我们常说，人生在世，应居安思危。正如孔子所言："人无远虑，必有近忧。"（《论语·卫灵公》）在不如意之时，应"不怨天，不尤人，下学而上达"（《论语·宪问》）。这样才能有所作为。而有远大志向之人，成就大业之士，必定胸襟开阔，因为他们深知"小不

忍，则乱大谋"。（《论语·卫灵公》）孔子的学生子夏做了莒父地方的长官，就政事问题向老师请教，孔子便教导他不要急功近利。他说："欲速则不达，见小利则大事不成。"（《子路》）我们从中仍能获得许多启示。时光易逝，人生苦短。我们同孔子虽不同时，但对事物的体悟有时极其相似。登高远望，知天地之广阔，觉自我之渺小；见水东流，叹自然之永恒，感人生之短暂。所以"子在川上曰：'逝者如斯夫，不舍昼夜'。"（《子罕》）简短的话语，把孔子慨叹的语气、怆然若失的感情表现得惟妙惟肖，引起人们强烈的共鸣。类似这样的格言警句还有很多。

这些格言警句，表现了孔子深湛的思想，高尚的节操，博爱的情怀。他在政治上是一个失败者，但其积极进取的人生态度感人至深。尤其是体现其思想情怀的格言警句，教育了无数仁人志士，至今仍有其深远的现实意义。

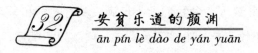

32. 安贫乐道的颜渊
ān pín lè dào de yán yuān

孔子一生从事教育活动长达四十多年，所收授的弟子总数大约有三千人，在春秋时代，这样私家办学，规模如此之大，是前所未有的。其中，能够长期跟从孔子并在学业上取得一定成就的弟子有七十多人，在这七十多人当中，颜渊是孔子最喜欢的学生。《史记·仲尼弟子列传》把颜渊排在第一位。

颜渊（公元前521年—公元前481年）字子渊，又名回，鲁国人。他的父亲颜路是孔子的早期学生，但不及颜渊有成就。作为一家之长，他有责任却没能力给颜渊创造一个殷实的家境，颜渊似乎一生下来就羸弱多病，贫寒艰苦的生活使颜渊在二十九岁时头发就全白了。

颜渊比孔子小三十岁，自师从孔子以后，对待孔子就像对待父亲一样，充满孝敬之心。他追随孔子左右，亦步亦趋，毕恭毕敬，而孔子对他也怀有一份特别的感情，对颜渊的人品和好学精神屡加褒奖。他说：自从有了颜渊，弟子们更加亲近了。

颜渊是孔门中最好学的弟子。孔子多次讲学，他总是静静地听，从来不发表疑义。孔子最初以为他愚笨，后来逐渐发现颜渊有非常好的心理素质和思维能力。他对孔子授课无所疑问，是因为他心无旁

图为颜回住过的陋巷。子曰："贤哉回也！一箪食，一瓢饮，在陋巷，人不堪其忧，回也不改其乐。"

骛，聚精会神；他对孔子学说无不喜欢，是因为他对孔子学说的精髓有着透彻的理解和全部的信服。鲁哀公和正卿季康子曾分别问过孔子他的弟子中谁最好学，孔子都不假思索地回答说是颜渊。颜渊不仅好学，而且善学。有一次，孔子问子贡："你和颜渊相比谁更好一些？"子贡回答说："颜渊闻一知十，而我闻一知二，我怎么敢跟颜渊相比呢？"连孔子也对颜渊闻一知十、融会贯通的能力深感佩服。

孔子有时对颜渊的完全顺从也表示不满，认为颜渊不是对他有实际帮助的人。孔子的意思大概是说思想的火花本应在辩难和碰撞中产生，而孔子在颜渊那里却从来没有听到过反对意见，因此稍感遗憾。但是，颜渊从没让孔子失望过，在孔子的弟子中，很少有人能像颜渊那样对孔子的教诲总是心领神会并且心悦诚服。

颜渊是最信奉、最忠实于孔子学说的人，在他身上表现最突出、最可贵的是他不但对孔子所倡导的"仁"学有深入而透彻的领悟，而是将"仁"贯穿于自己的行动与言论当中，持之以恒，甘之如饴。

有一次，他请教孔子什么是仁，孔子回答说："克己复礼为仁。"意思是说克制自己的私欲，使自己的言行合乎礼，这就是仁。这一经典性的表述强调了道德修养的自觉性及其对实现仁礼统一的重要性。颜渊希望孔子

详细阐说，于是孔子说："不符合礼的事不去看，不符合礼的话不去听，不符合礼的话不去说，不符合礼的事不去做。"从视听言行四个方面告诫颜渊严守一定的礼规，颜渊当即表示："我虽然不聪颖，请相信我一定要奉行这些教导。"

鲁壁。秦始皇焚书坑儒时，孔子第九代孙孔鲋收藏《尚书》、《礼记》、《论语》、《孝经》等的夹墙。后世为了纪念孔鲋保护古代文化的功绩，特地修建了这个鲁壁。

颜渊说到做到，他认真地实践孔子的主张，的确做到了"言忠信，行笃敬"。

颜渊居住在穷街陋巷，过着一箪食、一瓢饮的困苦生活，在别人看来，这是无法忍受的，而颜渊却安之若素、自得其乐，一点儿也不感到羞惭和难堪。孔子曾经说过："吃粗饭，喝白水，弯起手臂做枕头，其中也是有乐趣的。"看来，颜渊是深得其中三昧的。孔子一生提倡"乐"并成功地实践"乐"，弟子颜渊也当仁不让于师，在贫困生活中始终保持快乐，达到了超越人生利害之后所能达到的最高精神境界，这对宋明理学特别是周敦颐、二程产生了重大影响，二程由此提出了"孔颜乐处"的重大命题。

颜渊不仅在贫苦生活中始终保持快乐，即使遇到艰难困厄也能坦然处之。鲁哀公六年（公元前489年），吴国出兵伐陈，楚国则派兵救陈，吴楚两军在陈国都城宛丘附近交战，宛丘城内一片恐慌。当时正在宛丘的孔子一行人仓皇出逃，到蔡国故都上蔡所属地界时，粮食已所剩无几，只好采野菜充饥。一连六日，弟子们饿得面黄肌瘦、体软乏力。为了缓解大家的紧张情绪，孔子镇定自若，弹琴作歌不止。子路发牢骚说："君子也有穷困不堪的时候吗?"孔子只引用《诗》中"匪兕匪虎，率彼旷野"这两句诗算是回答。颜渊听到后，顽强地支撑起病弱之躯，朗声说道："老师的主张太博大，所以天下不能容纳。虽然如此，老师仍然努力推行，别人不接受又怕什么？这正显出君子本色。如果主张不够完善，这是我们的耻辱；如果主张已经完善而不被采纳，那是各国当权者的耻辱。"颜渊这一番掷地有声的发言，声声入耳，句句合心，孔子欣然长叹："颜渊，我与你志同道合啊！"

仁者并非无勇。颜渊的外表看似弱不禁风，实际上性格非常刚毅。公元前497年，孔子困于匡，冲突中弟子失散，颜渊最后一个回到孔子身边。孔子说："我以为你和匡人作战死了呢。"颜渊出语不凡："您还活着，我怎么敢死呢？"颜渊对生与死问题的态度由此可见一斑。朱熹《集注》引胡氏说："倘若夫子果真遇难，颜渊幸而不死，他一定会上告天子，下告方伯，请他们讨伐匡人为孔子复仇，否则，他决不会善罢甘休。"而孔子安然无恙，颜渊也就没有必要去做无谓的牺牲，这正是颜渊与孔子生死相依、同甘共苦的真实写照。

颜渊的优点还有许多。他谦虚谨慎，戒骄戒躁，笃信守诚，严于律己，从不夸耀自己的好处，更不把劳苦的事加在别人身上。他不高兴的时候，从不把怒气发泄到旁人身上，真正做到了"己所不欲，勿施于人"。然而可惜的是孔子自卫返鲁不久，颜渊就病逝了。

对颜渊的英年早逝，孔子非常悲痛，他仰天大哭："唉！老天爷要我的命呀！老天爷要我的命呀！"身边的人劝孔子节哀，说孔子太悲痛了，孔子说："真的太悲痛了吗？我不为这个人悲痛，还为谁悲痛呢？"孔子虽然哭得肝肠寸断，但他不主张厚葬颜渊。弟子们不听，还是厚葬了颜渊。

颜渊身后产生了一定的影响。自汉初颜渊被列为"七十贤人"之首以后，历代朝廷不断给他追加谥号。唐太宗时，颜渊被尊为"先师"，到唐玄宗又尊颜渊为"兖公"。此后，宋真宗又加封颜渊为"兖国公"，元文宗又尊他为"兖国复圣公"，明嘉靖皇帝又改称"复圣颜子"。至今，山东曲阜还有"复圣庙"——颜子庙，得以保存。当然，颜渊由一介穷困潦倒的书生逐渐演变为华兖圣人，是与历朝历代的统治者尊孔以巩固其统治的政

治目的分不开的。

临死换席的曾子
lín sǐ huàn xí de céng zǐ

曾子名参，字子舆，鲁国南武城人，比孔子小四十六岁，是孔子晚年所招收的学生之一。他的父亲曾皙（点）也是孔子的弟子，曾经在一次座谈中以推瑟起对的潇洒风度和"暮春者，春服既成，冠者五六人，童子六七人，浴乎沂，风乎舞雩，咏而归"的社会理想赢得了孔子的赞叹。

曾子以"孝"著称，战国时代就已是有口皆碑了。他奉养父亲曾皙，每顿饭一定要备办酒肉；用完餐将要撤去杯盘时，一定请示父亲，剩下的酒肉给谁吃；父亲要是问还有没有剩余，他一定回答说有。曾皙生前喜欢吃羊枣，他死后，曾子为避免思亲悲伤，便不忍再吃羊枣。曾皙在世的时候，齐景公聘曾子为下卿，他以父母年老，不忍远离辞绝。曾子的后母待他刻薄，他却供养甚孝。有一次，他叫妻子蒸梨奉母，因没有蒸熟，他就休了妻子。有人向他诘问："蒸梨不熟，不犯七出之条。"他回答："蒸梨小事，尚且不听我的，何况大事呢？"就此终身不复娶，以防后妻虐待他儿子。曾子这样做未免太绝情，十足的大男子主义，但也的确表现了他的孝亲之诚。

曾子不但很有孝行，而且还发展了孔子的孝道。曾子晚年患病时，召集他的学生们说："看看我的脚！看看我的手！《诗》说：'战战兢兢，如临深渊，如履薄冰。'从今以后，我方晓得可以避免灾祸了。"曾子意在说明，自己一生谨慎小心，没有毁伤父母所给予的身体，始终如一地遵守了孝道。后来《孝经》中说："身体发肤，受之父母，不敢毁伤，孝之始也。"即源于曾子的上述思想。曾子对同属于孝道的亲丧祭祀之事非常重视，认为"慎终追远"并非一家一户的小事，而是关系到整个民风淳厚与否，因此他说，办理父母丧事要慎重，祭祀祖先要虔诚。这说明曾子已认识到孝道对风俗有潜移默化的作用。

曾子性格内向，表面上看有些迟钝，但实际上他有很强的领悟能力。孔子说他的学说"一以贯之"，弟子们不解其意，而曾子却轻松自如地精炼概括为"忠恕"二字，完全符合孔子"仁"学推己及人的思想。

曾子抱负远大、意志坚强，一生以弘扬仁道为己任，死而后已。他自豪地说："把弘扬仁道作为自己的人生使命，不是很重大吗！不遗余力，至死方休，不是很遥远吗！"他认为自己是一个在生死存亡的紧要关头能够镇定自若、不改变节操的人，可以把年幼的君主托付给他，可以把国家的命运交付给他，有了这样的英雄气概，也完全可以担负起推行仁道的艰巨重任。

曾子重视自身的道德修养，而道德修养的自觉性则是推行仁道的前提。为此，曾子提出了"吾日三省吾身"的修身方法，即要经常检查自己：为他人做事是否真心实意？和朋友交往是否坚守信用？老师传授的学业是否经常温习？前两点涉及到"忠"与"信"两大范畴。而把温习师传列为三省之一，更为表明曾子对孔子"仁"学的信仰。曾子还主张"以文会友，以友辅仁"，即以文章学问作为结交朋友的途径，而结交朋友的目的则是互相帮助，培养增进仁德。

曾子恪守孔子"克己复礼为仁"的教诲，勤勉一生，躬行不怠。即使在病危之时，他也没有忘记宣传礼、实践礼。鲁大夫孟敬子去探望他，他说："鸟之将死，其鸣也哀；人之将死，其言也善。君子所重视的礼有三条：容貌严肃，就不会粗暴傲慢；仪态端庄，就近乎诚实守信；言辞有气度，就不会庸俗背礼。至于陈设礼器之类的事，自有主管部门料理。"曾子以善言劝勉孟敬子，告诫他学道当以修身守礼为最重要，其实，这也是曾子一生修身经验的总结。

在"复礼"这一点上，曾子虔诚到了一定程度。孔子说"不在其位，不谋其政"，曾子便用《易经·艮卦》中"君子考虑事情不超越自己的身份职位"这句话加以解释，强调严守礼则，不得僭越。曾子绝对不是说说而已，而是躬身实践，至死方休。"曾子易箦"的故事足以证明这一点。

曾子去世之前的那天夜间，他的弟子乐正子春和他的两个儿子曾元、

曾深守候在病榻旁，还有一个小童仆端着蜡烛坐在角落里。小童仆借着烛光看见曾子身下所铺的席子很华贵，就禁不住问："好漂亮，好光滑，那是大夫用的席子吧？"乐正子春怕被曾子听到，连忙命童仆住嘴。可曾子已经听到童仆的发问，感到很吃惊，但由于身体虚弱，他只呼了口气，大概是让童仆再说一遍。当听清童仆的话后，曾子立刻说道："是的，那是季孙道的。我没力气换掉它。"接着，他大声喊曾元让他把席子撤掉。曾元心疼父亲，说："您老人家的病已经很危重了，不能搬动身体，天亮再换吧。"曾子有些愠怒，急切地说："你爱我的心还不如小童仆。君子爱别人，就是要成全别人的美德；小人爱人才会苟且偷安。我现在还有什么要求呢？只盼死得规规矩矩罢了。"于是大家托起曾子，更换了席子，可是还没有把曾子放平稳，曾子就断气了。

这段故事载于《礼记·檀弓下》，表现了曾子在生命弥留之际知错就改，丝毫不容越礼的坚决态度，这正是孔子"朝闻道，夕死可矣"和颜渊"非礼勿动"的精神的具体体现。

曾子对后世影响很大。首先，他是由孔子到孟子的中间环节。从孟子对曾子的推崇，可以看到孟子和曾子之间的继承关系。在孔子之后孟子之前，曾子在儒学传播上具有重要地位。其次，以朱熹为代表的宋儒以为曾子独得孔子学说的宗旨，将《大学》、《孝经》的著作权归于曾子。再次，曾子的孝行实践和孝道理论，也产生了广泛的世俗影响。

34. 道家的开山鼻祖：老子
dào jiā de kāi shān bí zǔ: lǎo zǐ

大凡粗晓中国文学史或哲学史的人都知道，对中国古代文化影响最大、最久的有两个哲学流派，一个是儒家，另一个就是道家。

英国的李约瑟博士《中国之科学与文明》里有一个很形象也很准确的比喻，称："中国如果没有道家，就像大树没有根一样。"依照系统思维的要求，我们还可以进一步地说，道家学派如果没有老子，就像树根没有了土壤一样。因为老子是道家的开山老祖，后来有一些赞同老子主张的人在不同方面、不同层次上发挥了老子的思想，这才形成了道家学派。

老子是楚国苦县（今河南鹿邑）人，这是他生平事迹里唯一没有争议的地方。大约生活在春秋末年，比孔子年长，孔子曾向他请教过有关礼的问题。他曾做过东周掌管文献典籍的小吏——柱下史，可见在当时他是一个具有深厚文化修养的人。

司马迁是很仰慕孔子的，《史记》的写作也是在孔子精神力量的感召下完成的。然而，当

老子画像

两个文化巨人站在一起的时候，司马迁则把崇敬之情更偏向老子。所以在司马迁的笔下，老子就站在一个更高的视点，对孔子加以批评："你所说的是周礼，但制定周礼的其人其骨都已经朽坏很久了，如今只有他们说过的话还在。时代已经变化了，你还是津津乐道于此，又有什么用处？况且君子获得机会便一展身手，如没有机遇就顺其自然。我听说过这样一些话：高明的商人有许多宝货，却深藏若虚；有道的君子德高望重，却容貌若愚。你应该去掉那种骄矜之气、多欲之心和杂乱的念头，这些东西对于你没有一点益处。我所能告诉你的，也就仅此而已。"这次拜会老子，使孔子在思想上受到很大的震撼。他感慨很多，对弟子说："天上的鸟，我知道它为什么能飞；水里的鱼，我知道它为什么能游；地上的兽，我知道它为什么能跑。因为，善于奔跑的可以用网罟捕到，会游水的可以拿丝纶钓得，能飞翔的可以用弓箭猎取。说到龙，我却没有办法知道它为什么能

图为老子骑牛图。老子者，母怀之七十二年乃生。生时剖母腋而出，生而白首，故谓之老子。生而能言，指李树曰："以此为我姓。"（《神仙传》）。相传，老子骑青牛西出函谷关。

够乘风云而上九天！今天我见到老子，就像见到龙一样，让我对他产生了一种莫测高深的印象。"

虽然他们都是各自哲学流派的创始人，在各自学派后人的心目中都居于至高无上的地位，但一经思想的碰撞、精神的交锋，便有了教诲别人和听人教诲、智高一筹和由衷敬畏等等的区别。由此说来，老子受到的尊崇已经超越了道家之外，而具有了超越学派之上的文化笼罩意义。

老子作为道家思想的开山老祖，在后世受到非同一般的尊崇。西汉时，君王崇尚"黄老之学"，老子得以与黄帝并列，其地位不下于"王者师"；东汉时，君王崇尚"浮屠（佛）"，在宫中，立佛和老子，一并祭祀。到了唐代，李氏君王更与老子攀亲，认作自己的始祖，唐高宗封老子为"太上玄元皇帝"，终于由一个哲学流派的开山老祖，荣升为人世间至尊无上的帝王。

老子在人世间的隆崇至尊到此并未停止。如果说人们将老子称作道家的开山老祖，显示着他对中国哲学、思想和文化的深刻影响，帝王们将他抬到"帝王师"的宝座，显示着他对中国政治权谋和统治方略的巨大影响，那么，兴起于东汉的道教，将他奉为"太上老君"，居于道教创始神的首位，则显示着他对民间文化的广泛影响。老子以一人之身，既为哲学之道家的鼻祖，又为宗教之道教的始祖，于传统文化与民间文化中均有其巨大的身影，这在中国古代文化史上实在是一个独一无二的特例。

老子在中国文化史上的重要和影响，其实远不止于道家和道教。他对中国古代的儒家、法家、兵家、名家都有相当大的影响。作为法家代表人物的韩非，就专门写有《喻老》、《解老》两篇文章，阐释发挥老子的思想。所以在中国文化史上，若以著作论，应该说《易经》的影响面最大；若以人来论，则影响最为深广者非老子莫属。

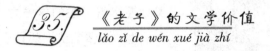

35. 《老子》的文学价值
lǎo zǐ de wén xué jià zhí

《老子》对中国乃至世界的一个重大贡献，在于他丰富了辩证法的哲学思想。由于有了《老子》的辩证法思想，使我们特别是我们的祖先——古代中国人的思维灵动圆润，不僵化、不偏执，由此又进一步地使古代中国人生存的精神状态平添了几分灵气和通达。如果你正遭遇着祸患而垂头丧气，《老子》会在你耳边悄悄说：别灰心哪，别只看到祸患，别忘了祸患的后面就是幸福啊！如果你正安享在幸福之中，《老子》又会悄悄地叮咛你：别放任，别松懈呀，别忘了幸福的背后就是灾祸啊！有了《老子》，虽痛苦但会得到抚慰而不至绝望，虽安乐但会得到警示而不至放纵。《老子》对于人生的思索，多么富有人情味和辩证法啊！

更值得称道的是，这思辨深刻、曲慰人情的哲思，是寄托在"祸兮福所倚，福兮祸所伏"（《老子·五十八章》，下文凡引《老子》只注明章次）这样易诵易记、朗朗上口的诗一样的句式之中的。精致的语言形式与精深的思想相得益彰，至今仍然让我们敬佩不已！老子可称是中国古代最早的哲理诗人，他用韵文而不是用更容易驾驭的散文，来阐述他的富有哲学意味的人生见解，用闻一多先生的话说，是"带着镣铐跳舞"，更显示出技巧的高超。

如果说祸福可以相互转化的哲理揭示，还只是表现了《老子》的一种

汉代帛书《老子》残片

智慧，那么他的"弱能胜强，柔可克刚，天下没有谁不知道这个道理，却又没有谁肯运用它"（《七十八章》）的痛心疾首式的浩叹、惋惜，则表现出了世昏我醒、独自实践的坚定信念。

老子有丰富的社会经验，又掌握了辩证法的思维方法，所以他对事情的认识既异于常人，更深于常人。常人看待事物，一般容易停留在事情的正面、停留在眼前，所以也容易浅薄地悲观或欢喜，而老子却能透过事情的正面进而看清楚它的反面，透过事物的眼前状态进而看清楚它的未来状态。

这源于老子的一个清醒的思维定势——"万物都包含着阴和阳"（《四十二章》），而阴和阳又是先秦哲学里最富有涵纳、衍生能力的概念。举凡雄与雌、全与曲、直与枉、新与敝、多与少等相对立而依存的概念，都可以为阴、阳两个范畴所容括。

也正是基于对世界万物都是相对立而依存的认识，《老子》在对这种认识加以表述时，常常运用对比的描写手法和对仗的语言形式，从而使这表述具有了句式整齐、对比鲜明、对仗工稳的诗一样的特色。所以有人称《老子》是哲理诗，它有韵而又灵活，常用对句也兼用排句，但又不刻意追求句式的绝对整齐划一，做到了不以文害意，句式灵活多变，畅达自如；借助哲理的形象化，使原本抽象深奥的哲理变得通俗易懂，深入人心，脍炙人口。

为了把柔能胜刚、弱必胜强的抽象哲理说得形象易懂，《七十八章》因水设喻："天下没有什么比水更柔弱的了，但攻击坚强的东西却没有什么东西能超过水的，因为没有什么东西能代替得了水的作用啊！"也许正是由于《老子》里关于水的比喻，既形象又贴切更深刻，达到了因物设喻的最佳极致，所以它给后人留下很深的启示。在《老子》里最富有文学价值

图为福建泉州老君岩，是难得的宋代道教巨型石刻佳作。老子后来被神化为道教教主，称"太上老君"。

的，是强调人在自然界中的重要地位，《二十五章》称："道大，天大，地大，人也大。宇宙间有四大，而人是四大之一。"在先秦诸子中，老子可以说是第一个强调人的独立价值的人，而这种强调，对后来的魏晋时期"人的自觉"和与之相表里的"文的自觉"，对以描写人物为核心的文学繁荣，具有基础理论的意义，在中国文学史上具有独特的价值。

先秦文学作品中将"道"作为自己学说的核心范畴，并且使用最频繁的，则首推《老子》。在《老子》里"道"共出现了七十三次，其内涵却浑圆融通，随其语境的变化而丰富多样。老子的"道"，仿佛是他随手画下却又十分漂亮的圆，而且是空心圆，它可以融入老子许许多多的睿智卓识，人们徜徉其间便会产生出美不胜收的感受。这既与《老子》里有诗一样的语言相关。也更与老子关于"道"的种种哲思相关，这便是先秦诸子百家皆言道，而唯独老子开创的学派被人以"道"名家的根本原因。

老子的道，是一个高度概括、也高度抽象化的哲学范畴，也唯因其高度概括、高度抽象，才具备了浑圆融通、涵纳万物的特质。让人吃惊的是，这种特质不仅贯穿于老子自己的哲学体系里，而且也深刻地影响到了

中国古代文学，举凡文论主张、诗歌创作或沿用其范畴、光大其理论，或摹写其哲学底蕴，深化主题思想。

道家思想对于中国文学的发展所产生的影响是首屈一指的，以至在东晋时期形成了以许询、孙绰为代表的玄言诗。这种玄言诗用韵语的样式敷演老庄哲学，徒具诗歌的外壳，因此受到了有识之士的强烈批评。这也从反面证明了老子哲学对文学创作影响的巨大。

36. 墨子：谜一样的奇人
mò zǐ: mí yī yàng de qí rén

墨子画像

墨子大约于公元前468年生于鲁国，卒于公元前390年左右。早年墨子学于儒门，他的老师是史角的后人。对"六经"中的各种学问，墨子做到了融会贯通，对其中记载的尧、舜、禹、汤、文、武等古代圣王，感到由衷的敬佩。墨子对"六艺"中的射、御、书、数这类科学技术知识课程，有浓厚的兴趣，他后来成为一名木制手工专家，也同这种兴趣有关。这在当时，是了不起的技艺，为墨子救世思想的实施，立下了汗马功劳。

不断的学习，反复的思考，促使墨子创立了以救民于水火为宗旨的墨家学派。跟从他学习、拥护他思想的人很多。这些人大都来自贫民。墨家子弟个个身体力行，一边劳动，一边行道。墨子教导他的弟子以裘褐为衣，厉行节约。墨子的政治主张表述为《非命》、《尚贤》、《兼爱》等10篇。为实现这些理想，墨子不辞劳苦，率领弟子东奔西走，长年奔波，游历过齐、卫、宋、魏、越、楚诸国。墨子既反对攻伐征战，力图劝阻战事，又有军事才能，善于守御，在当时是独树一帜的。

　　大约在鲁悼公时，强大的齐国向鲁国宣战。国难当头的鲁君赶紧向与孔子齐名、且文武双全的墨子求救。

　　鲁悼公一见到墨子，开口就问："齐国又要来攻打我国了，有什么解救的办法？"

　　墨子坚决地回答："有。禹、汤、文、武等三代圣王，先前不过是有百里土地的诸侯，后来以诚相待，实行仁义，终于以弱胜强，赢得了天下。而桀、纣、幽、厉，本来拥有天下，因他们结怨为仇、实行暴政，结果失去天下。所以我希望君主您不要担心国小民贫，只要上能尊天事鬼，下能爱利百姓，就会国富民强，这是从根本上努力。目前急救的办法是，一面准备丰厚的皮毛、钱币等礼品，交结四邻诸侯，恭请援助；一面动员全国人民共同起来抵御齐国，这场灾难才可以解救。除此之外，没有别的办法。"

　　鲁悼公迟疑了一会儿，问道："可不可以委屈求和呢？"

　　墨子告诉他："这是万不得已的下策，一味求和，等于自杀。"

　　直到墨子晚年，齐鲁两国没有发生大的战事。

　　有一次，鲁悼公求教于墨子："我有两个儿子，一个酷爱学习，一个喜欢把财产分给别人，让哪一个做太子呢？"

　　为增强说服力，墨子举了两个例子："躬着身子钓鱼，是表示对鱼尊敬吗？用食物诱捕老鼠，是对老鼠施舍吗？所以，您应该把动机和结果结合起来进行考虑。"

　　那时的楚国和越国分别位于长江的中游和下游，两国经常在长江上进行船战。鲁国的名工巧匠公输盘到楚国做了大夫，他设计制造了"钩"和"拒"这两种新式武器，敌船后退就用钩挂住它，敌船进攻就用拒推开它。楚国凭此多次打败了越国人。公输盘洋洋得意，问墨子："我的战船有用来挂、推敌船的钩拒，不知道你所推重的仁义是不是也有这样的钩拒？"

　　墨子义正辞严："我的仁义也有钩拒，就是兼爱和恭敬，我用兼爱做钩，用恭敬做拒，只有互相兼爱、恭敬才能和平安定。你现在用钩拒去阻挡别人，别人也会用钩拒来阻挡你。互相钩拒，就是互相残害。所以，我仁义的钩拒要胜过你战船的钩拒。"这就是有名的"仁义"与"钩拒"之战，足见墨子的高瞻远瞩。

墨子生平最伟大的事迹之一，是制止了一场楚国进攻宋国的战争，史称"止楚攻宋"。经过这一事件，墨子及其墨家善于守城、善于防御的名声远扬。从"墨守成规"这个成语中，我们可以看出墨子"善守"的影响之深，虽然它由原来的褒义词变成了现在的贬义词。

楚惠王执政时，墨子特意前来，献上自己的著作，希望惠王采纳他的学说治理国家。惠王看后，大为赞许："我虽然不能得到天下，但乐于供养贤人。"墨子听到这话，毫不犹豫地告诉惠王："翟闻贤人进，道不行不受其赏，义不听不处其朝。今书未用，请遂行矣。"几句话，掷地有声，亦见出墨子的铮铮铁骨。

山东滕州墨子故里

楚国有个鲁阳文君，几次三番要攻打郑国。墨子对他说："现在假定在您的封地之内，大城攻打小城，大家族攻打小家族，到处烧杀抢劫，你怎么办？"

鲁阳文君说："在我的封地之内，都是我的臣民，我一定要重罚那些不义之人。"

墨子因势利导："上天统有天下百姓，就像您管辖封地内的臣民一样。您现在去攻打郑国，难道不怕违背仁义而遭受上天的惩罚吗？"

鲁阳文君又辩解道："我攻打郑国，正是替天行道，郑国的几代君臣都在互相残杀，上天惩罚他们，我将助上天一臂之力。"

墨子又设一喻，步步逼近："有一个人，他的儿子干了坏事，他的父亲揍他。邻居的一位父亲见状，也举起了木棍来打这个儿子，并且说：'我打他是顺从他父亲的意思。'这样做可以吗？"

墨子在劝说鲁阳文君时，始终都在反复地寓思想于形象中，用词极为巧妙，终于说得鲁阳文君无言以对。

墨子派遣他的弟子公尚过去越国游说，越王听了公尚过的演说，十分高兴，对他说："若能设法请到墨子来教导我，我给他五百里的土地。"

公尚过见了墨子后，转达越王的想法。墨子问他："据你看来，越王是不是真心要听取我的意见，采纳我的学说？"

公尚过如实回答："未必。"

墨子批评公尚过："不止越王不知我的思想，你也不知道啊！我们墨家志在行道，如果越王真的要听从我的言论，我定然前往，不必有什么特殊待遇。假若越王不听我的主张，又何必前往呢？那不是在出卖我的'仁义'原则吗？"

一番慷慨陈词，使公尚过羞愧不已。

宋昭公愿意听取墨子的意见，墨子担当过宋大夫之职，这是墨子一生唯一的一次为官记录。后因小人谗言，被囚。

墨子一生为行义不计个人安危，古稀之年仍奔波不止。他是怎样去世的，人们不得而知，这竟成了永世之谜。

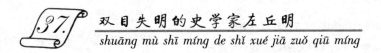

37. 双目失明的史学家左丘明

shuāng mù shī míng de shǐ xué jiā zuǒ qiū míng

左丘明，复姓左丘，名明，据说是公元前 6 世纪至公元前 5 世纪鲁国昭、定、哀时代的盲史官。他不一定是天生的盲人，名叫"明"，可能是双目失明以后起的。同时代的孔子没有明确说他是鲁国人，但对他很敬佩，曾说："巧言，令色，足恭，左丘明耻之，丘亦耻之；匿怨而友其人，左丘明耻之，丘亦耻之。"可见左丘明是一个很正直的人。

大约与孔子修订鲁国史书《春秋》同时，左丘明也写了一部《春秋》。西汉时，为了有别于孔子所作的《春秋》，所以又叫《左氏春秋》。《左传》全书六十卷，十八万字，超过孔子《春秋》十倍有余。纪事编年从鲁隐公元年（公元前722年）到鲁悼公四年（公元前464年），最后又附录了一条鲁悼公十四年（公元前454年）的史料（晋国魏氏、韩氏灭智伯），前后共囊括了二百六十九年，比较系统地详细地记述了春秋时代各国的政治、军事、外交、文化等方面的情况，汇集和保存了大量春秋时代各国的史料，具有重大的历史文献价值。

图为左丘明画像。《左传》是《春秋左氏传》的简称，又名《左氏春秋》。传说为左丘明所作。

《左传》把战争作为记事的重点，记述了春秋时期所发生的一系列大大小小的战争事件，如"秦晋韩之战"、"晋楚城濮之战"、"秦晋崤之战"、"晋楚鄢陵之战"、"齐晋鞌之战"、"秦晋麻隧之战"、"晋楚鄢陵之战"、"吴楚柏举之战"等等，反映了春秋时期列国争霸、战火纷飞，大国兼并小国，强国灭掉弱国的时代特点。左丘明看出这是一种不可逆转的历史发展趋势，因此，他不反对兼并战争。

左丘明本着"不隐恶"的态度，对统治阶级内部的矛盾，诸如勾心斗角、争权夺利、僭越篡逆、互相残杀和贵族们的荒淫无耻、奢侈糜烂的生活以及他们虚伪奸诈、贪婪残暴的性格，也进行了如实的记录和描写。"郑伯克段于鄢"写了郑庄公兄弟、母子的骨肉相残，家庭内讧。"蔡姬荡舟"写了齐桓公的霸道。这个故事说的是，有一次齐桓公携蔡姬到宫苑的湖中划船，蔡姬在船上嬉笑，把船弄得颠簸不止。齐桓公非常惊慌，制止她也不听。齐桓公很生气，上岸后就把蔡姬休回了蔡国，蔡国又把蔡姬嫁给楚国，齐桓公便乘机出兵攻打蔡国和楚国。"晋灵公不君"写了晋灵公不行君道，暴虐成性，他经常用弹弓弹射来往行人取乐。"陈灵公通夏姬"写的是陈灵公君臣三人的荒淫无耻，他们同时与夏姬公开私通，并把夏姬的内衣拿到朝廷上相互戏谑，大臣泄冶进谏，他们竟然杀了他。

《左传》记述了很多爱国人士不顾个人安危奔赴困难的感人事迹。如"孔丘在齐鲁夹谷会盟中"，"申包胥乞秦师"。"申包胥乞秦师"写的是，伍子胥的好朋友申包胥在郢都被破、楚国岌岌可危之际，昼夜兼程去秦国乞求救兵。可是，秦哀公顾虑重重，婉言辞绝。申包胥就立在秦国宫廷墙边号啕大哭，日夜不停，一连哭了七天七夜，使秦哀公大受感动，也忍不住流下眼泪，终于出师击退吴军，挽救了楚国。

六朝人书《左传》。《左传》采用的是编年体记事方式，每一时段往往同时记载许多诸侯国和人物的故事。阅读《左传》时，要善于把相关的记载前后贯通，比较完整地还原历史。后来出现的《左传纪事本末》，就是为克服编年体的局限而编写的。

春秋时期的民本思想，在《左传》中多有反映。《宣公二年》记载：宋国大将华元征伐郑国，兵败被俘，逃回来后，却又拿着棍棒去监督民工筑墙，民工们唱起歌谣讽刺他说："大眼睛，大肚子，亡师而归；大胡子，亡师而归。""己氏杀卫庄公"写的是，卫庄公有一次在城楼上观赏风光，看见戎人己氏的妻子满头黑发，油光可鉴，就派人下楼把己氏妻的青丝剪下来拿给自己的妻子吕姜做了假发。后来，卫国工匠暴动时，卫庄公拖着一条断腿气喘吁吁地逃到己氏家，拿出一块碧玉，跪地求饶。己氏咬牙切齿地说："我杀了你，那块玉也跑不了。"说着，手起刀落，杀了万人痛骂、恶贯满盈的卫庄公。

《左传》记述了很多谏辞和外交辞令，对了解春秋时代的君臣关系、外交艺术和语言发展水平有着非常重要的价值。谏辞有"石碏谏宠州吁"、"臧僖伯谏观鱼"、"臧哀伯谏纳郜鼎"、"季梁谏追楚师"、"宫之奇谏假道"等。外交辞令见于"弦高犒师"、"烛之武退秦师"、"吕相绝秦"、"子产相郑"等。

《左传》不仅是一部杰出的史学著作，也是一部杰出的文学著作，在中国古代散文史上占有非常重要的地位，它的作者左丘明作为一名杰出的历史散文家，也是当之无愧的。

左丘明善于抓住主要事件，把庞杂纷纭的历史材料加以精心剪裁和安排，使之故事化。用刘熙载《艺概》里的话说就是"纷者整之，孤者辅之，板者活之，直者婉之，俗者雅之，枯者腴之"。刘知己在《史通·杂说》中，用精炼的语言高度评价了左丘明的叙事艺术，他说："左氏之叙事也：述行师则簿领盈视，哤聒沸腾；论备火则区分在目，修饰峻整。言胜捷则收获都尽，记奔败则披靡横前，申盟誓则慷慨有余，称谲诈则欺诬可见，谈恩惠则煦如春日，纪严切则凛若秋霜，叙兴邦则滋味无量，陈亡国则凄凉可悯。或腴辞润简牍，或美句入咏歌。跌宕而不群，纵横而自得。"

左丘明善于通过对话和行动写人。"秦晋崤之战"中，先轸得知晋襄公听从晋文公夫人文嬴的请求而把秦囚放走后，气得捶胸顿足、破口大骂："将士在战场上用很大力气才俘获他们，妇人在国内刹那间就把他们放走了，毁灭了战争的胜利果实而助长了敌人的嚣张气焰，晋国快要灭亡了。"一边骂不绝口，一边随地吐唾。先轸在盛怒之下，不顾君臣尊卑，故意直呼文公夫人为"妇人"，又用吐唾沫的行动表示他对襄公头脑简单、放虎归山的强烈不满，这就把先轸的暴烈、胆识和对晋国的至诚，传神地刻画出来。

左丘明善用通俗、明快、简洁、有力的语言写人记事，常常言有尽而意无穷，表现了左氏高超的语言技巧。

38. 拒不纳谏的昏君周厉王
jù bù nà jiàn de hūn jūn zhōu lì wáng

周厉王姬胡，是周王朝的第十代君主。

他即位时，周朝已是日薄西山，每况愈下。西北游牧部落锐意东进，攻势凶猛，成为周王朝的严重威胁。一些诸侯国因实力增强而渐生疏离之心，使周王朝常常为不能有效地控制和调度它们而大伤脑筋。这一问题在夷王时就已经很突出。夷王是厉王的父亲，性格似乎很软弱，有的诸侯来朝，他居然不敢坐受朝拜，有时甚至要走下朝堂，屈尊迎候诸侯，从而丧失了一个君主应有的凝聚力和威慑力。开业建国时文武二王的恢弘气度和丰功伟绩，与"成、康之治"时的兢兢业业和辉煌盛景，在大多数姬姓子孙的心目中似乎已经淡漠，令有识之士倍感痛心和忧虑。

夷王死，厉王即位。他一反父亲的软弱无能，显示了强硬的姿态和凌厉的作风。他试图重塑王室的形象。对外，一面向西北边境增兵，抵御游牧部落的侵袭，一面兴师动众地南征楚人，东伐东夷、淮夷。但一次又一次的耀武扬威，劳师远袭，其结果却是一次又一次的损兵折将，徒劳而返。对厉王来说，除了赢得一个"无道"之君的骂名，别无他获。更为严重的是，国家与民众被拖入灾难的深渊之中，厉王却视而不见，反而穷凶极恶、变本加厉地盘剥国人。

正当厉王为国库的极度匮乏而大伤脑筋的时候，荣夷公提出了垄断山林川泽的建议，使厉王顿时愁眉舒展。厉王因此对荣夷公格外宠信。大夫芮良夫知道后，非常担忧，因为山林川泽是国人的生计依赖，也为各领主所共同享有。如果禁止国人前往采樵、渔猎，把山林川泽之利收归王室，势必要断绝国人的生计，也要损害各领主的既得利益，其最终结果，只能给周王朝带来更加严重的危害。于是，他立即入宫直谏厉王，劈头就说："王室将要衰败了！"厉王迷惑不解。芮良夫说："'利'这种东西，是万物生成的，为天下人所共同享用。如今您听信荣夷公的话，要独占天下的

厚利，被激怒的人一定非常多，那将贻害无穷。用这种做法治理天下，大王能统治长久吗？先祖后稷和文王功德齐天，他们开发天下的资源货利，布施给上上下下的人，尚且要每日戒备警惕，提防灾难的降临，而您却要独占，这怎么可以呢？如果您重用荣夷公，周王室一定会衰败。"说到这最后一句，芮良夫有意加重语气，提高声调。可是，心不在焉的厉王早已哈欠连天，不胜其烦，只是碍于芮良夫的老臣身份，一时不便发作。

芮良夫不愧是一位头脑清醒、深谋远虑的有识之士。他这一番话持之有故，言之成理，特别是最后一句，斩钉截铁，振聋发聩，然而，令人遗憾的是，刚愎自用、利令智昏的厉王根本没有听进去，不久，他就任命荣夷公当了卿士，主持政事，推行垄断政策。芮良夫劝谏未果，愤而作《桑柔》一诗，一面痛斥厉王愚蠢贪鄙，听信小人谗言，施行暴政；一面哀叹民心离乱，国运衰颓。但他对厉王仍然抱有幻想，希望厉王改邪归正。

厉王的倒行逆施、横征暴敛，激起了国人的强烈不满，他们纷纷议论朝政、咒骂厉王。卿士邵公忧心忡忡地把民怨沸腾的情况告诉厉王，并提醒他说："百姓忍受不了您的政令啦！"不料厉王一听，竟火冒三丈，怒不可遏。他立即派人找到一个卫国的巫师，让他监视议论朝政、咒骂厉王的人，发现后马上告发。厉王便把这些人逮捕起来，斩首示众。这样一来，国人再也不敢公开发表意见了。人们在道路上相遇，只能用眼神示意，互相交流他们的愤恨之情。

愚蠢的厉王自以为从此天下太平了，他召见邵公，得意洋洋地炫耀自己的威慑力。而邵公愈发担忧，他深知政治高压虽能使国人暂时缄默，但沉默中将会孕育更强烈的反抗。邵公掩盖不住自己的感情，痛切地说："这是硬性堵塞啊。堵住百姓的口，比堵截河流还危险。河水被堵就要决堤，危害非常大；禁止人们说话，必然会引起类似河水决堤泛滥的严重后果。因此，治理河道的人要排除水道的壅塞，使它畅通；而治理百姓的人，就要开导他们，使他们敢于发表意见。"接着，邵公向厉王一一陈述了从公卿大夫、王亲国戚到下层官员直至平民百姓进谏的各种形式和方式，指出君王不仅要听取各方面的意见，还要注重聆听乐官史官的教诲，然后对各种意见、教诲亲自加以斟酌取舍，决定施政方针，这样做才不违背情理。最后，邵公反诘说："百姓心有所想，就要用口说出来，怎么能够堵住呢？如果堵住他们的口，那么信服您的人还能有几个呢？"

情急之下，邵公将自己的意见一口气和盘托出，阐发尽致，虽然不免有些疾言厉色，却酣畅淋漓，犹如飞瀑直下，促人警醒。邵公善于辞令，尤以列譬设喻见长，一句"防民之口，甚于防川"，用喻恰当、形象生动，充分表现了邵公的远见卓识与对民意的高度重视。他把广开言路（而不是壅塞民口）作为衡量鉴定政治好坏的标准，并将能否广开言路、听取民意，提到关乎国家兴亡的政治高度，这在当时是难能可贵的。这一进步思想，对后世影响深远。"防民之口，甚于防川"成为历代统治者所熟稔的警语。受其启发，《荀子·王制篇》、《孔子家语》、魏征的《谏太宗十思疏》、陆贽的《奉天论延访朝臣表》等，均将人民比作水，一再阐述"水则载舟，水则覆舟"的深刻道理。

那么，在当时，周厉王是否听取了邵公的劝谏呢？

没有。《国语》明确记载，厉王依然无动于衷，我行我素。三年后，即公元前841年，一场壅之于口而发之于心的大风暴终于发生了。不堪受虐的国人，实在忍无可忍，向厉王发出了愤怒的吼声，他们包围并袭击了王宫。厉王仓皇出宫，狼狈不堪地逃到彘（今山西霍县），后来死在那里。此后，周朝虽有"宣王中兴"，但衰颓之势已是无可挽救了。

《国语》真实地记录了厉王由信用佞臣、专擅财利到壅塞民口、推行暴政，终于引发"国人暴动"的历史过程，刻画了一个暴虐凶残、刚愎自用、昏庸愚蠢、拒不纳谏的暴君形象。厉王可悲而又可耻的下场，对后世无疑具有警戒的作用。

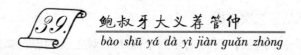

39. 鲍叔牙大义荐管仲
bào shū yá dà yì jiàn guǎn zhòng

齐桓公即位后，请他的师傅鲍叔牙做太宰。太宰为百官之首，位居一人之下，万人之上，在宗法世袭社会，是贵族所能谋取的最高官职，其尊贵荣耀，可想而知。但是出乎意料的是，鲍叔牙竟婉言谢绝，他说："我，是您的平庸之臣，您施加恩惠于我，使我不受冻挨饿，就是您对我的赏赐了。如果一定要治理国家，那不是我力所能及的。"鲍叔牙推辞当太宰，是文中出现的第一个波折，这个波折是引起下文的契机。也许，齐桓公还没有反应过来，快人快语的鲍叔牙就推出了管仲，并不惜贬抑自己以褒扬管仲：

> 我不如管仲的地方有五项：宽宏恩惠能安抚人民，我不如他；治理国家能确保国家的根本权益，我不如他；讲究忠信，能团结百姓，我不如他；制定礼法制度能使四方的人都效法，我不如他；手拿鼓槌站在军门指挥战斗，使百姓更勇敢，我不如他。

图为管仲像。管仲辅佐齐桓公成为春秋时期的第一霸主。齐桓公尊管仲为"仲父"，授权让他主持一系列政治和经济改革。对外，管仲提出"尊王攘夷"，联合北方邻国抵抗山戎族南侵。这一外交战略也获得成功。后来孔子感叹说："假如没有管仲，我也要穿异族服装了。"

铺陈排比，一气呵成，高度评价了管仲的政治才能。

然而，齐桓公对管仲却心有余悸。公元前686年，齐襄公被杀，桓公（小白）与公子纠争夺君位。公子纠的师傅管仲在桓公归齐时埋伏、袭击他，并射中桓公带钩。桓公因此对管仲一直耿耿于怀。方才鲍叔牙推辞太宰不就，也许已令他不快，现在又向他荐举仇人管仲，按情理，齐桓公难以接受。果然，齐桓公重提旧事，依然愤愤不平。这是文中出现的第二次波折。

接着，鲍叔牙为管仲辩解说，管仲当年射箭是出于对主子的忠，如果桓公赦免他，重用他，他也会像忠于公子纠一样忠于桓公。鲍叔牙用一个"忠"字，既开脱了管仲的罪责，又突出了管仲的品德，从而打消了齐桓公的疑虑。可是管仲此时被囚禁在鲁国，怎么能让他回来呢？如果向鲁国请求放人，鲁国那位洞若观火、料事如神的大臣施伯，一定会戳穿齐桓公的意图，请求鲁庄公杀掉管仲，那又该怎么办呢？齐桓公的两个问题，自然而然地引出"鲍叔献计"：派人出使鲁国，以桓公为解射钩之恨，要在齐国大臣面前亲手处死管仲为理由，要鲁国押送管仲回齐。至此，一场齐国君臣之间的谈话暂告结束。空间场景移至鲁国，人物也相应发生变化。齐使臣到鲁国以后所发生的事情，果然不出齐桓公所料，施伯一下子就识破了齐国要人的真正意图：杀管仲以解一箭之仇是假，想重用他治理国家才是真。管仲是天下奇才，"在楚，则楚得意于天下；在晋，则晋得意于天下；在狄，则狄得意于天下"（《管子·小匡》）。作为一个经验丰富、嗅觉敏锐的政治家，施伯深刻地意识到，如果答应齐国的请求，那无异于放鲛入海，纵虎归山，势将遗患无穷。因此，他马上向鲁庄公指出问题的严重性，并要求庄公果断地杀掉管仲。鲁庄公将要杀掉管仲，是文中出现的第三次也是最大的一次波折。管仲归齐之策本应万全，却因施伯之言而受挫。形势严峻，气氛紧张，令人提心吊胆。

图为今日管仲墓，向人们述说着久远的故事。

最后，齐国使臣处乱不惊，沉着冷静地再次施用鲍叔之计，请求鲁庄公放人。鲁庄公终于回心转意，打消了杀管仲的念头，并派人把管仲绑起来交给了齐国使者。管仲归国，有惊无险，悬念终得化解，明验了鲍叔牙

的足智多谋。

鲍叔牙热诚谦虚、知贤让贤、以国为重，而又足智多谋。齐桓公宽宏英明、从谏如流，而又料事如神。管仲虽未出场，但通过鲍叔牙和施伯的评价，也呼之欲出。

管仲归国后，知恩图报。在他的辅佐下，齐国国富兵强，终成霸主。一个世纪以后，孔子由衷地赞叹道："管仲相桓公，霸诸侯，一匡天下，人民到今天还得到他的好处，假如没有管仲，我们都会披散着头发，衣襟向左边开，沦为落后民族了！""管仲仁德啊！管仲仁德啊！"（《论语·宪问》）

管仲名垂青史，鲍叔牙也因举荐管仲而赢得了后人的高度赞誉。正如司马迁在《管晏列传》中所说："世人不赞美管仲的贤能但赞美鲍叔牙的知贤让贤。"在道德沦丧、世风日下的时代，饱尝人间沧桑、历尽世态炎凉的人们，更容易想起鲍叔牙来。

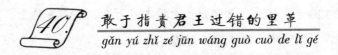

40. 敢于指责君王过错的里革

gǎn yú zhǐ zé jūn wáng guò cuò de lǐ gé

里革是春秋时代鲁国的太史，自文公、宣公至成公，历事三朝，始终竭尽心力地恪尽职守。他性如烈火，刚直不阿，有胆有识，敢说敢谏。《国语·鲁语》中记载的其人其事，历来为人所称道。

鲁宣公即位不久，邻国莒发生了宫闱之乱。莒国君主纪公先立长子仆为太子，后又偏爱小儿子季佗，便废仆立佗。太子仆怒火冲天，就利用国人对父亲的不满，杀了父亲纪公，然后带着父亲的宝物跑到鲁国。他怕鲁宣公不接纳他，便谎称自己是为了向圣明仁德的宣公献宝，才杀了多行不义的父亲。他的一番花言巧语，说得鲁宣公心花怒放。鲁宣公非常高兴地收下宝物，并立即派人带着亲笔书信去找正卿季文子，命令他赐予公子仆城邑。信中说："那莒太子为了我，毫不畏惧地杀了他的君父，而且带来宝物。我要奖赏他的忠心，你替我赐予他城邑。今日必授，不得违命。"

里革听说犯有弑逆之罪的莒太子仆逃到鲁国，却未料到宣公这么快就接纳了他，并且赐予他城邑。正欲进宫的里革恰巧遇见了送信人，并探知了这一情况，心中连声叫苦，埋怨宣公愚鲁荒唐。里革急中生智，立即改写了信的内容，说："莒太子杀了自己的君父而且偷了宝物，不懂得自己被废，已没了出路，还要来和我亲近，你替我把他流放到东夷。今天就通报，不得违命。"

第二天，有人向宣公汇报处理的结果，宣公甚感惊诧。当他问明详情，不禁勃然大怒，下令逮捕了里革。他声色俱厉地对里革说："违背君命的下场，你听说过吗？"里革神色自若、义正辞严地回答："我冒死提笔改信，何止是听说呢。我还听说：败坏法律的叫贼，隐匿盗贼的叫藏，偷窃宝物的叫内乱，享用赃物的叫奸。莒太子想让您成为藏奸的人，不能不赶跑他。我违背您的命令，不可不杀。"宣公沉默了一会儿，悻悻地说："我确实有些贪心，不是你的罪过。"就下令释放了里革。

还有一年夏天，鲁宣公来到泗水，把渔网沉到深渊捕鱼。里革见了，迅速来到宣公跟前，一言不发，就把渔网割断扔了。宣公一时惊愕，正要发作，里革却先声夺人，直言进谏。他首先援引古训说："古时在大寒之后蛰居冬眠的动物开始活动时，掌管川泽渔猎的官员就筹划使用渔网、竹篓子捕得大鱼、鳖蜃之类，拿到宗庙中祭祀祖宗，并让全国百姓执行，这样做有助于促使地下的阳气上升。鸟兽交配怀孕时，鱼类已经长成，掌管山林狩猎的官员，下令禁止用网捕捉鸟兽，只准刺取鱼鳖风干储存，这样做有助于鸟兽的生长。鸟兽长大了，而鱼类正处孕育产籽期，掌管川泽的官员便禁止用网捕鱼，只允许安设陷阱和捕兽器，捕取鸟兽来供应宗庙和厨房的需求，让鱼类生长繁殖、积蓄，以备享用。在山上不准砍伐小树，在湖泽边不许割取幼嫩的草木，捕鱼时禁止捕小鱼，捕兽时要留下小鹿和麋子，捕鸟时要保护雏鸟和鸟卵，捕虫时禁止捕捉蚁卵和幼蝗，都是为了让万物生息繁衍，这是古人的教导。"里革见宣公若有所思，却又有些懵懂，便话锋一转，直刺宣公说："现在正是雌鱼离开雄鱼别居怀籽之季，您却不让雌鱼和鱼卵生长，反而下网捕捞，这是贪婪无度啊！"

宣公听了这些话，不仅没有恼怒，反而幡然省悟。他说："我有过错，而里革纠正我，不也很好吗！这是一张好网啊！它让我懂得了古代治理天下的方法。我要让有司收藏起这网，令我永远不忘。"有个名叫存的乐师正在他身旁待候，向宣公建议说："保存这网，不如把里革永远安置在您身旁，就不会忘记他的规谏了。"宣公点头称许。

鲁成公十八年春，晋卿栾书和中行偃合谋杀死了晋厉公，鲁国掌管边境的官员把这个消息禀告给朝廷。鲁成公召见群臣，他用威严的目光扫视他们，问："臣子杀了自己的君王，是谁的过错？"大夫们或面面相觑，或低头不语，一时间朝廷陷于沉寂。成公面呈愠色，又问："难道是君王的过错吗？"这时，太史里革勇敢地站出来，面对鲁成公，以沉稳而刚劲的语调说道："是君王的过错。统治百姓的君王，权威很大，而失掉权威以至于被杀，那他的过错一定太多了。君王是治理百姓并纠正百姓邪恶的，如果君王放纵自己，而抛弃了治理百姓这件大事，那么邪恶现象就会越来越多，百姓就会陷于犯罪的境地，而无法拯救；任用贤臣不肯专一到底，即使法律也行不通。百姓到了绝望的地步没有人体恤，还要君王做什么？夏桀最后逃到南巢，商纣王死在京师，周厉王被流放到彘地，周幽王在戏山被杀，这些都是以邪治民的缘故。君王对于百姓，就好比养鱼的川泽。君行而民从，好坏都是由于君，百姓怎么能无故弑君呢？"

这三个故事，生动地塑造了一位以国家利益为重，不畏惧死亡，敢于冲撞君王，违抗君命的直臣里革的形象。他敢于违抗君命，更改书信，是为了涤除君王的贪心，避免君王背上藏奸的罪名，贻留后患；他强行阻止君王捕鱼，也意在批评君王的贪得无厌，意旨深远宏大；他直谏鲁成公，指明臣弑君错在君主，对君主以邪治民，进行了鞭辟入里的剖析和严厉的批评，更是义正辞严。

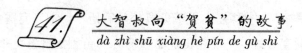

41. 大智叔向"贺贫"的故事
dà zhì shū xiàng hè pín de gù shi

叔向是晋国大夫，晋悼公的儿子晋平公的太傅，学识渊博，德高望重。《国语·晋语》对他的记载很多，其中叔向贺贫的故事，最为后人所称道。

一次，叔向去会见正卿韩宣子（名起），韩宣子正为贫穷忧愁。谁知叔向却向他表示祝贺。文章以此开端，不同凡响。清倪承茂《故约编》说："从来贺字不与忧字为类。叔向故出一奇，以耸宣子之听。"韩宣子不明其意，觉得受到了嘲弄，说："我有正卿之名，却没有正卿应有的财产，没有与卿大夫们交往的资本，我正因此而忧愁，你却祝贺我，这是为什么呢？"他的发问在叔向意料之中，因此，叔向借此机会发表议论也就成为顺理成章的事了。

叔向没有立即直接回答"贺贫"的理由，而是就近取材，不慌不忙地讲起了晋国的两位历史人物。第一个人物栾武子，曾是晋国的正卿，与现在的韩宣子地位相同，而经济条件比韩宣子还要差。按照晋国政府的规定，正卿应得五百顷田赋的俸禄，上大夫应得一百顷田赋的俸禄。然而栾武子身为正卿，实际上连上大夫一百顷田赋的俸禄都不够，家中祭祀所用的器具也都不齐全。文中，作者首先点出栾武子的"穷"，与韩宣子刚说过的"有卿之名，而无其实"这句话相照应，从而引起韩宣子对谈话的兴趣，产生一种同病相怜的共鸣效应。然而，叔向没有在贫富问题上绕圈子，而是转入正题，在有德无德上大做文章。他指出，栾武子虽穷，却能发扬美德、遵守法度，结果美名远播于诸侯各国，诸侯亲近他，子民拥戴他，不但安定了晋国，而且泽及下一代。他的儿子桓子过分骄傲，奢侈无度，贪得无厌，触犯法令，肆意胡为，囤积居奇，牟取暴利，这样的人本应遭难，却仰赖父亲栾武子的美德，得以善终。到了第三代怀子，他一改桓子的所作所为而学习祖父的美德，本应无难，却因他父亲罪孽深重，受到连累，最后逃亡到楚国。栾氏三代的情况，说明贫富问题只关涉到个人利害，而德之有无，不仅影响到国家安定与否，也关系到子孙后代能否长葆无虞。这是从正面说明贫而有德之可贺。

接着，叔向又举郤氏为例。此卿怎生了得，他的财产不仅抵得上晋国公室财产的一半，而且他的家人在三军将帅中占一半，可谓大富大贵。然

而他依仗着有钱有势，在晋国过着极其奢侈的生活，还企图专制朝政，最后落得个身死族灭、陈尸于朝、无人哀痛的可悲下场。这是从反面说明贫而有德之可贺。

栾、韩两人都是晋卿，一个贫而有德，一个富而无德，有德无德福祸不同，正反对照，泾渭分明，不能不引起韩宣子对贫与德关系问题的严肃思考，以使自己尽快从"忧贫"的苦恼中摆脱出来。叔向似乎已经感觉到了这一点，于是，他以肯定的语气解答韩宣子的问题："现在你有栾武子那种贫困的境况，我以为你能学习他的德行，因此向你祝贺。"叔向对韩宣子是否有栾武子一样的德行，未下断语，不过用"我以为"的语气揣摩一下，可以看出他对韩宣子的品行有一定了解，否则他不会一见韩宣子忧贫就表示祝贺，祝贺本身寄寓着叔向对韩宣子的信任和期待。"德从贫苦中生出，是则贺其德即贺其贫也。"（秦同培《国语评注读本》）为了使韩宣子对叔向的话深信不移，最后，叔向又加强语气，补充说："如果不忧虑德行没有建树，却忧患财货不足，我要哀吊还来不及呢，哪里还会祝贺？"叔向以反问结束议论，再一次提醒韩宣子不要不计后果。韩宣子听完这番话，犹如醍醐灌顶，甘露洒心，立即稽首称谢。结尾交代这一笔，说明叔向的谈话收到了预期效果。

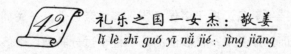

42. 礼乐之国一女杰：敬姜
lǐ lè zhī guó yī nǚ jié：jìng jiāng

在鲁国，有一位与孔子生活在同一时代且年龄相仿的女性，虽然她的影响远远不及孔子，但在维护和实践周礼这方面却非常严肃而虔诚。《国语》的作者似乎很敬重和推崇这位女性，《鲁语下》共有文二十一篇，而写这位女性的竟有八篇之多。她不是政治家，却有政治家的头脑；她没有丝毫政治野心，却有着强烈的忧患意识；她出身高贵，知书达理，与周围的贵妇人相比，她少的是养尊处优，多的是勤劳俭朴；她活动的范围非常有限，却始终不懈地尽其所能，把自己的作用发挥到极致。她就是鲁大夫公父文伯的母亲，已故鲁国贵族穆伯的遗孀——敬姜。

文伯之母敬姜是正卿季康子的叔祖母。季康子权倾朝野，炙手可热，然而对文伯之母非常尊重，执礼甚恭。有一次，他主动上门求见，希望聆听叔祖母的教诲。文伯之母就引用公婆曾经说过的一句话"君子能劳，后世有继"，告诫季康子要贵而不骄，从长计议，勤于政事，肯于辛苦，这表明，敬姜是一位很有政治头脑的贵族妇女。

如果说孔子是传礼大师，那么敬姜无疑是实践礼的楷模。她无时无刻不用礼来约束自己的言行，不管是日常交往，还是教育子女。她都能够严肃而认真地贯彻礼，即使到亲戚家做客也不例外。有一次，敬姜去季康子家，当时季氏正在外厅堂办公，见叔祖母来了，立即起身迎拜。可是敬姜没有应声，一直往里走，到了内厅堂，仍没有出声。季康子以为有什么事得罪了叔祖母，马上停止办公，跟随叔祖母来到内室，向她请罪。敬姜这才告知，她不敢在外厅堂和里厅堂说话，季康子如释重负。原来外厅堂是卿大夫办公场所，里厅堂是研究家政的地方，只有内室即妇人做活的地方才可以聊家常。

敬姜在丈夫死后一直寡居，待人接物，格外谨慎。季康子虽然是晚辈，但只要来她家，她一定开着门和季康子说话，彼此都不过门槛。季康子参加悼子（文伯的祖父）的祭礼，在献祭肉时，敬姜没有亲手接，祭祀完毕后也没有和季康子一起宴饮，这说明她深深懂得男女分别之礼。孔子听说后，大加赞赏。

敬姜不仅身体力行，率先垂范地贯彻礼，而且教育子女无论何时何地都要用礼规范行为。文伯宴请大夫南宫敬叔，让大夫睹父做上宾。吃鳖时，睹父见给他的鳖小一点，脸色一沉，说："让鳖长大以后再吃它。"然后起身拂袖而去，宴会的气氛骤然冷清。敬姜听到后，非常生气，她严厉斥责文伯没有礼敬上宾，惹恼客人，随即就把文伯赶出了家门。五天后，大夫们说情才让文伯回家。

敬姜教子严格，与其有着强烈的忧患意识有一定关系，她不希望儿子贪图安逸，失德败性，最终导致家业无以为继的悲剧发生。她认为礼是规

范行为、培养良好德性的最好途径，也是人格修养的理想境界。因此，她对礼教非常重视，有时简直到了苛刻的程度。

敬姜并非一贯板着面孔，令人望而生畏，而是威而有慈，注意捕捉时机，讲究教育方式方法。文伯退朝，见母亲正在纺麻，认为有失体统，担心招惹权贵们的不满。这一次，敬姜没有发火，她一面叹息说："鲁国大概要灭亡了！"一面让文伯坐在自己身边，用前代天子、卿大夫、诸侯和士人的勤劳从政教导文伯：勤劳产生节俭，节俭产生善心；安逸产生放荡，会丢了善心而滋生坏心。她语重心长地对文伯说："君子用心力操劳，小人用体力操劳，这是先王的教导。从上到下，谁敢放荡而不尽力劳作？如今我是个寡妇，你是个下大夫，早起晚睡地做事，尚且怕丢了先人的功业，你方才却说'为什么不自求安逸？'用这种怠惰的念头做官，我担心你亡父的祭祀要断绝了！"敬姜动之以情，晓之以理，对儿子进行了一场深刻的人生观教育。

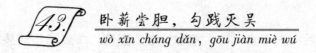

43. 卧薪尝胆，勾践灭吴
wò xīn cháng dǎn, gōu jiàn miè wú

千百年来，越王勾践作为春秋时期著名的君主形象，在我国浩瀚的文学画廊中占据着十分显著的地位。他雄才大略，坚韧异常，以屈膝为奴而静伺转机，以卧薪尝胆而砥砺意志，以西施美色而祸乱敌政，以养精蓄锐而攻击吴国。特别是他为雪耻而"卧薪尝胆"的故事，成为文学史上不朽的话题。

公元前494年，吴王夫差为报越国杀父之仇，兴倾国之精兵，任伍子胥为大将，伯嚭为副将，从太湖取水道攻打越国。越王勾践率领越国最精锐的壮士三万人在夫椒山迎战，越军惨败，勾践带着残兵败将五千人退守在会稽山，形势紧迫。

勾践立即招集谋臣商议。范蠡针对吴王夫差好胜喜功，狂妄自大的特点献计说："我们可以对吴王说些谦卑的话，送他珍玩与女色，称他为天王，甚至我们君臣可直接到吴国为夫差当奴仆。只要求和成功，我们就可以伺机再起。"于是，勾践就派大夫文种去吴国求和。

文种见到吴王夫差，立即双膝跪地，极其谦卑地恳求说："我们的队伍不值得屈辱您讨伐，我们愿意将财宝、美女都献给大王，请让勾践的女儿给大王做女奴，让大夫的女儿给吴国大夫做女奴，让士人的女儿给吴国的士人做女奴，我们国君的军队也听凭大王的指挥调遣。如果认为越国的罪不可宽赦，那我们将烧了宗庙，把妻子儿女调动起来，把金银财宝沉到江里，我们有披甲的将士五千人准备拼死，那就必定一个顶俩，用这一万人来抵抗大王，恐怕会伤了大王所爱的，你们与其杀了越国人，还不如得到这个国家，哪

图为范蠡画像。《国语》中对吴越争霸故事进行了详细记载，而范蠡是其中一个非常重要而又具有传奇性的人物。

个有利呢？"文种的措辞先是极尽谦卑，抑己扬他，而后由软变硬，有破釜沉舟、鱼死网破之势，使夫差飘飘然又凛凛然，于是，他打算同越国议和。

伍子胥听说后，风风火火地来到宫中向夫差进谏："不行啊，不行啊，大王，千万别上越国的当。吴越有不共戴天之仇，有他没我，有我没他，现在不乘胜消灭它，将遗患无穷啊！"夫差只好说再议。

范蠡再施一计：以珍宝美女贿赂夫差宠臣伯嚭，利用他说服夫差。于是，勾践命文种再赴吴国，将珍宝和八名美女一并进献给伯嚭。文种抓住伯嚭好色的心理，又诱惑他说："越国还有比这八个更漂亮的，如果您赦免越国之罪，下次一定全部进献给您。"结果一如范蠡所料，夫差在伯嚭的劝诱下答应议和。伍子胥见情势无可挽回，仰天长叹："不过二十年，

吴国的宫殿将变成越国的沼泽地。"

这一年的五月中旬，越王勾践将国事托付给文种，便带着妻子、范蠡和三百个士人去吴国俯首为仆，勾践每日蓬头垢面，或执帚扫地，或执缰牵马，或尝夫差粪便，忍受了人世间最难忍受的屈辱。三年后，夫差不顾伍子胥的劝阻释放了越王勾践。

勾践回国后，日日夜夜，无时无刻不以报仇雪耻为志，他只穿越后亲手做的布衣服，不吃肉食，不听音乐，住在破旧的房子里，睡在柴草上，头顶上悬挂着苦胆，饮食起居必先尝尝苦胆。

为了振兴越国，勾践采取了一系列强国富民的政策：发展人口，命令壮男不娶老妇，老男不娶少妇，凡女子十七岁不出嫁、男子二十岁不娶者，其父母有罪。孕妇临产，医生由官府选派，生男孩，赏两壶酒，一条狗；生女孩，赏两壶酒，一只小猪；生三个儿子，官府抚养两个，生两个儿子，官府抚养一个。有丧妻者，勾践亲自哭着埋葬，像对待自己的子女一样。鳏寡孤独，老弱病残，均有所养。贤士归附，都以礼相待。十年不收赋税，家家都有三年余粮。对外则结交齐国，亲近楚国，依附晋国，于是，越国很快就壮大起来。

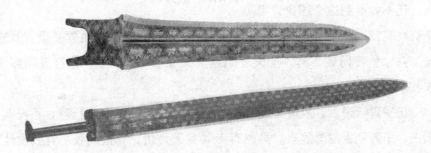

《国语》中《吴语》的事件都锁定在夫差在位期间，《越语》则集中叙述勾践的荣辱盛衰。图为吴王夫差剑和越王勾践剑。

为了蒙蔽吴国，争取复仇时间，越国表面上加倍讨好吴王夫差，进贡不绝。勾践依文种之计，派范蠡向夫差进献苎萝美女西施和郑旦，西施有倾国倾城之色，身体有异香，夫差大喜，说："这是勾践忠于我的证明啊！"西施侍于吴王身边，放纵其情欲，消磨其意志。伍子胥用夏因妹喜、殷因妲己、周因褒姒而亡国的史实劝谏，吴王不听。范蠡又大肆行贿伯嚭，让他不断地在吴王面前替越国讲好话。为了探听吴国军队的情况，勾践又派大夫诸稽郢去犒劳吴国三军，使吴国君臣非常高兴。伍子胥忧心如焚，频频进谏，最终惹怒夫差，被赐死。

经过默默的积极的备战，勾践已如猛虎苍鹰准备下了强爪利喙，只待时机到来时的一搏了。

公元前 482 年，越国趁吴王夫差赴董地会盟、国内空虚之机，兴兵攻入吴都姑苏城，杀死吴国太子友，烧毁姑苏台。据说大火烧了一个多月都没有熄灭。勾践在伯嚭苦苦哀求下答应议和。十年后，越国向吴国发动了最后进攻，越军三战三捷，攻入姑苏城。吴王夫差逃到姑苏山上，派王孙雄向越王勾践乞和，越王想答应，范蠡进谏说："让我们每天早早上朝，晚晚理朝而忧劳国事的，不是吴国吗？跟我们夺三江五湖的，不是吴国吗？您难道忘了被围困在会稽的事吗？七年功夫的图谋，一下子就丢掉它，难道可以吗？"最后，越王让王孙雄传话给吴王说："过去上天把越国赐给吴国，而您没有接受；现在上天把吴国赐给我们越国，我不敢不接受。我将把吴王送到甬、句东（今舟山群岛），让他活到死。"夫差听到后，羞愧万分，泪水潜然，他凄凉地说："凡是吴国的土地和人民，越国已全部占有了，我还有什么资格活在世上！悔我当初不听伍子胥之言，如今还有什么脸面去见伍子胥啊！"说完，用布蒙上眼睛，就自杀了。

勾践回师途中，范蠡携西施泛舟而去，没人知道他们最后到了哪里。文种不听从范蠡"兔尽狗烹"的警告，随师回国，不久，便被赐死。

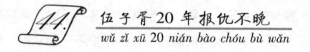

44. 伍子胥 20 年报仇不晚

wǔ zǐ xū 20 nián bào chóu bù wǎn

伍子胥是春秋时期吴国有名的忠臣。他本是楚国人，因父兄被杀而流亡吴国，以谋略为吴王阖闾所信用，以自负为同胞伯嚭所谗毁，以直谏为吴王夫差所杀害。他的刚直不阿、他的忠心耿耿、他的专横残暴、他的大智大勇、他的直言敢谏、他的骄傲自负，以及他坎坷的身世和"兔死狗烹"的结局，给后人留下了说不尽的话题和无尽的感叹。

公元前527年，荒淫无耻、弃子夺媳的楚平王听信奸佞费无极的谗言，杀死了太子建的师傅伍奢及其长子伍尚。次子伍员（子胥）只身逃往宋国，投奔太子建，不巧宋国发生内乱，两个人又仓皇逃到郑国，受到郑国的礼待。然而太子建忘恩负义，不自量力，竟暗中和晋国勾结，妄图灭掉郑国，结果事泄被杀。伍子胥怀着对太子建的深深失望逃离了郑国。一路上风餐露宿、东躲西藏，过韶关时，险些被郑子产派的人抓住，传说他一夜愁白了头。后来，他在长江边幸遇渔长相助，才逃离了险境。

在吴国，伍子胥吹箫行乞时结识了义士专诸，两人一见如故，结为至交。通过专诸，伍子胥了解到吴王僚气量狭小，刻薄寡恩，不恤民困，滥施征伐，便和专诸一起投靠了公子光。公子光有勇有谋，知贤爱能。并且与吴王僚结怨甚深，有夺权之志。他让伍子胥暂时隐居郊区耕田，以待时机。

公元前515年，楚平王死，好战喜功的吴王僚派自己的两个弟弟盖余、烛庸和太子庆忌伐楚。都城空虚，疏于戒备，公子光、伍子胥和专诸趁机谋杀了吴王僚，专诸也被杀死。公子光即位，这就是吴王阖闾，他任命伍子胥为行人（外交官），任另一位楚国流亡贵族伯嚭为大夫，共同管理国政，伍子胥推荐孙武为将军，加强军备。吴王阖闾依靠他们的辅佐欲图中原，争当霸主。

公元前506年，吴王阖闾以孙武为大将，伍子胥、伯嚭为副将，弟弟夫概为先锋，出兵六万，大举进攻楚国，五战五胜，攻克楚国郢都，楚昭王出逃。伍子胥愤怒地掘开楚平王的坟墓，用铜鞭照着楚平王的尸体狠狠抽了三百鞭，仍不解恨，伍子胥又用脚践踏尸体，用手挖平王的双眼，嘴里愤然骂道："昏君，你活着的时候有眼无珠，不分好坏忠奸，听信谗言，冤杀我父兄，可恨没能亲手杀了你？"话音未落，一剑砍掉平王的脑袋，又毁掉平王的衣服和棺木，将尸体抛在荒野里。伍子胥没能亲手血刃楚平王，但掘墓鞭尸，也算是报了多年来刻骨铭心的冤家之仇。

45. 谋将曹刿奇语论战
móu jiāng cáo guì qí yǔ lùn zhàn

常言道："千军易得，一将难求。"战争，并不仅仅表现为刀光剑影、金戈铁马的血腥搏杀，更意味着双方将帅运筹帷幄的智谋较量。在瞬息万变、纷繁复杂的战场上，将帅的文韬武略往往影响着整个战局的走向，决定着战争的胜负。

"曹刿论战"的故事，情节很简单。它讲的是春秋时期齐鲁长勺之战的一个片断。长勺之战的起因，可以追溯到公元前686年齐国的君位之争。齐襄公死后，他的兄弟们展开了争夺君位的斗争，因为鲁国支持公子纠，便和太子小白结下了仇怨。小白即位（即齐桓公）后，为报当年之仇，于公元前684年指挥大军进攻鲁国。

齐军大兵压境，鲁国上下顿时乱作一团，文武百官束手无策。无奈之中，鲁庄公张榜纳贤，晓谕国人献计献策。当时，有个叫曹刿的人闻知此事，意欲进宫应召，他的同乡劝他说："国

图为秦国用以调兵的虎符。"春秋战国"一词，形象地展示了那个时代的特征：征战杀伐不断。

家大事，是那些食朝廷俸禄的大官们商量讨论的事，不是我们这些草芥小民管得了的，我看你还是在家种你的地吧！"曹刿轻蔑地说："那些老爷们平时只知道享乐，个个吃得肠肥脑满，可国家一旦有了危难，人人胸无一策，如果指望他们拯救国家，你我恐怕就要成为齐国的臣民了。"于是辞别同乡去见庄公。

庄公在宫廷中接见了曹刿。此时的鲁庄公如坐针毡，寝食难安，听见有人前来献策，如溺水挣扎中抓到了一棵救命草，迫不及待地向曹刿询问计策。而曹刿却不紧不慢地说："战争日益逼近，您凭借什么与如此强大的齐军交战呢？"庄公急忙说："我平时所有的衣物食品，从不独自享用，总要分一些给别人，这些人总该为我出点力吧？"曹刿冷笑道："您的这种小恩小惠，只是落在王公贵族的头上，老百姓能跟着您去拼命吗？"庄公又说："我在祭祀的时候，用的牛羊猪以及宝玉、丝绸总是按规矩去办，从不敢擅自增减，在对神祷告时，也总是诚惶诚恐，不敢说谎，凭着对神如此虔诚，神灵会保佑我的。"曹刿说："这些小的信义不足以取得神灵的信任，神不会因此保佑你。"庄公沉吟了一会儿，又说："对于大大小小的案件，我虽然不可能件件彻底调查清楚，但一定会慎重考虑，尽量处理得合情合理，凭这，总可以了吧？"曹刿听罢，点了点头说："这才是真正尽心尽力为百姓做好事，这样的话，可以和敌人决一死战。"

曹刿和庄公的三问三答，谈的都不是战争，但却表现了一个军事家的政治远见。他认识到人心的向背对战争的重要性。

齐鲁两军终于在鲁国的长勺展开了短兵相接的激烈厮杀。这一天曹刿与鲁庄公同乘一辆战车指挥战斗。

齐军在齐桓公的指挥下，气势汹汹地杀向鲁军，他们依仗兵强马壮，人数众多，向鲁军阵地发起了一轮又一轮的潮水般的冲击，一时间战车隆隆，鼓声震天。而此时鲁军阵地却出奇的安静。但实际上曹刿正施行他的战略战术，紧张地注视着战争的进程。鲁庄公面对齐军强大的攻势，完全遵循着传统的战法，急不可耐地准备擂鼓进攻，被曹刿劝阻。等到齐军第三次击鼓，发动攻击后，曹刿抓住了反攻的有利时机，即"彼竭我盈"之时，充分发挥自己一方士兵的锐气，实行敌疲我打的方针，一举击溃齐军的进攻，又趁对方溃败时的混乱，穷追猛打，结果创造了军事史上以弱胜强的典范战例。

鲁军凯旋而归，路上鲁庄公对刚才曹刿的指挥大惑不解，曹刿侃侃而谈：

夫战，勇气也，一鼓作气，再而衰，三而竭，彼竭我盈，故克之。夫大国难测也，惧有伏焉。吾视其辙乱，望其旗靡，故逐之。

曹刿在这里阐述了他的战术思想。两军交战，以气为主，气勇则胜，气衰则败，为将帅者，要善于鼓舞将士的士气，并且设法夺敌之气，夺其气，意在竭其力。为此，就要把握时机。"避其锐气，击其惰归。"曹刿善于调动士气，持重待机，把敌人磨得锐气殆尽，士气沮丧，然后一举歼灭，不愧为临机决事的谋略家。

齐鲁长勺之战，最终以鲁国的胜利拉上了帷幕，但它所体现的战术思想和曹刿的智谋韬略，却成为后人们谈论不尽的话题。而它以文学笔法塑造的爱国军事家——曹刿的形象，更是永久地陈列在中国文学的画廊中，至于"肉食者谋之，又何间焉"、"一鼓作气"等成语，则一直流传至今，成为人们口头上的鲜活语言。

46. 屈完妙辞结盟诸侯
qū wán miào cí jié méng zhū hóu

鲁僖公四年（公元前656年），齐桓公率领齐、宋、陈、卫、郑、许、曹、鲁八国军队进攻蔡国。蔡、齐本是友好国家，蔡君之女是齐桓公夫人。可是在一次驾船游玩中，蔡姬故意把船摇荡着逗桓公，桓公不习水性，很惧怕，让她停止，她却摇晃得更起劲。桓公一怒之下将她送回娘家，蔡国也赌气把蔡姬改嫁，并倒向楚国。桓公这次就先攻蔡国，以泄蔡姬另嫁的私愤。蔡国军队一触即溃，八国联军于是浩荡南进，达于楚国边境。

春秋时，诸侯之间的征讨，总要找到点借口，所谓"师出有名"。诸侯联军伐楚，楚成王不知何故，派使臣前去质询。楚使来到齐军，向齐桓

公质问道："君处北海，寡人处南海，惟是风马牛不相及也，不虞君之涉吾地也，何故？"意思是说：楚国和齐国相距遥远，向来互不干涉，不知道齐国的军队为什么跑到楚国的土地上。楚使为了强调齐楚两国相距遥远，一向互不来往，采用夸张的手法，说一个处北海，一个处南海，远得连牛马放牧也碰不到一起。言外之意是说楚国并没有什么地方冒犯齐国。他说得理直气壮，又含蓄婉转。

管仲代表桓公回答说："齐国先君在西周受封的时候，就拥有征伐诸侯的权力。征伐范围，东边到大海，西边到黄河，南边到穆陵，北边到无隶。楚国就在这个范围之内。"接着，管仲历数楚国的罪过："你们楚国应交的贡品包茅没按时上交，周王祭祀时供应不上，没有东西来滤酒，你们该当何罪！这是其一。其二，当年昭王南巡，死在汉水，这是谁的责任？"

昭王南征的事，据史书记载，说的是周昭王晚年荒于国政，人民痛恨他，当他巡狩南方渡汉水时，当地百姓故意给他弄一只用胶粘的船，船到江心解体，昭王和他的从臣皆落水溺死。

楚使面对管仲气势汹汹的责问，回答说："贡品没按时上交，是我们的罪过，怎敢不供给？至于昭王淹死的事，楚国不能负责，你最好是自己到水边去问一问吧！"

这番应对，管仲为了给不义之师正名，首先打出"尊王攘夷"的大旗，抬出周天子，以求在声势上压倒对方，虽然理由显得滑稽可笑，但语气却咄咄逼人。而申述征伐理由时，尽管历数了楚国的罪状，但措辞却委婉含蓄。楚使的回答则显得进退得体，刚柔相济，既不授人以柄，又不辱没国格。他首先承认"包茅不入"的过错。虽然当时周王室式微，各路诸侯已不把周天子放在眼里，但在名义上诸侯还是周王室的臣子。所以楚使尽管内心里不能接受管仲的指责，但表面上还得维护君臣之义。公开承认"包茅不入"的过错，等于继续服从周天子的权威，使得楚国变被动为主动。而"昭王南征之不复，君其问诸水滨"一句，则态度陡然转变，由刚才的谦恭、和顺变为措辞强硬，理直气壮。这种态度刚柔的变化，表现了楚使不卑不亢，就小辞大，善于掌握分寸的外交技巧。

齐桓公见楚使态度强硬，就进军到陉地。两军相持不下，从春到夏，诸侯之军不敢进攻，楚军也不敢前进，双方都有戒心。

到了夏天，楚成王派大夫屈完为使者，到诸侯军中讲和，八国军队退到召陵驻下。齐桓公把庞大的诸侯军队列成阵势，然后驾车与屈完同去观看。在车上桓公对屈完说："这些诸侯的军队并非由于我个人的关系，而是为了继续我们先人的友谊，所以同我一起来。你们楚国也与我们建立友好关系，怎么样？"屈完说："蒙您惠临为敝国的社稷求福，接纳我国国君，这正是我们的愿望。"齐桓公又指着军队得意地说："我用这么多军队去作战，谁能抵御？用这样的军队去攻城，什么城攻克不了？"屈完马上回答说："您如果以恩德安抚诸侯，谁敢不服？但您如想凭借武力，楚国将以方城山为城墙，以汉水为护城河，您的军队再多，也无济于事。"

齐桓公既没有打赢这场战争的把握，又要炫耀自己强大的武力，对此，屈完的回答可谓有理有节，凛然不屈。既表示了和平的愿望，又不屈服于武力的威逼，捍卫了国家的尊严，最终迫使诸侯联军与楚国订了盟约。从而化干戈为玉帛，避免了一场大规模的战争。

当然，楚国在外交上的胜利，最终靠的是国力的强大。如果国家贫弱，任你说得天花乱坠，最后也难逃挨打的命运。人们常说的"弱国无外交"，就是这个道理。

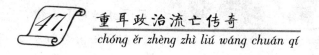

47. 重耳政治流亡传奇
chóng ěr zhèng zhì liú wáng chuán qí

在春秋大大小小几百个国君中，若比历尽世态炎凉，走尽人生坎坷，阅尽人间沧桑，都无过于一个名叫重耳的人。

重耳是晋献公的儿子，母亲是犬戎主的侄女狐姬。他是庶出，太子之位已由异母兄申生占取，另有个庶弟夷吾，兄弟之间手足情谊颇深，彼此相安无事。

天有不测风云，一场家庭内部的权力之争打破了重耳宁静悠闲的生活，也由此改变了重耳人生的轨迹。祸乱缘于后宫。晋献公讨伐北方的骊戎国时，得到两个如花似玉的女子——骊姬及其妹妹。骊姬入宫后以其妖艳的容貌和长袖善舞的手腕，紧紧攫住了晋献公的灵与肉。很快，骊姬被立为夫人。谁会想到，当年这个像器物和牲畜一样被馈赠的女人，日后竟会掀起一场政治上的轩然大波，致使晋国政治动荡了几十年。

骊姬为了使自己的亲生儿子奚齐获得君位的继承权，使尽了手段，最终迫使太子申生自缢，重耳和夷吾也远遁异国他乡。重耳由此开始了遥遥无期、吉凶难测的政治流亡。

图为反映春秋争霸活动的画像砖。春秋时期诸侯兼并战争此伏彼起，胜者称霸，重耳就曾是霸主之一。

重耳在狐偃、赵衰、介子推等一班文武之臣的簇拥下，首先逃到了狄。由于重耳的母亲是狄人，所以受到了狄国的热情款待。狄国君主送给重耳两个女子，重耳娶了其中的季隗，并生有二子。一晃十二年过去了，重耳此时已经习惯了这种寄人篱下的生活。可是这种偷生的日子过得并不安稳。公元前 651 年，晋献公死后，晋国发生了内乱，奚齐和卓子先后被拥立为君，又都先后被杀。接着，夷吾在秦穆公帮助下回国做了国君，是为晋惠公。虽说原先兄弟关系不错，但由于政治角色的变化，关系同时发生了变化。夷吾为防止重耳回国，派人到狄国行刺重耳。消息传到狄国，重耳急忙收拾行装，临行前不无留恋地对季隗说："我这一去，不知什么时候才能回来，你等我二十五年，二十五年后我若不来接你，你就另嫁他人吧。"季隗说：

"我已经二十五岁了，再过二十五年，就该进棺材了，还能再嫁吗？"于是重耳一行仓皇逃往齐国。

重耳等人经过数日的奔走，已是人困马乏，饥肠辘辘。远远望见卫国的都城，众人顿时喜不自禁。等到风尘仆仆赶到城下时，只见城门紧闭，城头上传来了守城士兵的声音："晋公子，我们国君得罪不起晋国，您还是到别的地方去吧！"重耳听罢，气得七窍生烟，可又能如何呢？无奈只好忍饥挨饿绕道而行。暮色苍茫中，他们来到了五鹿。隐隐看见一个在田里耕种的农夫。重耳命人前去乞食，农夫先是奚落了他们一通，然后递上一个土块。重耳一见，不禁勃然大怒，举鞭欲打。狐偃急

图为晋文公自系鞋带。反映了重耳落难过程中的生活变化及心理变化。

忙上前劝阻道："土是国家的象征，有土即有国，这是上天赐给你将有国家的好兆头。"重耳转嗔为喜，庄重地接过土块，双手举过头顶，仰望苍天，再三叩拜。然后，把土块装到车上，疾驰而去，消失在暮色中。

就这样，重耳一行饥一顿饱一顿地来到了齐国。齐桓公显示了春秋霸主的风度，对重耳盛情款待，礼遇有加，赠之美女、车马、广厦。年近六旬的重耳总算结束了长达十几年的漂泊，有了一个舒适温暖的安乐窝。娇妻美妾，锦衣玉食，使他渐渐淡忘了政治，泯灭了雄心，把复国报仇的大业扔在了脑后。就这样，重耳"乐不思蜀"地在齐国逍遥了五年。此时狐偃、赵衰等人担心重耳这样下去，会玩物丧志，失去进取精神，便商议如

何使重耳离开齐国。不料，他们的谈话被重耳妻子齐姜的侍女听到，这个侍女便把消息告诉了姜氏，姜氏怕走漏风声，就杀掉了侍女。深明大义的姜氏一再劝重耳："大丈夫要以天下为重，留恋妻子，安于逸乐，会消磨人的意志。"重耳还是不肯离开齐国，无奈之中，姜氏和狐偃等人设计灌醉重耳，偷偷地把他送出了齐国。重耳一觉醒来，早已离开了齐国。尽管重耳怒不可遏，但木已成舟，无可挽回了。

愤愤之中重耳一行到达了曹国。曹共公是个荒淫、无聊的家伙，听说重耳的肋骨与众不同，于是趁重耳洗澡时，在外偷看。重耳一气之下又跑到了宋国。此时宋襄公刚被楚国打败，对重耳不能有所帮助，但还是送给重耳二十辆车马。

重耳来到郑国。郑文公此时已倒向楚国，不愿意接待晋人，于是他们就到了楚国。楚成王待之以上宾。在一次宴会上，楚成王问重耳："公子要是回到晋国做了国君，用什么来报答我呢？"重耳说："玉石、美女你们有的是；珍奇的鸟兽、名贵的象牙，就产在你们的国土上，流落到我们晋国的，不过是你们遗弃的，我真不知拿什么来报答您。"楚成王不肯罢休，一再追问道："就像你说的那样吧，不过你总得给我一点报答吧。"重耳思忖了一下说："若托您的福能够返回晋国的话，如果有朝一日两国军队不得已在战场相遇，我将后退三舍（相当于现在的九十里）回避，以报答您今日的盛情，若还得不到您的谅解，就只有驱马搭箭与您周旋一番了。"成王听罢，哈哈大笑。不料此话惹恼了楚将子玉，子玉要杀重耳，被楚成王阻止。楚成王有心帮助重耳回国，但楚晋相距遥远，不容他出兵相送，于是把重耳送到了秦国。

重耳到秦国时，晋国已是怀公上台。怀公在秦作人质时，秦穆公把女儿嫁给他，为怀嬴。公元前 641 年，秦灭掉梁国。梁是怀公的母舅家，秦灭梁，怀公感到自己失掉了外援，倘若惠公一死，他不一定能继承君位。于是不辞而别，扔下妻子逃回晋国。秦穆公很生气，就决定帮助重耳回国，并把怀嬴嫁给了他。重耳见自己回国有望，渐生傲慢之心。《左传》记载了这样一个细节：一次，怀嬴侍奉重耳洗漱，重耳洗毕，很不耐烦地挥手让她走开。怀嬴生气地说："秦晋两国是同等国家，你为什么这样对待我？"重耳这才意识到自己的无礼，连忙解去衣冠自囚，表示谢罪。公元前636年，秦穆公派大军送重耳回国。秦军很快击败了晋国的军队，并赶走了怀公。

这样，重耳历经十九年的流亡，终于登上了晋国的君位。

四十三岁逃奔狄国，六十二岁返回晋国，十九年的大流亡，造就了一个饱经苦难、深知各国状况、政治经验无比老到的晋文公。此后的重耳，以其丰富的阅历，过人的智谋胆略，励精图治，在风云变幻的诸侯争霸中，脱颖而出，一跃成为威名显赫的一代霸主。

48. 寒食节为什么要禁火
hán shí jié wèi shén me yào jìn huǒ

寒食节是中国传统节日，在农历清明前一天或两天。

据传寒食节禁火与一个叫介子推的隐士有关。

介子推，又叫介之推，是春秋时代晋国人，曾跟随晋文公重耳流亡在外十九年。在重耳集团中，他是一个很特殊的人物，他既无运筹帷幄的智谋，也无临阵御敌的武功，然而，他却以令人叹服的道德和令人敬仰的节操，比他的同行们更加流芳百世。在有关介子推的传说中，最为后人们津津乐道的，莫过于"介子推割股啖君"和"介子推守志焚绵上"这两个故事。

前一个故事讲的是晋文公重耳流亡途中的事。重耳率领随从们从狄国奔往齐国，途经卫国，卫文公拒而不纳，重耳等人只好绕道而行。来到一个叫五鹿的地方时，他们已是人困马乏，饥肠辘辘。见一个农夫在田间吃饭，重耳令狐偃前去乞食，不料却遭到农夫的一顿奚落。又行了十余里，重耳等人饥饿难耐，就坐在树底下休憩。众人采摘野菜充饥，重耳眼望野菜却难以下咽。这时介子推手捧一碗肉汤来到重耳面前，重耳食后，感觉味道特别鲜美，便问肉从何来。介子推曰："臣之股肉也，臣闻'孝子杀

身以事其亲，忠臣杀身以事其君'，今公子乏食，臣故割股以饱公子之腹。"重耳听罢，感动得流着泪说："吾累子甚矣！将何以报？"介子推说："但愿公子早归晋国，以成大事，臣岂望报哉？"

后一个故事是说晋文公即位后，论功行赏，凡随从逃亡者，人皆有赏。介子推为人狷介，他见狐偃等人居功自傲，心怀鄙薄，耻居其列，于是托病居家，甘守清贫，躬自织屦，以侍奉老母。晋文公论功行赏时不见介子推，竟无意中将他疏忽过去了。子推遂负老母奔绵上，结庐深谷之中，草木为食，抱定终身隐逸的宗旨。有人为他鸣不平，悬书朝门以诗讽喻。文公读诗，方想起介子推曾在最艰难的时刻割股进肉，于是亲往绵山访求子推，却找不到他的踪迹。就派军士在山前山后举火焚林，想逼子推出来。火烈风猛，延烧数里，三日方息。子推矢志不移，坚不出山，最后母子相抱，死于枯柳之下。晋文公大为悲恸，抚树长嗟，为表达怀念之情，命人伐下此树制成木屐，以后晋文公每每想起介子推，禁不住低头对着脚下的木屐说："悲乎足下。""足下"一词即源于此，是对对方的敬称。为表彰介子推的高风亮节，晋文公为之立祠，绵山周围皆作祠田，并改绵山为介山，还规定在介子推死日全国禁火三日只吃冷食，以后相沿成例，于是就有了寒食节禁火的习俗。后人有诗曰：

> 羁绁从游十九年，天涯奔走备颠连。
>
> 食君割肉心何赤？辞禄焚躯志甚坚。
>
> 绵上烟高标气节，介山祠壮表忠贤。
>
> 只今禁火悲寒食，胜却年年挂纸钱。
>
> ——胡曾《寒食吊子推》

虽然寒食节和介子推焚死的传说无法考证，但它表达了人们对介子推不居功邀赏、甘居清贫的高洁情操的追慕与怀恋，也体现了古人对"功成身退"这种人生理想的追求。当然，介子推割股啖君的血淋淋的忠君方式，在今天看来，难以得到人们的认同，也缺乏崇高的美感。

49. 以少胜多的晋楚城濮之战
yǐ shǎo shèng duō de jìn chǔ chéng pú zhī zhàn

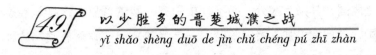

春秋，是中国历史上矛盾纷繁复杂，社会急剧变革的时代。它上承夏、商、西周的统一王朝，下启列国并立、群雄争霸的局面。这时，先前铁板一块、神圣统一的帝国，分裂成了五颜六色的碎块，盘根错节的古代宗法制度开始分结解纽。伴随着礼崩乐坏、王室衰微，日益强大的诸侯们再也按捺不住称霸的野心，于是，中原大地上呈现出一派刀光剑影、战鼓动天的征伐景象。而晋楚"城濮之战"是其中规模最大、影响深远的战役，也是中国古代战争史上以少胜多的典范战例之一。

晋楚两国何以会爆发这场大战呢？这要从当时诸侯列国的形势说起。自春秋第一位"九合诸侯，一匡天下"的霸主齐桓公死后，齐国霸业凋落，而晋、楚两国逐渐强盛，羽翼日丰。此时的楚国，国力雄厚，领土广袤，内有贤臣辅佐，外有陈、蔡等国归附，大有囊括中原之势；而晋国则在晋文公重耳及手下谋士的苦心经营下，蒸蒸日上，已露峥嵘之相。为填补齐国衰落后遗留的霸权真空，晋楚两国磨刀霍霍，等待时机。公元前632 年，楚国和晋国为争夺宋国而拉开了惊心动魄的城濮之战的帷幕。

宋国位于中原腹地，是晋楚争霸的要冲，谁征服宋国，谁就占据了向外扩张的前沿，所以宋国对于晋楚两国就显得十分重要。泓水之战后，宋迫于楚的强大而与之结盟，后见晋日益强盛，转而投入晋的怀抱，这就招致了楚率蔡、陈、郑、许等国之师对它的征讨。宋寡不敌众，求救于晋。晋国的君臣们认为这是"取威定霸"的天赐良机，意欲出兵，但鉴于晋当时的实力尚不足以与楚正面抗衡，所以决定采取攻曹伐卫，迫使楚国从宋撤军的战略。

晋经过一番精心准备后，于第二年春出师。曹、卫很快溃败，但迫使楚国从宋撤军的目的并未达到。宋再次向晋告急，这使晋文公左右为难。正在犹豫不决之际，中军统帅先轸献上一条妙计：让宋贿赂齐、秦两国，请它们出面调解，并扣留曹、卫国君，把曹、卫的部分土地分给宋国。楚和曹、卫是盟国，其国土被分，必不肯接受齐、秦的调解，这样就会惹恼齐、秦两国，促使它们加入晋的阵营。于是晋就采用"喜赂怒顽"的外交手段，离间了齐、秦与楚国的关系。楚成王见形势于己不利，急令主帅子玉从宋撤军，子玉却拒不从命，坚持要与晋军决战。

子玉攻宋不下，晋军又不前来交战，情急之中，子玉采取了激将法。他派人同晋谈判，提出楚国退兵的条件：晋复卫成公王位，归还曹国土地，楚即从宋国撤军。楚国的意图是要激怒晋国，使其南下与之交战。而晋则将计就计，再次施用离间计。晋私下允诺曹、卫恢复其国家，条件是脱离楚国，并扣留了楚国的使者，以激怒子玉，诱使其放弃围宋，北上与晋决战。楚军果然中计。子玉率军气势汹汹地逼近了晋军驻地。晋军则后退三舍，以骄其军。双方在城濮摆开了决战的阵势，一场规模空前的大战一触即发。傍晚，楚军使者到晋营下达战书，晋军慨然应战。

第二天决战开始，晋军首先击败了由陈、蔡两国军队组成的右军，接着晋采用疑兵之计，佯装溃败，诱敌深入。楚军中计，遭到晋军的前后夹击，左军大部被歼。楚军统帅见左右两军崩溃，急忙收兵退出战场。这样，城濮之战以晋胜楚败而结束。

城濮之战，使晋国声威大震。以前与楚结盟的国家纷纷转向晋国，连周天子也亲往祝贺。晋文公由此登上了霸主的地位。

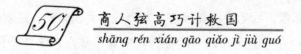

50. 商人弦高巧计救国
shāng rén xián gāo qiǎo jì jiù guó

公元前630年，秦郑两国结成盟国，秦派杞子、逢孙、杨孙三人率兵驻扎在郑国都城的北门。名义上是保护郑国，实际上是安放在郑国心腹中的定时炸弹，郑国随时都有被倾覆的危险。公元前628年，晋文公去世，秦国想趁此机会向东拓展，恰好戍守郑国的杞子传来密信：他们取得郑国的信任，掌管了郑国都城北门的钥匙，若秦军悄悄进入郑国，他打开北门接应，里应外合，郑国唾手可得——后世的"北门锁钥"一语就出自于此。秦穆公正想独得郑国，于是不顾老臣蹇叔的反对，立即派孟明视、西乞术、白乙丙率大军，不远千里，偷袭郑国。

秦军经过长途行军，来到滑国境内。弦高这时也恰巧带着牛群经过此地。弦高，乃郑国一商人，专门从事贩牛的买卖，听说洛邑牛市行情红火，就赶着牛群准备到洛邑贩卖。当走到滑国时，听到了一个令人震惊的消息：秦国已出动大军，偷偷地来进攻郑国。

在秦军已接近郑国边界的危急关头，郑国上下却蒙在鼓里，处于毫无防备的状态。秦军一旦兵叩城门，预先带兵驻郑的秦将杞子、逢孙、杨孙必然里应外合，毫无防范的郑国势必难逃灭顶之灾。怎么办？回去报警已经来不及了，而且就算郑国此时得到消息，恐怕也来不及调兵布防。假若寻常的商人在仓皇之间遇见这样的事情，恐怕首先急于照顾自己的家业，至多回国通报一声。弦高则不然，他首先想到的是："郑国是我父母之邦，忽有此难，不闻则已，若闻而不救，万一国家沦亡，我有何面目回故乡？"弦高急中生智，他一面派人迅速回国通报，一面赶出十二头牛，乘坐一辆小车，冒充郑国的使臣，来到秦军的驻地。他以使臣的身份求见秦军主帅孟明视，诈称奉郑君之命，前来犒劳秦军。他在江湖上闯荡了多年，练就了一套见什么人说什么话、做什么事说什么话的好功夫，且能说得娓娓动听，不由人不信。弦高见到孟明视后，从容地说道：我们国君听说将军要路过郑国，因此派我来犒赏士兵，现奉上薄礼，表示郑国的友谊。尽管郑国还不富裕，但仍要尽好东道主的义务。贵军停留一日，我们就供给一日的军需，离开时，也要为你们安排一夜的守卫。这番话简直如同出自于一个训练有素的外交官的口中，谦恭有礼，弦外有音，既不冒犯强秦，又表明了郑国的态度，委婉文雅，完全是外交使节的声情口吻。

弦高的一番说辞，使孟明视深信不移。秦国的军队劳师远征，为的就是攻其不备，如今郑国既已知晓秦军的意图，又作好了战斗的准备，偷袭已无法实现，再攻郑还有什么意义！于是，孟明视放弃了偷袭郑国的计划。

弦高以一个无足轻重的商人身份，花了区区十来头牛的代价，凭着三寸不烂之舌，在瞬息之间，打破了秦军偷袭郑国的计划，做成了集郑国全部的政治力量、军事力量可能都无法做到的事，使郑国避免了一场可能因措手不及而要付出沉重代价的战争，在中国战争史上留下了一个"不战而屈人之兵"的范例。

郑国国君得到弦高的告急情报后，立即采取了相应的措施。弦高返回郑国后，郑穆公奖赏他的存国之功，他却坚决推辞而不接受，这就使弦高的形象更加完美丰满。

弦高之所以赢得后人的赞誉，自然在于他具有无私奉献的爱国精神。在国家濒于危难之际，义无反顾，挺身而出。他首先考虑的是国家的安危，百姓的命运，而置个人利益于不顾，手无寸铁，独闯秦营，其大智大勇，足以名垂青史。

弦高犒师，还表现了弦高处乱不惊、善于应变的聪明才智。面临着秦军袭郑的突发性事件，他迅速作出准确的判断，然后，针对敌人的意图，采取相应的对策。并且在运用智谋的过程中，镇定自若，从容不迫，创造了军事家们也未必能够做到的奇迹。可以说，只有后世大智谋家诸葛亮的"空城计"才可与之相媲美。

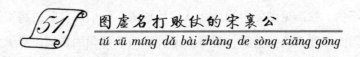

51. 图虚名打败仗的宋襄公
tú xū míng dǎ bài zhàng de sòng xiāng gōng

在春秋时期宋国的十几个国君中，宋襄公恐怕算是知名度最高的一个。这倒不是因为他名列"五霸"之一（实际上，宋襄公直到死也没有实现真正的霸业），而是他一生中一个个令人忍俊不禁的愚蠢故事，使得他声名远播，"名垂青史"。

在这些令人捧腹的故事中，最著名的莫过于"泓水之战"的"仁义"之举了。

齐桓公死后，众公子争位，齐国大乱。这时宋襄公任用公孙固，国内大治，遂有代兴之志。他先平定齐乱，立齐孝公；又举行"鹿上之盟"，俨然以中原霸主自居，企图与南方日益强大的楚国争霸。不久，郑国与楚国相亲，宋襄公便仿效当年齐桓公，发兵征讨"亲附蛮夷"的郑国，楚国出兵救郑攻宋，两军战于泓水（故道在今河南柘城）。

宋襄公率军伐郑，虽然打的是"尊王攘夷"的旗号，但实际上却是为了发泄对楚国的仇怨。公元前 639 年春天，宋襄公为了震慑周边小国，便约请楚成王、齐孝公出席秋天在孟地召开的诸侯大会，楚、齐两国满口答应。宋襄公到孟地之前，他的弟弟公孙固对他说："楚是个不守信用的国家，你还是带些军队去吧，以防意外。"那时有个制度，国君们出境相会要以一个师（约两千五百人）的军队相随保卫，卿大夫们相会带一个旅（五百人）的军队相随保卫。襄公不听，却说："我与楚人已约好，都不要带军队，我自己提出的怎能不遵守呢？"他只带了公孙固和其他一些文官来到孟地。宋襄公满以为这次会议既然是由他召集的，当然得由他来担任盟主。因此，他就大模大样地登上了盟主的座位。哪里料到，他还没坐稳，楚成王一声号令，楚兵一拥而上，就把这位"盟主"从宝座上揪了下来。顷刻间，"盟主"变成囚犯。混乱之中，公子固逃回本国，准备应付事变。楚成王押着宋襄公，带领楚军一直打到宋国的都城商丘，由于宋人坚决抵抗，楚军一时难以破城，最后只好把宋襄公放了。

碰了钉子的宋襄公怀着满腹委屈回到宋国，越想越气，暗地里下定决心：楚成王如此不讲信义，这个仇非报不可。但是，对于标榜"仁义"的宋襄公来说，要报仇，总得找一个冠冕堂皇的理由才行。凑巧在公元前 638 年，郑国的国君去朝见楚成王，这给宋襄公带来了兴师问罪的理由。郑是楚的盟国，打败郑国，好歹可以出一出孟地受辱的窝囊气。于是发兵攻打郑国。

郑国招架不住，果然向楚国求援。楚成王立刻发兵，矛头直接指向宋国。宋襄公得到消息，急忙带领军队往回赶。宋军赶到泓水北岸，楚军也已到达泓水南岸了。

两军隔河相对，大战一触即发。

这时，公孙固进言劝阻说："上天不保佑商朝（宋是商的后代）已经很久了，现在你想兴复祖业，恐怕是不可能的事，还是不要与楚国打吧！"宋襄公根本不听。

宋军列好了阵，楚军却正在乱哄哄地渡河。

公孙固说："敌众我寡，趁他们还没有完全渡过河来，给他们一个迎头痛击，或许能够取胜。"宋襄公说："不行，讲仁义的人不能乘别人困难的时候去攻打人家。"

过了一会儿，楚军全部渡过了河，但是还没有摆开阵势。公子固又建议道："趁他们还没有站稳脚跟，我们即刻发动进攻，还可以打赢。"宋襄公仍旧不同意。他说："不行，讲仁义的人不能攻击不成阵势的队伍。"

不一会儿，楚军摆好了阵势，千军万马冲杀过来。这时宋襄公才下令攻击。但是，已经迟了。宋军抵挡不住，一个个地倒了下去。宋襄公的近卫军被杀得一干二净，他的大腿也挨了一箭，在公孙固等人的拼死保护下，宋襄公狼狈地逃了回去。

回到宋国，大臣们都埋怨宋襄公丧失战机。宋襄公却理由充足地争辩说："讲仁义的人不去伤害已经受伤的人，这叫做'君子不重伤'；也不去捉拿头发已经花白的老人，这叫做'不擒二毛'。古代用兵之道，不凭借险阻以攻击对方。我虽然是亡了国的商朝的后代，但仍然不会下令攻击没有摆好阵势的敌人。"

公孙固很不客气地批驳道："你还不懂得打仗的道理。强敌在前，我有险可凭，敌人又未准备好，正是天赐良机，此时加以攻击，还担心不能取胜呢。在敌军中的人都是我们的敌人，凡是能够俘虏的就要把他抓过来，哪管他头上有没有白发。敌人虽然受了伤，对我们还有威胁就要杀死他。若爱受伤的敌人，那何必要伤他？若爱敌军中有白发的人，干脆投降好了。"宋襄公无言以对。

宋国与楚国在泓水之战中，损失惨重，国势从此一蹶不振，不久，宋襄公在难圆的霸主梦中郁郁而亡，他的"仁义之师"也从此成为历史上的笑柄。

宋襄公这番"仁义"之举，究其本心，是中了好名的毒害。宋襄公片面追求人家对他的评价，用以争取霸主地位，就是企图正名，然后指挥诸侯，结果弄得身败名裂，贻笑千古，他付出的代价也太大了。

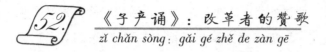

52. 《子产诵》：改革者的赞歌

zǐ chǎn sòng：gǎi gé zhě de zàn gē

鲁襄公十年（公元前 563 年），郑国的执政子驷因为推行"为田洫"的改革，激起了贵族尉止等四家贵族的不满。他们联合起来叛乱，杀死了执政的子驷及朝中支持此项改革的司空子耳、司马子国，郑国顿时陷入混乱之中。子国的儿子，年仅二十二岁的子产却能忍住悲痛，沉着地安排好家中的一切，然后率领国人，带着编好队列的兵车去抵抗暴徒，帮助继任执政的子孔平定了暴乱。这次漂亮的平叛使年轻的子产在春秋时代的政治舞台上开始崭露头角了。

子产（公元前 584 年—公元前 522 年），郑穆公的孙子，名侨，又字子美。他有时又被称作公孙侨，那是因为公子之子称公孙的缘故；至于又叫做国侨，则是以父为字的原因。

郑地的人民一直怀念敬仰这位伟大的先贤，1998 修建金水河滨河公园时，在兴华街至郑州大学校园段修建了子产祠园，两边入口处是大牌坊门，旁立有镌刻着介绍文字的碑碣，以供人们瞻仰。

据《左传》，鲁襄公八年（公元前565年），子产的父亲子国和子耳一道带兵入侵蔡国，将蔡国的司马公子燮抓获，郑国人都很高兴，唯独子产郁郁不乐。大家问他原因，子产便忧心忡忡地说："郑是小国，没什么文德，却有了武功，将惹来大祸了。蔡是楚的与国，楚如果来替蔡报仇，我们打不过，能不投降吗？北边的晋国本是楚的对头，若一投降，晋又要来兴师问罪，这样你来我走，四五年内郑国是不得安宁了！"子国听了这话，斥责说："小孩子乱说话，是要被杀头的！"后来，事实果然如子产所说，这年冬天，楚就来攻打郑国；次年冬天，晋又来讨伐郑国。从这件事可看出，"童子"时代的子产就已经见识不凡了。

二十多年后，子产已是郑国的执政，面对着矛盾日趋激化的土地问题，毅然决定继续当初子驷未竟的改革。据《左传·襄公三十年》，子产重新为田地划好疆界，挖好沟渠，并在私田上按亩收税，将农民加以编制，在正式承认土地私有的同时，限制了那些"占田过制"、肆意兼并的旧贵族，对忠于国家、生活俭朴的人加以嘉奖，对那些骄奢跋扈的贵族则严加惩治。已经有子驷和子驷的继任者子孔先后被国人所杀的前车之鉴，要做这样大规模的改革举动，牵扯的既得利益群体又如此之广，其危险程度可想而知。子产的新政策推行了一年，招来了"舆人"（有田产的"士"，即贵族）的强烈怨恨，他们作诵诅咒子产说：

取我衣冠而贮之，	逼我把好衣帽收藏在家，
取我田畴而伍之，	把我的田产左查右查，
孰杀子产？	谁去杀子产啊，
吾其与之！	我一定参加！

差一点就像二十年前尉止那样发起暴乱了。三年之后，土地不均的局面有所改善，改革的效果显现出来，"舆人"又改变了调子，加入拥护子产改革的行列里，并作《子产诵》歌唱赞美：

我有子弟，	我的子弟，

子产诲之；	让子产教育他；
我有田畴，	我的田亩，
子产殖之。	子产使它产量增加。
子产而死，	要是子产死了，
谁其嗣之？	谁来继承他？

可见这拥护确是由衷的。清人劳孝舆在其《春秋诗话·卷四·拾诗》中评价说：能够冒这样的风险推进改革事业，正是子产作为伟大的政治家的人格力量的展现。"舆人"的《子产诵》也成了中国诗歌史上对顽强不屈的改革者最早的深情讴歌。

《世本》：记录官史的流水账

shì běn: jì lù guān shǐ de liú shuǐ zhàng

《世本》是先秦时代史官档案记录的汇编。《世本》的内容十分丰富，它的《帝系》、《谱》、《作篇》、《世家》、《传》直接导出司马迁《史记》的本纪、表、书、世家、列传，对后世专题纪史的史学体裁有开创之功，而且时间上前后历两千年之久，可称中国最早的通史，其史学价值和对后世的影响实在是不可估量的。可惜的是到宋元之际《世本》就亡佚了，今天我们所能见到的是清儒的几种辑佚本。

那么，《世本》的成书时间又在何时呢？可以肯定地说，它是从周初到战国王室史官逐渐编修增补而成的。疑古派学者陈梦家认为《世本》成书于秦汉之际，抓住的只是后人羼入的只字片语，却否认先秦典籍的成书都有一个漫长的动态过程，证据不足，情理亦不通，不可信据。炎帝时代距今七千年，就已有了比较成规模（约数百个）的陶符文字（初文）；黄帝之史仓颉使汉字上升到假借阶段，使初文由表形而记音，每字皆能当数十字之用。文字的造成必将刺激人类智慧与经验纵向的积淀与传播，由史官掌握的先世史料也必然日渐丰富，到夏代时就已有专门记言的《夏书》

了。但当时史书可能既有载于丝帛的，不可能长久保存而需要世代转抄传写；又有如殷商之著于甲骨鼎彝，因便利保存而得以传至今日。总之周初代商，史官们一面全面地整理殷商宫廷秘藏的旧有史料，一面对现时代的事实情状累加增补而形成《世本》最原始、最简略的底本，这是完全可能的。先秦史官信古求真的史德又保证了《世本》记叙内容的真实可信。举个简单的例子，《世本·作篇》中有"胲作服牛"的记载，"胲"即商族先祖王亥，"服牛"即是牛车。王亥驾着牛车在各部族间做生意，已为出土甲骨文所证实。

《世本》的独特价值在于它的体例已超越了古初时代以政治为中心的"流水账簿"（梁启超语）式的简单记录，而初步具备了文化史的性质。《作篇》对于研讨上古文化的珍贵程度实在是怎样估计也不算过分的。若要推见上古各部族集团风俗的同异，也必须依赖《居篇》提供的宝贵线索。而且《世本》能够"将史料纵切横断，分别部局，开后此分析的综合的研究之端绪"（梁启超《中国历史研究法》），章太炎《检论·尊史》称其"经纬本末"，这其实是一种大文化的研究视野，在先秦时代的诸多典籍中可谓独领风骚，并具有强烈的方法论的意味。

《世本》包罗的内容广博深微，非寥寥数语所能穷尽。譬如若将《帝系》、《世家》、《氏姓篇》和《居篇》合看，则上古各族群间迁徙、冲突、混融的交互作用顿时获得了具体的立体时空，在这幅活动着的复杂而精微的文化地图上面，能够清楚地看见上古时代华夏族由四周向中央集聚的图景，对于中华民族多元一体格局的形成定能有深刻的了解。

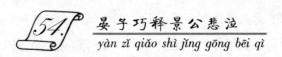

54. 晏子巧释景公悲泣
yàn zǐ qiǎo shì jǐng gōng bēi qì

晏子不愧是一个能干的贤相，他不仅要处理齐国许多重要的政事，诸如内政、外交、改革、发展、赏罚、治乱等等，还得紧随喜怒无常的齐景公身后，随时纠正他的错误，调整他的情绪。

　　这不，齐景公这次去牛山游玩，登上壮伟的牛山，向北远望，看到齐国美丽的城都和广袤的土地，而眼前面临齐桓公等几代祖宗的坟墓，不禁悲从中来，潸然泪下，仰天长叹："为什么要一去不复返地离开这美好的国家而死呢！"随行的大臣艾孔、梁丘据听到这话，又看到主子大哭不止，也都跟着哭了起来，只有晏子在旁吃吃窃笑。景公感到很奇怪，自己这样悲伤，他却在那里笑，岂不太无礼了吗？何况君臣之义，更不容如此。于是他擦去眼泪，回头对晏子不解地问道："我今天游玩勾起了伤心事，感觉很悲哀，艾孔和梁丘据都跟着我流泪，你却一个人在那里偷着乐，这是为什么？"

　　齐景公所感叹的是时光短促、人生短暂的人生大悲哀，但讲大道理，景公不见得能听进去，因此晏子从齐国的历史，从景公的切身利益解释。假使让贤圣的君主永久在位，那么始封到齐地的太公和春秋第一霸主桓公就永远在君位上了；如果让勇武的君主永久在位，那么庄公和灵公也就永远在君位上了，哪有您当君主的份啊！正是由于这些君主君临天下一段，就死去了，这样君位才到了您的头上。而您却独自为此而流泪，这是没有仁爱之心。而面对不仁之君，艾孔和梁丘据却不但不加劝阻，反而随波逐流，跟着哭泣，这就是谄谀献媚之臣。一件事使自己见到了一个不仁之君，两个谄谀之臣，怎能不觉得好笑呢！景公觉得晏子说的有理，如果按照自己的逻辑，别说永有国家，恐怕连君位的边都摸不到呢！于是悲伤也便自然消解了。然后他从生物规律上进一步阐发，盛衰相连，生死相继，这是自然规律；事物都按照它固有的规律向前发展，这是古今共同的道理。听了这些，景公也深为自己"至死尚哀死"的怯懦行为感到惭愧，连忙自解道："我不是为弃国而死悲哀，而是因为彗星出现后对着齐国而悲哀。"晏子趁机进谏："这都是您行邪恶、无德行所招致，挖池沼，非深广不可；建台榭，非高大不可；征赋聚敛如同抢夺，处理民众如同寇仇。自然的变化，彗星的出现，都是在昭示着您的失败。"听到这些分析，景公非常恐惧，连忙放弃池沼，废除台榭，减轻赋敛，放宽刑罚。这一次，晏子不仅消释了景公的悲哀，而且劝谏景公励精图治，清廉为政，收到了更

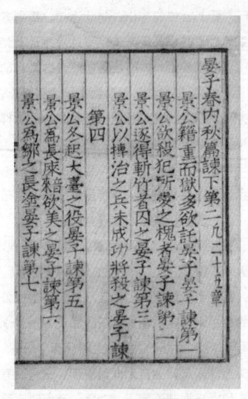

图为明嘉靖活字本《晏子春秋》书影

好的效果。而在天命的外衣下，我们可以清楚地感到晏子的聪明才智。

正是由于晏子为相期间勇于谏止君过，为国君排除了许多政治上、生活中、思想上、行动中的难题，所以景公才感到一日不能没有他。晏子死的时候，他才那样悲伤。据说听到晏子死信，景公正在游临淄，他催车迅速回返。坐在车上，他心急如焚，感到车速太慢，便下车快步走；走着又看到不如车跑得快，再上车。如此多次上下，赶到晏子家，他流着泪进院，伏在晏子尸体上号啕大哭，边哭边说："你活着时白天晚上督责我，不管大事小情，我尚且改不了毛病，常惹怒百姓。现在老天不让我死，却让你亡，这不是天灭齐国吗！"

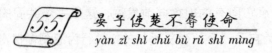

55. 晏子使楚不辱使命
yàn zǐ shǐ chǔ bù rǔ shǐ mìng

晏子作为齐相，常陪同齐侯出使或自身奉旨出使。因为晏子个矮，所以有的国家便想趁机羞辱他；因为他机智善辩，所以有些自作聪明者便想与他一决高低。结果可想而知，必然是侮人者自侮。《晏子春秋》通过一系列晏子出使故事的记述，塑造了智慧机敏的晏子形象，给人诸多启示。

晏子个矮是有名的，当时人说他"长不满六尺"，古时度量衡与现在不同，那时的一尺，大约相当于现在的六七寸，不满六尺也就合现在的四尺多一点，一米四十左右。由于"身短"，因而在出使楚国时，就出现了这样一个故事：使者代表国家而来，理应从正门出入，但楚人却偏偏在大门旁另造了一个小门迎接晏子。一大一小，一正一侧，表现出楚人的态度：羞辱晏子，想看聪明人的笑话。个矮，因而不能大门而行——这就是楚人的逻辑。晏子对自己的身份和所处的地位具有充分的认识，作为一个使者，从跨出国门的那一刻起，他便是代表国家。这样，他的荣辱便不仅仅是个人的问题，而是涉及到君主，代表着国家的利益，因而他为了自己的人格，更为了齐国的国格愤怒出击。他这样看待自己的身份，也这样衡量对方的处事。所以他出击时面对的便是楚国，他要从对方的国家开刀，而不是个人，因而说道："出使狗国的人，才能从狗门出入；现在我

晏子画像

出使楚国，不应当从狗门出入。"这样，一方面，晏子告诉对方，自己虽然个子矮，但是站在国家的高度和楚人对话，彼此是平等的关系；另一方面，他又以其人之道还治其人之身，使对方陷于尴尬的境地。嬉笑怒骂，痛快淋漓。

但楚人并不甘心，这一次是楚王亲自出面。（看起来，前面的场景也是楚王一手导演的吧？）一见面，旅途的劳顿、对齐国的印象、齐国的百姓众臣、两国的关系与发展等等，许多问题他都不问，而是只问了一句："齐国没有人了吗？"以晏子的聪明机智，加上刚才的遭遇，楚王头脑中想的是什么，他要达到什么目的，晏子可以说是了然于心。但是他却不戳

破，而只是应问而答："齐国首都临淄就有三百闾（二十五家为一闾），把袖子张开可以遮天蔽日，每人淌一滴汗可以形同大雨，一个肩挨着一个肩，一只脚挨着一只脚，怎么说齐国没有人了呢？"他是明知故问，好让楚王自己说出问话的目的，楚王果然沉不住气，说出了有损于君王形象的话："那么你怎么能作齐使呢？"言外之意，在于嘲笑晏子形貌丑陋，也看不出有多少贤能，怎么能担当国使之任呢！这一次晏子面对的是楚王，而君主是代表一个国家的，因而晏子便把矛头直指楚王："我国派出使节，根据对方的情况而定，贤能之士派到贤明的国家去，无能之人派到无德的君主那去。在齐国，我最无能，所以只能出使楚国了。"晏子反戈一击，其意自明。记述这则故事的人没有描写楚王的反应，但我们可以想象他"顾左右而言他"的窘态。

晏子善辩，这在当时便名闻天下，但楚王总觉得疑惑：楚国君臣数人，难道还敌不过一个晏子吗！于是趁晏子来访之机，他要难为难为晏子。便问左右："晏婴是齐国善于辞令应对的人，现在将要来楚国，我想羞辱一下他，如何是好？"使节出使，本来为通两国之好，楚王却想羞辱人家，这动机就不纯，目的更不光明正大，而作为君王的左右之人本应高扬君功，谏止君过，而楚王的左右不仅没有这样做，反而如此这般地出了一个自欺欺人的馊主意。晏子到达楚国后，楚王设宴招待晏子。酒过三巡，正到酣处，楚吏押着一个人参拜楚王，楚王按事先预谋问道："被绑着的人是哪里人？犯了什么罪？"楚吏应声道："是齐国人，犯盗窃罪。"楚王转脸问晏子："齐国人本性善盗吗？"楚王问得很轻松，但嘲弄的语气，自得的神态，晏子早已觉察，于是他不慌不忙，镇定自若，晏子先打了一个浅显的比喻，以橘生在淮南、淮北的不同，说明由于水土的不同，同样的种子会生长出不同的果实。然后又用这个道理说明人的成长也是如此，由于水土——环境的不同，人也会改变他的本性，按照环境约束、培养他的方面去成长，齐人在齐不盗，在楚却盗，这大概也是楚善盗的环境养成了百姓这样的习惯吧！这就把楚王踢来的皮球又踢了回去，而且准确无误地踢入对方门中，无法挽救。楚王无言以对，只有自我解嘲的份了。

晏子任齐时，正是灵公、庄公、景公当政，三人有的残暴，昏聩，正是依靠了晏子在内政外交上的努力，才使得齐在各大国间有立足之地。

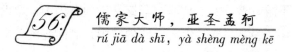

56. 儒家大师，亚圣孟轲
rú jiā dà shī，yà shèng mèng kē

孟子，名轲，字子舆，邹国人，战国中期的儒家大师。他的为人绝不像孔子那样恭顺温和，而更多地充满"舍我其谁"的慷慨；他身处战乱却热心救世，虽屡屡碰壁，但意志坚定；他对社会、对人生，始终充满信心和热情，表现了战国时代文士那种特有的奋发进取精神。

孟子为新兴地主阶级勾画了一套完备的施政纲领，主张用道德的力量统一天下，即仁政思想。仁政的内容涉及政治、经济、军事、教育等许多方面。孟子发展了春秋以来的"爱民"思想，认为国君应该施给人民以爱，时刻想到人民的忧乐，倡导"与民同乐"、"保民而王"。从"保民"的思想出发，孟子还提出了"民为贵，社稷次之，君为轻"的著名论题；他还明确地提出了土地制度问题，认为英明的君主必须"制民之产"，授给人民一定数量的土地，同时不能滥征，不能搞苛捐杂税，必须"薄税敛"，"取于民有制"。孟子把"尊贤"作为实现仁政的一个重

图为"亚圣"孟子画像。孟子是孔子以后儒家学派最有权威的大师，故称"亚圣"。

要内容，主张让"贤者在位，能者在职"。重视教育是孟子仁政学说的又一特点，他多次说"谨庠序之教"，对人民施行教化，才能保证王道的完成。

带着对社会理想的不懈追求，孟子从四十二岁开始周游列国，游说诸侯。首次出游，孟子选择了国势强盛、地大物博的齐国，然而齐威王崇尚霸业，不把儒者孟子视作人才，孟子耐着性子在这里呆了几年，终不被重用，愤然离去。听说宋国要实行仁政，孟子就率领弟子们奔向宋国。在宋国仍看不出有行仁政的迹象，于是，又前往魏国。

在去魏国的路上，孟子听说鲁国打算让乐正子治理国政，就绕道前往。弟子公孙丑觉得奇怪，禁不住问道："乐正子有什么过人之处吗?"孟子告诉他："乐正子只是喜欢听取善言，借此足以行仁政，王天下。"到了鲁国，乐正子恭敬有加，不时地请安、求教。但说起仁政，他却听不进去，因为当时的鲁国也像其他小国一样，为谋求自身安全而努力富国强兵。极度失望的孟子不久便离开了鲁国。

经历了这么多的挫折以后，孟子也看出了各国诸侯，无论大小，都在忙于加强军力，不想采纳他的主张，但他抱定自己的理想不愿放弃。带着热切的期望，孟子又去魏国、齐国游说，虽在齐国官至卿相，但他真切地感受到在国家大政方面，宣王其实是听不进他的意见的。

孟子奔波几十年，终因思想主张不合时宜，未被当世者所用，晚年退而与弟子万章等人著书立说，作《孟子》七篇。

在先秦诸子散文中，《孟子》散文既不

图为山东邹县孟子故里。简朴的屋舍，端庄肃穆的牌坊，给人以无尽的遐想。

同于早期《论语》的温文尔雅、《老子》的古朴深蕴，也不同于晚期《荀子》的广博浑厚、《韩非子》的严峻峭拔，还不同于同一时期《庄子》的汪洋恣肆，而是笔锋犀利、气势充沛、纵横捭阖，可谓开我国豪放派文学的先河。

孟子是继孔子之后儒家学派的杰出代表。他性格刚毅，百折不挠，游说诸侯，放言无惮，但其政见始终不被统治者采用。立德、立功不成，他晚年与弟子万章等人一道立言，将半生游说经历写成《孟子》。此书集中阐释了孟子关于政治、道德、伦理等诸多方面的思想主张和见解。

孟子受战国时期纵横捭阖之势影响，加上自己丰富的阅历和广博的学识，形成了奔放雄健、能言善辩的风格。而在复杂的论辩中，他始终把握自己的正确观点，一直占据主导地位，充分阐明自己的主张，驳斥对方的错误观点，理充辞沛，说服力强。孟子为文，善于铺排，务求详尽畅达，或引经据典，或以现实生活中的事件为例，既含蕴深远又活

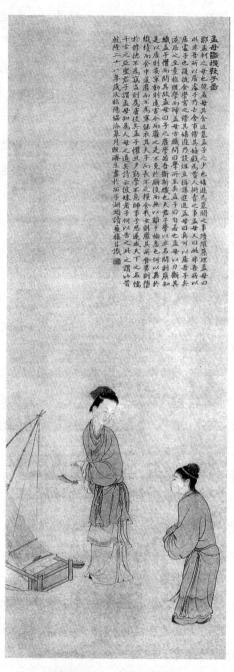

孟母断机教子，传为千古佳话。

没有趣。无论什么事，孟子都敢议，无论什么人，孟子都敢言，这就形成了《孟子》一书纵横捭阖、波澜壮阔、气势充沛、豪迈奔放的特点。

虽然同为儒家大师，但孟子并不像孔子那样谦恭温和，他往往直言不讳，放言无忌，笔锋犀利，风格刚健。比如有一次他去见梁惠王，见面后，梁惠王开口就问："老先生，您不远千里而来，将给我国带来什么利益呢？"孟子是重义轻利的，对熙熙攘攘为利奔忙的芸芸众生，他不屑一顾，而对义他则终生相求，关键时刻甚至会舍生取义。他周游列国，自然是推行仁义，宣传礼义。而梁惠王却开口就谈"利"，这显然与孟子的思想格格不入，因而梁惠王话音未落，孟子就毫不客气地劈头把对方的话顶了回去："王何必曰利？亦有仁义而已矣！"他看重的是仁义王道，讲究的是辞情畅达，认为不管是国君下臣，大人小人，如果不尊重别人的思想与人格，不注意养善修德，君主也一样会身败名裂。孟子既直接批评了梁惠王重利轻义，更宣传了自己的思想主张，如江河奔流，一泻而下，语气坚决，不容反驳，气势贯通。

孟子才华横溢，性格豪迈，所作文章，大多纵横驰骋，奇伟瑰丽，开合变化，极其自然。在论辩中，孟子纵横开阖，往往置对手于理屈词穷之境。在《尽心下》"孟子之滕"章写孟子住在滕国的上宫里，有一只没有织成的草鞋在窗台上不见了，旅馆中的一个人就问孟子："是不是您的学生把它藏起来了？"谁料，孟子却说："你以为他们是为偷草鞋而来的吗？"这样劈头一棍，弄得旅馆中人非常尴尬，无话可答。可是孟子又随手为其解围：表明只要学生们怀着学习的心来，便都接受了，难免良莠不齐。孟子为文就是这样，起伏跌宕，舒卷自然，纵横捭阖，全不费力。

孟子开创的豪放派文风，影响了后代的许多作家，如唐代的韩愈，宋朝的苏轼、苏辙，都在中国文坛上独具魅力。

孟子一生周游过许多国家，屡遭波折。但他始终坚持道义和尊严，绝无一丝媚骨。诸侯不以礼召之，孟子敢于拒而不见；当政者纵有高官厚禄，但是不行仁政，孟子丝毫不为之动心，展现了战国时代文士特有的风采和魅力。由于他继承发扬了孔子开创的儒家学派，功绩卓著，思想精深，所以在后世被称为儒家的"亚圣"。

孟子出色的辩术
mèng zǐ chū sè de biàn shù

"五十步笑百步"这个成语，出于《孟子·梁惠王上》。战国时，魏国君主梁惠王自以为对国家尽心尽力，因而政治一定会比邻国清明。但看到自己的百姓并不比邻国富庶，邻国的百姓也并不来归附，内心不禁充满疑惑。一次，孟子来访，他便趁机提出了这一问题。孟子早就听说过梁惠王不辨奇才，放走商鞅，一心图霸，东攻西伐，结果丧权失地，致使魏国衰落。来到魏国以后，又亲眼看到了梁惠王的苛政，但他没有明说，而是用了个比喻，提了个问题：

> 王好战，请以战喻。填然鼓之，兵刃既接，弃甲曳兵而走。
> 或百步而后止，或五十步而后止。以五十步笑百步，则何如？

战鼓咚咚敲响了，双方交锋后，将士们却丢盔弃甲，拖着兵器，掉转身逃跑。有的人一口气跑了一百步才停下来，有的人逃了五十步就停下来。逃五十步的人嘲笑跑一百步的人，您觉得怎么样呢？梁惠王不假思索地即刻答道："不行，只不过他没有后退到一百步罢了，可也是逃跑呀！"孟子于是趁机点拨："您既然知道了这个道理，就不必希望比邻国的百姓多了！"孟子讲这个故事，表面上并不说梁惠王不关心百姓，实际上却批评他与邻国暴政相比，只是程度不同而已。如果说邻国暴君的行为是逃跑了一百步，那么梁惠王的腐败统治就是跑在五十步的位置上。这个比喻在此处使用精当，深入浅出，既回答了问题，又婉转简约，现实性很强，收到了极好的效果。

梁惠王回想自己执政为王时，确实也实行过一些头疼医头、脚疼医脚的政策：当河内这个地方遭了饥荒，就把这里的一些百姓迁移到河东，同时还把河东的部分粮食运到河内。河东有了灾难也照此办理。可是，孟子

认为这终究是小恩小惠，与真正关心老百姓疾苦的仁政王道相差甚远。

当然，孟子指出梁惠王的不足，真正的目的在于使对方接受自己的王道思想，因而他紧接着便不失时机地进一步向惠王畅谈自己的政治主张。他认为应该首先保护、开发资源，不违农时，发展生产，然后让黎民百姓富强起来，同时施行礼义教化，改良社会风气：

> 不违农时，谷不可胜食也；数罟不入河池，鱼鳖不可胜食也；斧斤以时入山林，材木不可胜用也。谷与鱼鳖不可胜食，材木不可胜用，是使民养生丧死无憾也。养生丧死无憾，王道之始也。
>
> 五亩之宅，树之以桑，五十者可以衣帛矣。鸡豚狗彘之畜，无失其时，七十者可以食肉矣。百亩之田，勿夺其时，数口之家可以无饥矣。谨庠序之教，申之以孝悌之义，颁白者不负戴于道路矣。七十者衣帛食肉，黎民不饥不寒，然而不王者，未之有也。

文中是说：民以食为天。农民耕种收获的季节，不去征兵征工，妨碍生产；不拿细密的渔网到大池沼里捕鱼；砍伐树木也有一定的时间限制，这样，粮食和鱼类吃不完，木材用不尽，从而使百姓对生养死葬没有什么不满，这是王道的开始，是仁政的初步措施。孟子深知，要使民生幸福，必须在此基础上，解决人民的根本问题即土地问题。每家分给一百亩土地，按时耕种，那么，几口人之家就可以吃得饱了；在每户五亩的宅园中，种植桑树，五十岁以上的人都可以穿上丝制的衣服了。鸡、狗与猪等家畜有饲料和工夫去饲养了，那么，七十岁以上的人都可以有肉吃了。在实行这些措施的基础上，再开办学校，对人民进行教育以保证王道的完成。这样，一般百姓衣食无忧，老年人可以安度晚年，人人都敬老尊贤，世上的人都会拥护你，投奔你，天下百姓无不归服你。这里，孟子采用了连锁推理方式，即以前几句得出的结论为前提推出新的结论，再以新的结论为前提推出更新的结论。这种方式可增强文章前后的承接关系，使文章新意层出，气势充沛。

到这里，孟子已经描绘了自己王道思想的政治蓝图，但他必须告知梁惠王距此还有很大的距离，因而又回到文章开始的问题上来。梁惠王的政治比起邻国暴政，只是程度稍轻，必须从政治上的根本改革入手，别国的老百姓才会来投奔。

《五十步笑百步》这个故事，启示梁惠王，他自身的所作所为与邻国残暴统治相比，只是程度不同而已，邻国民众不来归附他是很自然的。孟子正是看到梁惠王尚有一些关心人民的举措，所以，揭其弊端，宣传仁政，想把他从"五十步"的地方拉向王道。可是，处在"以攻伐为贤"的时代，梁惠王没有也不可能实行仁政，在"五十步"的位置上迷途知返，而是向"百步"迅猛跑去。在各种论辩中，孟子一向处于不败之地，堪称常胜将军。他一生曾与梁惠王、齐宣王、许行、告子、淳于髡等诸多人物进行辩论，形成了因人而异、因事而异、理直气壮、气势恢弘、势不可挡、不胜不止的特点。

在论辩中，孟子常常从他的思想主张出发，首先设置好一个圈套，然后连连设问，步步诱导，使对方渐入彀中，不知不觉地否定自己，最后理屈词穷，无可置辩，甘心折服。

孟子对齐国可谓情有独钟。一生中他曾几次游历齐国，力劝齐宣王实行仁政，在历史上留下了不少谏说名篇。齐宣王是威王之子，当政时，齐国地大物博，他也广招四方贤士，企图以武力征服天下，威慑四方。孟子却一心要劝说诸侯行仁政，以道德的力量归服天下，并热切地希望齐宣王能采纳他的主张。

一次，孟子谒见齐宣王。宣王说自己"好乐"。孟子说："您爱好音乐，那齐国会很不错了。因为跟多数人一起欣赏音乐更快乐。"过了一段时间，宣王问孟子："和邻国相交有什么原则？"孟子答："有。以大国身份服侍小国，能够安定天下；以小国身份服侍大国，可以治理好自己的国家。"宣王不想服侍别国，委婉地称自己"好勇"。孟子规劝他："把您的个人之勇扩展为文王一样的大勇，这样才能够安天下。"宣王又以"好财"

为借口，而孟子引经据典，指出宣王如果能跟百姓一道喜爱钱财，那对于实行仁政来统一天下也没什么困难。宣王猜想，孟子总不至于说一个爱女色的人也有资格行仁政吧。于是他称自己"好色"。谁知孟子答道："从前太王也喜爱女人。王假若喜爱女人，能跟百姓一道，那对于实行仁政也无妨。"

齐宣王以"好乐"、"好勇"、"好财"、"好色"等种种托辞作为搪塞，孟子皆百般化解，并想方设法巧妙地把话题转移到王道上来，但宣王仍迟迟不行仁政，孟子为此焦虑不已，忧心如焚。于是在一次会见中，他采取了由远及近、渐入主题的迂回曲折的方式，也就是"请君入瓮"。

孟子深知，如果单刀直入，既惹恼了宣王，自己的仁政理想又无法实现，所以他信手拈来生活中的一件小事："有个人要去楚国，临行前，把自己的家人托付给友人照应，等他回来，看到他的妻儿正在挨饿受冻。对待这样的朋友，应该怎么办？"齐宣王不假思索地答道："与他绝交。"孟子又进一步设喻，追问齐宣王："掌管刑罚的官员不能管理好他的下级，那该怎么办？"宣王语气坚决："撤掉他。"至此，齐宣王已渐渐钻进孟子为他准备好的理论圈套之中。这样，由小及大、由私到公、由此及彼，圈套逐步缩小，最后进入主题。孟子乘势追问："一个国家管理得不好，该怎么办？"此句的矛头直指齐宣王，按照刚才的逻辑，他自然应该回答"罢免这个国家的君主"，但这不明明是自己责难自己吗！然而，先前的话又已出口，覆水难收，这就使宣王陷入了无话可答、无言以对、无地自容的尴尬境地。被孟子诱导，一步一步进入瓮中的齐宣王，这时已无计可施，只好"顾左右而言他"。可以想见齐宣王理屈词穷、局促不安、欲辩不能、欲怒不得而又故作镇定的窘态。

后来，齐宣王任命孟子担任卿相。他想，尽管有时孟子的话很刺耳，但的确是出于解救人类苦难的善良动机。果然孟子更加积极地参与和议论朝政，为齐国效力，并请求到齐国各地视察民情。孟子不辞辛苦地一连视察了五个地方，了解到不少地方上的事情。当他摸清平陆这个地方的情况后，就去见当地的长官孔距心。孟子没有开门见山、劈头就指责孔距心，而是先设计好一个圈套，由远处的一个话题谈起："如果你的战士，一天三次失职，你会开除他吧？"孔距心说："不必等待三次，我早就把他开除了。"听到这样的回答，孟子进一步指出孔距心的罪责、平陆的现状："灾荒之年，你的百姓，年轻的逃亡四方，年老的饿死路旁，已经有将近千人了，这可是你自己失职的地方。"本以为孔距心无话可说了，不料，他却双手一摊："这种事情不是我的力量所能做到的。"孔距心竟然认识不到民生疾苦是他作为百姓父母官的责任。于是，孟子又以一形象、切近的事例为喻："现在有一个人给别人放牧牛羊，那么他一定要替牛羊寻找牧场和草料，如果他连牧场和草料都找不到，是把牛羊退还原主呢？还是站在那里看着它们一个一个地死去呢？"

孔距心一听，无论是把牛羊退还原主，还是眼看着它们饿死，这都是牧羊人没有尽到职责。原来孟子是以此来批评他没有积极想方设法帮助百姓度过灾年，对百姓的死活漠不关心，就老老实实地回答："这是我的过错了。"孔距心由开始的不认识自己的罪责，到后来亲口认错，不知不觉地否定了自己。

孟子采用的"请君入瓮"这种论辩方法，妙就妙在：在对方毫无觉悟的情况下，一步一步地加以诱导，使其径直走进早已为他设好的理论圈套之中，自我否定，心悦诚服，以此达到论辩中的最佳效果。

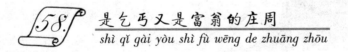

58. 是乞丐又是富翁的庄周

shì qǐ gài yòu shì fù wēng de zhuāng zhōu

庄周是一个奇人。奇人必有奇才，奇才必有奇举。我们还是先从他的奇举说起吧。

阳光下，河南境内的濮水缓缓地向前流去。

一位衣衫破旧的老人在岸柳下垂钓。两个峨冠博带、做官模样的人，恭敬地站在老人身后，很有礼貌地对老人说："老先生，我俩奉楚王之命，请您进宫总理朝政！"

老人却依旧手握鱼竿，连头也没回，淡淡地说："我听说楚国有只神龟，已死了三千年啦，楚王恭恭敬敬地将其尸骨装入盖上丝巾的竹箱里，供奉在庙堂上。我要请教二位：这只龟，是愿意以死而留下尸骨以显其尊贵呢，还是宁愿生而拖着尾巴在泥塘里爬行呢？"两位做官模样的人脱口回答说："它当然更愿意活下来，宁可拖着尾巴在泥潭里爬行。"老者便说："你们去吧！因为我就要效法那只在泥塘里爬行的龟，自由自在地度过残生。"

这个故事，出自《庄子·秋水》（下引该书只注篇名）。这位安贫乐道、谈吐有趣的老者，就是中国文学史和哲学史上的奇人——庄子。

庄子，名周，是战国时期宋国蒙（今河南商丘东北）人。他一生穷困潦倒，只做过管理漆园的小吏，而且时间很短。庄子辞官后，就住在偏僻狭窄的陋巷，过着贫困的生活，看上去面黄肌瘦，显得非常疲惫。即使出门在外，也穿着带补丁的衣服，脚上的破烂鞋子还得绑上麻绳才能跟脚。为了维持生计，庄子钓过鱼，编过草鞋，有时甚至还要靠借米度日。

图为颇具仙风道骨神韵的庄子画像。《庄子》在道教中被尊为"南华经"，庄子也被尊为"南华真人"。

生活是这样艰难，日子是如此难熬，可是当权势和富贵一同逼人而来时，庄子却毫不迟疑地将其抛弃，因此便发生了本篇开头的那一幕场景。他这一出人意料之外的奇举，却又让人深思。

他宁愿大半生长时间地忍受着饥寒交迫生活的煎熬，也绝不肯做官以获得锦衣玉食的物质生活，其原因究竟是什么呢？

这有两大方面的原因。

首先是源于庄子对于他身处之、目睹之、耳闻之的社会现实的彻底无望和极端憎恶。他不容辩驳地认定，当时的政治现实是"偷了点微不足道的小东西却被判成死罪，而把整个国家都盗窃过来据为己有，则不但成了作威作福的诸侯，而且还俨然成了仁义的化身"（《胠箧》）。在对现实的不满上，庄子与老子如出一辙；但在揭露现实的黑暗和在揭露中表现出的义愤上，庄子则远比老子更为大胆，更为激烈。老子依稀是一位饱经历史沧桑的老者，经历得太多，见怪不怪，虽有不满但点到为止；庄子却仿佛是一个热血青年，说到痛心处怒发冲冠，滔滔不绝。从情溢于辞这一点上看老、庄间的差异，也很像孔、孟之间的差异。另一方面，据《史记·老子韩非列传》记载，庄子是"于书无所不读"的人。他学富五车，因此在精神生活上是一位十足的"富翁"。精神生活富足了，当然多少总会冲淡一些他衣食窘迫所带来的痛苦。同时，一个看重精神生活的人，也自然会看重自己的人格、尊严和自由，而一旦进入官场，这本为庄子所珍重的自由与人格便会消蚀得一干二净，荡然无存。

这样一来，庄子对政治黑暗的憎恶，使他不肯驻足官场，所以一生只当了不长时间的漆园吏；对精神生活的重视，使他不愿再涉足官场，所以辞官后从未再做官。由此，庄子便成为中国文学史上一位具有创始意义的"不为五斗米折腰"的有气节的文人。他的物质生活形同"乞丐"，而他的精神生活却实为"富翁"，如此强烈的戏剧性对比，就这样十分引人注目地集中在了庄子的身上。

中国有句自我解嘲的俗语，叫"人穷志短"。这是丧失了生之尊严的人转而去蝇营狗苟的遁词。庄子却与此截然相反，很有些"穷且益坚，不坠青云之志"的豪气。他曾衣着破烂不堪地去面见魏王，而且脸上没有丝毫的惶恐惭愧之色。因为他认定自己的贫困绝非自己的无能，恰恰相反，而是统治者昏庸无能造成的，自己作为有志之士，"处昏上乱相之间"，是不可能不如此穷困的，自己的衣衫褴褛正明明白白地昭示着这个社会的黑暗和这个时代的不合理。

艰难困苦，玉汝于成。正是由于庄子的生活极其穷苦，社会地位低

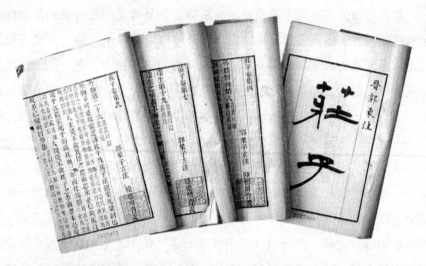

图为晋郭象注《庄子》书影。先秦诸子散文中,《庄子》的艺术价值最高,它实现了哲理的文学化、文学的哲理化。

下,才使他比先秦其他诸子更能深入地了解、认识社会的诸种人,更深切地探究、品味人生的诸种苦难,于是他"叹苍生之业薄,伤道德之陵夷,乃慷慨发愤,爰著斯论"(成玄英《庄子序》),写出了被金圣叹呼之为"六大才子书"之一的《庄子》,从而将其满怀奇才尽情地挥洒在这部才子之作中。他渴望自由,想落天外,笔底大鹏水击三千里,扶摇直上九万里,粲然为李白诗中的大鹏意象提供了原型;他呵孔骂君,旁若无人,一派恣意放谈的豪杰气概,俨然是魏晋名士风流的百世师、先行者;他机锋锐利、辩才无碍,时时显现出斗士的风采,诚然为魏晋玄谈的不祧之祖;他痛骂社会、痛哭人生,至情至性,成为后世文人所仰慕的庄狂屈狷的文化范本。

《庄子》完成之日,他已是暮年之人。好友惠施此时已去世多年。庄子曾叹息着说:"自从惠施死去,我就没有对手,也就没什么可以说了!"失去了与自己势均力敌的唯一对手,庄子感到了一种真正的、又是难言的寂寞,庄子变得沉默了。他在沉默中平静地等待着自己安息时刻的降临。

庄子快要死了。弟子们很想通过厚葬老师以示敬重。但庄子幽默地制

图为庄周梦蝶。庄周袒胸仰卧于石榻之上，正处于梦中，其上一对蝴蝶翩然而舞，点明画题。

止了他们，说："我以天地作为棺椁，以日月作为陪葬的双璧，星辰作为陪葬的珠玑，以万物作为殉物，我的葬品难道还不够齐备吗？还有比这更好的吗？"弟子们说："我们怕乌鸦、老鹰来啄食你呀！"庄子说："在地面上会被乌鸦、老鹰吃，埋在地下会给蝼蚁吃，夺了那个的食物给这个吃，你们为什么这么偏心啊？"（《列御寇》）这便是庄子在人生大限将临时的临终遗言，没有一星半点的痛苦忧伤，也没有捶胸顿足的哀号埋怨，更没有肝肠寸断式的对生之留恋和苦苦乞求，有的却是坦然面对死亡的豁然达观和超越凡俗之上的安然平静，即使是面对死亡，他也没忘记自己的幽默和诙谐，嘴角上一丝嘲讽的微笑，意味深长。

庄子就这样顺其自然地离开了苦难的人世间，就这样怀着彻底解脱的满足消融在大自然里。他留给这个世界一部已经说了千千万万、今后还有万万千千说下去的《庄子》。

他的贫穷只在生前。

他的富有永在身后。

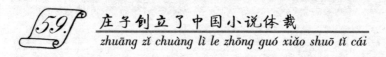

59. 庄子创立了中国小说体裁
zhuāng zǐ chuàng lì le zhōng guó xiǎo shuō tǐ cái

中国小说的起源问题，很像婆媳之间的争吵，各说各的理。有人说起源于先秦的神话传说，有人说起源于诸子中的寓言故事，这两说虽认定的文体不同，但时间上尚属一致，都把小说的起源上溯到先秦时期。也有人认为起源于汉代的史传文学，因为在他们看来，史传文学里才有了和小说近似的细节虚构、形象刻画。还有人为了稳妥起见，认为起源于六朝时期的志人志怪笔记。

其实就这个问题，我们不妨多变换一下思考问题的角度，也许会更全面些、更准确些。否则就如同一个幽默故事所讲的那样：六个盲人摸大象，摸到象腿的盲人说大象是柱子，摸到耳朵的人则说大象是扇子，摸到象尾巴的人则喊大象是绳子，如此等等。其实大象既不是柱子，也非扇子，更不是绳子，而是所谓柱子、扇子、绳子等的有机组合。

我们先从小说的外在特点看，小说应有鲜明生动的人物形象，应有曲折动人的故事情节。用这样的标准来浏览庄子的作品，我们就会惊喜地发现，庄子散文里的寓言故事已具备了小说的雏形，庄子是中国小说当之无愧的鼻祖。

庄子用他那出人意表的笔触，给我们留下了一系列过目难忘的人物，他们中有本去吊唁老子却只号哭三声便掉头而去，以示不同于众人的秦失（《养生主》）；有被砍去一只脚，却不卑不亢地敢于和郑国宰相子产据理力争并使之折服的申徒嘉（《德充符》）；有因"用志不分"而身怀绝技的佝偻者（《达生》），等等。而《外物》篇里的任公子给人的印象更深一些。他以五十头犍牛做鱼饵，站在会稽山顶，投钓于东海万顷碧波之中，钓了整整一年，却一无所获。后来总算有条大鱼游过来，却又大得吓人，竟一口吞下了五十头牛做的鱼饵。这条大鱼疼得上下翻腾，搅得海面上的白波如山，海浪滔天，方圆千里的人全都被吓得魂飞胆丧。等到任公子神态自若地把这条鱼扯上来，剖开晒干，浙江以东，九巅山以北，人人都能饱餐此鱼。

这条鱼之大让人吃惊不小，使人容易联想起《逍遥游》里其大"不知几千里"的鲲；然而任公子身材之巨、之高更让人震骇，试想啊，任公子若没有脚踏大地、昂首天外的巨人身材，怎么可能把五十头牛的鱼饵甩入东海？又怎么可能把一口吞下五十头牛的大鱼扯上来？

这样的人物形象即使是置于世界文学的背景下比较，也为数寥寥，恐怕也只有法国拉伯雷笔下的三代巨人差可比肩，这又怎么能不令人拍案称奇、为之叫绝呢？

庄子也用他那善于经营情节的笔触，给我们留下了不少一波三折的故事，如《逍遥游》里的鲲之游化为鹏之飞，如《秋水》里河伯见海神前后神色的巨大反差，如《应帝王》里壶子依次变化自己种种不同的神态、生机戏耍季咸，等等。

这其中以《盗跖》篇写得最有代表性，文章的开篇处就写孔子自命不凡、颐指气使地批评柳下季身为兄长，却放任自己的胞弟跖成为大盗，并称跖为"天下的祸害"，也不听柳下季的劝阻，满怀信心地出发了，要替柳下季劝跖改恶从善。可来到了盗跖的营寨前，孔子又另换了一副腔调，对传令官说是仰慕跖的"高尚正义"而前来拜会。孔子虽自谦自卑如此，但跖仍怒气不休，一口回绝了孔子的要求。若不是孔子诡称是柳下季介绍而来，恐怕连见上一面的机会都没有。

孔子见到跖以后，称赞跖是集三种美德于一身的人，并企图用利禄诱降跖，可却遭到了跖的迎头痛击，责骂孔子用"矫揉的言论，虚伪的行为，迷惑天下的君主，而想要求取富贵，强盗中再没有比你孔丘更大的了。天下人为什么不把你叫做盗丘，而把我叫做盗跖呢？这真是天大的误会"。接下来又把儒家一向推崇的六大圣君、六大贤人一一骂得一钱不值。把孔子闹得又恼又怕，面如死灰，急忙跑出门外，上车后连缰绳也拿不稳，竟三次脱手。以至事后还心有余悸地对柳下季说："我是没事抚虎须，几乎不能免于虎口啊！"

孔子的面谏盗跖，是乘兴而来，败兴而去，既有戏剧的对比，又有故事的波澜，情节起伏跌宕有致，很能吸引人的注意力。庄子对小说情节的把握已经成熟，达到了通过情节的戏剧性变化抓牢读者，使之不忍释卷的境界。

但若深入一层看，人物、情节还毕竟都属于小说的外在特点，只从此角度论说庄子为中国小说之祖怕是单薄了些；还应从小说的内在特质——是否运用了文学的虚构手法这一更关键的角度，对庄子作为中国小说之祖加以论说。

《庄子》里的人物有两个系列，一类是历史上实有其人的，如孔子、惠施、列子等；一类是向壁虚构而得的，如王骀、叔山无趾等。后者自不必说，那是货真价实的虚构性文学人物；而前者也经庄子的发挥想象、任情虚构而面目全非，与真实的历史人物相去甚远。我们以《庄子》里出现次数最多的孔子为例。在《田子方》里，庄子虚构了一段孔子和颜渊的对话。孔子告诫颜渊说，亦步亦趋式的模仿只能获得道之迹，只有忘却这些有形之迹，与天地变化合一，才是真正的悟道。这里的孔子已开始悖离历史孔子的本来面目，而具有了道家"人法地、地法天"的思想色彩，并讲出了一句千古传诵的名言："哀莫大于心死。"在《大宗师》里，庄子笔下的孔子走得更远，完全站在了与儒家学说背道而驰的对立面，对颜渊的先忘掉仁义，后忘却礼乐等大逆不道、有悖于儒家宗旨的言论不但不批评，反而非常赞赏，直至最后皈依于道家"坐忘"的说教，完全成了一个不折不扣的道家的思想俘虏。这已与历史的孔子一点都不沾边了。虽然庄子还呼其为孔子，但他已经是纯粹由庄子在虚构中重新创造出来的孔子，是一个崭新的人物形象，是一个道家思想的有力传播者。

小说总会表现出民族气派和民族风格的，也即每个民族的小说总要表现出民族特色。因此，最后不妨再从此角度对庄子作为中国小说之祖另作一番比较和观照，看其是否在发轫初期就体现出中国小说的民族气派和民族风格。

中国的小说从唐传奇开始，直到属于繁荣时期的明清小说，形成了一个传统，都注重对趣味的惨淡经营。他们或从人物的新奇引人下笔，或从情节的新奇曲折着力，在一个奇字上做文章，所以中国最初的小说叫做传奇，并尽可能地把趣味性与思想性结合得完美。伟大如《红楼梦》者，不也是把一号主人公贾宝玉的性格基调定为"行为偏僻性乖张"吗？

由此上溯到《庄子》，在前文论说的种种特征中，不正可以概括出庄子描写人物新颖奇特，描摹情节曲折动人，宣扬哲理意味深长的特色吗？《庄子》的这些特色与中国小说的民族特色何其相似，其间的源流关系不是昭然若揭了吗？

所以我们理应称庄子是"中国小说的鼻祖"。

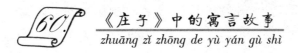

60. 《庄子》中的寓言故事
zhuāng zǐ zhōng de yù yán gù shì

《庄子》一书的总体风格，可称为"汪洋恣肆"。那么，《庄子》这一独有的风格是如何具体、直观地体现出来的呢？

《庄子》里《外物》和《则阳》两篇里各有一则寓言，会给我们一个形象生动的解答。先看《外物》。寓言说的是有一位任公子，站在高高的会稽山顶，用五十头犍牛做鱼饵，然后再用一个硕大无比的鱼钩和一根很粗的绳子作鱼线，向东海里垂钓。然而等了整整一年，也不曾钓得一条鱼。可任公子毫不灰心，仍耐心等待。终于有条大鱼游过来，竟然一口吞下了五十头犍牛，也就同时把那更是硕大无比的鱼钩吞了下去。这条大鱼疼得在大海里上下腾跃，左右搅动，只见海面上白浪如山，波涛蔽日，海水涌动，声如鬼哭狼嚎一般，把方圆千里的人都吓得魂不附体。

这一场面真叫人惊心动魄！那能拴上五十头犍牛的鱼钩该有多大呢？那能牵住这个巨钩的绳子该有多粗呢？那能挽住这个粗绳的鱼竿该有多长多粗呢？而那位能把这一系列庞然大物都挥动起来、再抛向遥远的东海垂钓的人，又应有多么伟岸的身躯和非凡的神力呢？由此一一想来，任公子手中的鱼竿应用一棵顶天立地的大树做成，任公子只能是一个脚踏大地、

像 子 莊

庄子画像

昂首天外的巨人。用想象丰富奇特，想常人所不敢想，想常人所不能想一类评语来概括庄子，不仅一点不夸张，而且是恰如其分，非如此则不足以概括、强调他真切的个性之所在。由此可见，《庄子》的汪洋恣肆，体现在场面的宏阔浩大，形象的伟岸博大，所以清代宣颖的《南华经解》，称庄子的散文往往能"以大笔起"。

再看《则阳》篇。此寓言讲的是在蜗牛的左角上有一个触氏国，在蜗牛的右角上还有一个蛮氏国。可见，这两个国家的地盘小得可怜，小得叫人不屑一顾。可是有一天，这两个国家为了争夺地盘而发生了一场惨烈的战争，只说倒在地上的死尸就达数万，为了追击逃敌，需要半个月才能回来。

蜗牛本来就已经是世间的极小之物了，可偏偏就在这极小之物更见其小的触角上，竟然建有两个国家，这国家也就愈见其渺小如草芥。那么，这场残杀所争夺的土地又能多大呢？价值又能有几何呢？恐怕都是微乎其微。那么发动这场战争的统治者又该是多么的可笑和可悲啊！此时庄子冥想的深微，已不容毫发，其奇思妙想，出人意料，真有一种让人叹为观止的味道。

以上我们通过庄子的寓言故事，获得了对"汪洋恣肆"这一断语的真切直感，由此我们就可以给"汪洋恣肆"以一个更通俗的解说，即宽宏大量、豪放不羁。

说起庄子，人们总会很自然地想起他的名篇《逍遥游》，而《逍遥游》里着力刻画并被置于开篇处的大鹏形象，更给人留下了难以忘怀的印象。

图为清代任熊绘《逍遥游》图，表现"庄生逍遥游"（坐鹏上者）与"老子守元默"（右下居室中者）的情形。

　　大鹏原本是北海里的一条鱼，名字叫鲲。它大得出奇，竟没法知道它有几千里。突然，它奋力一跃，眨眼间又变成了让人骇人听闻的一只巨鸟，从大海里破浪腾空而出，它这时的名字叫做鹏。鲲本来就已经大得叫人惊奇了，可相比之下，鹏则大得更使人惊恐，单单是鹏之背，就不知道有几千里，这还没算上它的头尾和两翅。当它怒张羽毛、奋然高飞的时候，真是遮天蔽日，天地也顿时为之阴暗下来。它要等待海上飓风大作的时候，飞往遥远的南海。在飞行的过程中，它那分外有力的双翅，拍击着汹涌的海浪，激起的水花高达三千里；与此同时，它还搏击着猛烈的旋风，直上九万里的高空。真可谓其变也神速，其大也神奇，其飞也壮观。这便是《庄子》一书的首篇《逍遥游》所描绘的鲲鹏巨变、大鹏飞天的壮阔境界。

　　中国有句广为人知的古话，叫"成者王侯败者寇"。

那么，在中国历史上，是谁最先发现这一系列具有重要价值的问题呢？是思想敏锐而又独特的庄子。他在《胠箧》里，察人之所未察、言人之所不敢言，鲜明地提出了一个特殊的公式——王侯＝大盗："那些偷窃带钩一类的小偷遭诛杀，盗取国家为己有的大盗却成为诸侯，还恬不知耻地宣称仁义只存在于诸侯之门。"

为了印证自己发现的这个特殊公式，庄子为此虚构了一个十分幽默诙谐、却又引人深思的场面：

> 一次，盗跖的徒弟问跖说："盗贼也有道吗？"跖说："哪里能没有道呢？能够猜到室中储藏的财物是圣，进去偷盗敢于当先是勇，出来时敢于断后是义，知道能不能下手去偷是智，分赃公正平均是仁。不具备这五点而能成为大盗的，天下从来没有过。"

曾被儒派圣人标榜的仁义礼智勇等等美德，就这样顺畅圆满地被盗贼运用到他们的丑行之中。儒家圣人呕心沥血的理论创造，不过是给窃贼提供了一个自我吹嘘炫耀的思想武器。庄子对儒家圣人及其主张的戏弄揶揄，真让读者忍俊不禁、笑从中来。在儒家学派那里最有价值的思想，在庄子看来竟一文不值。

庄子这种亵渎王侯、嘲笑显贵、戏弄圣人的大无畏精神，对后世诗人的心理及文化人格产生了深远的影响。

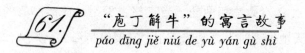

61. "庖丁解牛"的寓言故事
páo dīng jiě niú de yù yán gù shì

"庖丁解牛"是《庄子》里一个广为人知的寓言。

庖丁是梁惠王的厨师，当他解牛时，手触肩顶、脚踩膝抵等各种动作，牛的骨肉分离所发出的声响，还有进刀解牛时发出的响声，都无不像音乐的节奏那样轻松流畅，无不像舞蹈的节拍那样令人陶醉。这一切让在一边观看的梁惠王看得心花怒放，如醉如痴，情不自禁地赞叹道："啊，那么，在中国历史上，是谁最先发现这一系列具有重要价值的问题呢？是思想敏锐而又独特的庄子。他在《胠箧》里，察人之所未察、言人之所不敢言，鲜明地提出了一个特殊的公式——王侯＝大盗："那些偷窃带钩一类的小偷遭诛杀，盗取国家为己有的大盗却成为诸侯，还恬不知耻地宣称仁义只存在于诸侯之门。"

为了印证自己发现的这个特殊公式，庄子为此虚构了一个十分幽默诙谐、却又引人深思的场面：

> 一次，盗跖的徒弟问跖说："盗贼也有道吗？"跖说："哪里能没有道呢？能够猜到室中储藏的财物是圣，进去偷盗敢于当先是勇，出来时敢于断后是义，知道能不能下手去偷是智，分赃公正平均是仁。不具备这五点而能成为大盗的，天下从来没有过。"

曾被儒派圣人标榜的仁义礼智勇等等美德，就这样顺畅圆满地被盗贼运用到他们的丑行之中。儒家圣人呕心沥血的理论创造，不过是给窃贼提供了一个自我吹嘘炫耀的思想武器。庄子对儒家圣人及其主张的戏弄揶揄，真让读者忍俊不禁、笑从中来。在儒家学派那里最有价值的思想，在庄子看来竟一文不值。

庄子这种亵渎王侯、嘲笑显贵、戏弄圣人的大无畏精神，对后世诗人的心理及文化人格产生了深远的影响。

61. "庖丁解牛"的寓言故事
páo dīng jiě niú de yù yán gù shì

"庖丁解牛"是《庄子》里一个广为人知的寓言。

庖丁是梁惠王的厨师，当他解牛时，手触肩顶、脚踩膝抵等各种动作，牛的骨肉分离所发出的声响，还有进刀解牛时发出的响声，都无不像音乐的节奏那样轻松流畅，无不像舞蹈的节拍那样令人陶醉。这一切让在一边观看的梁惠王看得心花怒放，如醉如痴，情不自禁地赞叹道："啊，

图为位于今安徽蒙城县的庄子塑像

有一棵被供奉为土地神的栎树，它的巨大树阴能遮护住几千头牛。树干有一百围那样粗，树身高出山顶，八十尺以上才长出枝丫，而且那枝丫可以做船的就有十几根。围观这棵树的人像赶集一样。一位姓石的木匠却连看都不看一眼，只顾匆匆地赶路。他的徒弟饱看了一回，追上师傅说："我跟您学艺以来，从未见过这样好的木材。您却不屑一顾，不停地赶路，这是为什么呢？"石木匠说："算了吧，不要说它了。那是棵没有用处的树。用它造船会沉下去，做棺椁会很快腐朽，做器具会很快毁坏。正是因为它没有丝毫用处，所以才会这样长寿。"

后来，栎树托梦给石木匠说："你要把我和有用的树木相比吗？果树是有用的，可果实熟了就要采摘，而在采摘的过程中，果树就要遭到摧残。大枝被折断，小枝被扭曲。这正是由于它有用而招来了伤害，所以也就无法享尽天年而中途夭亡。所有的事物无不如此。更何况我追求毫无用处的境界已经很久了！这就是我的大用。假如我也有用，还能够长到这么大吗？"

应该说庄子通过栎树的寓言，主张持久地追求无用，毕竟还只是一种手段，一个过程；借助这手段所要达到的目的，凭借这过程所要到达的归宿，却是"逍遥游"，也就是《人间世》所标榜的"大用"。

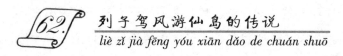

列子驾风游仙岛的传说
liè zǐ jià fēng yóu xiān dǎo de chuán shuō

列子，即列御寇，郑国人。在古籍里又被写作列圄寇、列圉寇，他的事迹较多地记载在《庄子》和《列子》两书中。

总体上看，列子应属道家人物，所以《吕氏春秋·不二》说："子列子贵虚。"这里的"虚"即虚静无为，一切顺应自然，但与道家人物深入细致地比较，他身上又多了一层神仙的色彩。如《庄子·逍遥游》里把他描绘成为"御风而行，泠然善也，旬有五日而后反"，这与老子、庄子硬被后世道教附会为神仙是不一样的。

但列子又认为人不能长生不死，有生必有死，该生自然会生，该死自然会死，这才是正确的人生态度，这就又与秦汉时的神仙思想有了本质的区别。

列子的神奇在于他拜老商氏为师，以伯高子为友，从而把两人的本领都学到了手，而后能乘风而行，免除了一般人的双脚行走之苦。他的驾风而行，已经到了出神入化的程度，以致"竟不知风乘我邪？我乘风乎?"（《列子·黄帝第二》）与那来去无踪、游走八方的风完全融为一体，达到了世人不胜仰慕的自由境界。

列子本身也已成为中国文学史上的一个具有重要意义的形象，他那驾风而行的超然形象，寄托了古人对自由的心驰神往和对更广阔天地的热情憧憬。这对于我们这个崇尚朴厚务实的农业民族来说，具有很特殊的文学意义，并产生了深远的积极影响。

苏东坡的《水调歌头·明月几时有》，是一篇千古绝唱，那里的"我欲乘风归去，又恐琼楼玉宇"云云，显然是从列子的"竟不知风乘我邪？我乘风乎"里点化而出，借以表达他那渴望超越世俗的一片高洁情怀；《前赤壁赋》所展现的"羽化而登仙"的超远胸襟，是借助于"清风徐来"的惬人意境直接生发出来的。由此可见，列子御风而行，给苏轼多少灵感和启迪啊!

列子作为一个不朽的文学形象,其意义还在于它开创了中国古代游仙文学的主题。在后世文人的心目中,列子的驾风而行还只是一种手段,目的是在于摆脱尘世俗务的羁绊,而获得一块世外净土。具体体现在《列子》书中,便是海上仙山的建构。

《汤问篇》说:渤海的东面,不知几万里的地方,有一个很大的无底深渊,名叫归墟,普天下的江河湖海,全部流到那里。可那里的水,从不上涨,也不下降,可见归墟有多么大和多么深。归墟中有五座山,它们叫岱舆、员峤、方壶、瀛洲和蓬莱。每座山高低延伸三万里,山顶的平坦处也有九千里。山与山的距离达七万里,却互相认为是邻居。山上有金银珠宝建成的楼台宫殿,还有纯白色的珍禽异兽。树上结满了密密麻麻的珠玉宝石,花朵与果实的味道都很鲜美,吃了就可以长生不老。住在那里的人,都是道法无边的仙人,日日夜夜飞来飞去,数也数不清。

唯一让人遗憾的是,这五座山的根部并不相连,常随着海水的涌动而上下浮沉,不能有一刻的稳定。仙人们便到天帝那里诉苦。天帝也担心这五座仙山流到西边去,使众多的仙人失去住所,于是便命北方的大神禺强指挥十五只大鳌抬起头,把这五座山顶住。它们分为三班,六万年一换。这五座山才开始稳定下来,不再漂动。

但是龙伯之国有个巨人,抬起脚没走几步,就来到这五座山的旁边,一钩就钩上了六只大鳌,合起来背上,回到自己的国度,然后烧烤大鳌骨来占卜吉凶。于是岱舆、员峤二山便流到了最北边,沉入了大海,仙人们因此而不得不流离迁徙者数以亿计。

原来的五座仙山,现在只剩下方壶、瀛洲和蓬莱三座,人们便习惯地简称为"蓬莱三岛"。因为在人们理想中,那也是无比美丽的仙境,是清雅脱俗的去处,所以把它称为"蓬莱仙境"。

李白的《梦游天姥吟留别》诗中"海客谈瀛洲,烟涛微茫信难求"二句,就表达了一种思神仙而不得的惆怅和无奈;白居易在《长恨歌》诗中,以"忽闻海上有仙山,山在虚无缥缈间"二句,表达了对杨贵妃爱情悲剧的无限同情，所以才将死后的杨贵妃安顿在高洁优美的仙山中。不难看出，列子开创的游仙主题及其仙山意象，给唐人的诗歌以多么深厚的影响啊！

63. 学习幻化之术的老成子
xué xí huàn huà zhī shù de lǎo chéng zǐ

老成子是一位经过痛苦思考而终于大彻大悟的得道之人。《列子·周穆王》说，老成子向尹文先生学习幻化之术，而尹文先生竟连着三年都没有传授给他。老成子愤愤不平地质问尹文先生，自己究竟错在何处？并以退学相威胁。尹文先生向他作揖，领他到室内，让左右的人都离开房间，然后充满玄机地对老成子讲：

> 过去老聃往西边去，回头告诉我说：一切有生命的气，一切有形状的物，都是虚幻的。创造万物的开始，阴阳之气的变化叫做生，叫做死，熟悉这个规律又能顺应这个变化，根据具体情形而推移变易的，叫做化，叫做幻。创造万物的技巧很微妙，功夫高深，本来就难以全部了解，难以完全把握。懂得了幻化与生死没有什么不同，才可以学习幻化之术。我和你也在幻化着，为什么一定要再学呢？

老成子若有所悟地回去了，他把尹文先生的话冥思苦想了三个月，终于能自由自在地时隐时现，又能变乱四季，使冬天打雷，夏日结冰，使飞鸟在地上走，走兽在天上飞。但终生没有把这些幻术写下来，因此后来也就没有能传下去。

这个寓言富有神奇性。如冬日雷声盈耳，夏季冰雪满目，"走者飞，飞者走"。老成子的幻化之术是惊人的。这实际上是积淀了上古人们在生产力极其低下、远不足以与自然力相抗衡的窘迫状况下，渴望征服自然、主宰自己命运的创造进取精神和大胆的想象。人类的文明发展到今日的辉

煌灿烂，固然与人类的创造进取密不可分，但创造和进取的第一步，无疑是靠着人类那种神奇的想象力。所以西方的哲人讲，想象是人类最富有创造精神的一种能力。我们也可以说，想象是人类进步的原动力。而这则寓言正是以奇丽的想象，激发起人们强烈的创造欲和征服欲。

此外，这则寓言虽然字数不多，但人物性格却塑造得颇为鲜明。老成子以退学威胁时的血气方刚、怒气冲天，得到点拨后的幡然醒悟，面壁三月的深沉和执著，学幻有成后不肯以著书邀名的淡泊通脱等等，都给人留下了深刻的印象。文中所写虽然仅是他人生历程的几个片段，但按照作者描述的逻辑过程看，是经历了由不成熟到成熟的发展过程。他从一个锋芒外露的人，渐渐成长为身怀绝技却能锋芒内敛、洞晓世态的人。

与老成子形象的塑造相表里，尹文先生的形象也很传神，这是一位能够看准并抓住最佳时机的人，也是一位善于营造倾谈氛围的人。他那段朴实里暗含玄机的谈话，如果不通过屏退左右之人来营造一种神秘的氛围，很可能让老成子产生一种三年苦伴却横遭戏弄的感觉。这些都表现了尹文先生的胸有城府和富于心机的性格特点。

64. 俞伯牙钟子期相会会知音

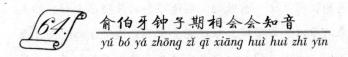

yú bó yá zhōng zǐ qī xiāng huì huì zhī yīn

在我国音乐史上，《高山流水》是一支著名的古曲；在我国的音乐鉴赏理论中，"知音"是一个很重要的概念。而这支名曲、这个概念，都与俞伯牙和钟子期密切相关。

俞伯牙是春秋时期著名的音乐家，楚国人，在晋国为高官，任"上大夫"。一次，他奉晋君之命出使楚国，在返回晋国的途中，正值中秋佳节的夜晚，俞伯牙的乘船，停泊在汉口。他一面观赏让人醉心的无边月色，一面拿来瑶琴，轻轻弹奏。

突然间，瑶琴上的一根弦"铿"的一声断了，俞伯牙知道有人在偷听他的演奏，立即派人出去寻找。不久，便找来了一个年轻的樵夫。

图为伯牙鼓琴

俞伯牙问樵夫："我的弹奏你能听懂吗？"樵夫回答说："大人弹的是'孔子叹颜回'吧？"俞伯牙颇感意外，马上以礼相待，并且亲切攀谈起来。俞伯牙和樵夫谈论琴理，樵夫非常内行，应对自如，俞伯牙喜出望外，对樵夫说："有一回孔子正在屋里弹琴，他的得意门生颜回从外边进来，忽听出琴声里有杀伐之意，不免一惊，问明之后，才知刚才孔子弹琴之际，有只猫正在一步步向老鼠逼近。孔子见此情景，不由自主地在感情上受到影响，并不知不觉地在琴声中把它表现出来了。像颜回那样，真可算得上是知音了！现在我来弹琴，你试着听听我在琴声里表现了什么？"

俞伯牙举头望见了高山，就在琴声里表现山的雄伟高峻，樵夫听了，马上说："巍巍乎意在高山！"俞伯牙又面对江水，在琴声里表现了江水的汹涌奔流。樵夫听了，说道："荡荡乎志在流水！"

俞伯牙大喜过望，说："你可真是我难得的知音啊！"这才想起问樵夫的姓名，知道他姓钟，名子期。二人忘却了彼此社会地位的悬殊，结为兄弟，在船上畅谈了一个通宵。天明临别时，俞伯牙和钟子期约好，明年再回楚国时，一定专程到钟家去拜访。

可是，等到第二年俞伯牙如期去拜访钟子期时，钟子期已经离开了人世。俞伯牙痛不欲生，跪在钟子期的坟前，弹了最后一曲，然后便把瑶琴摔了个粉碎，表示从今以后再不弹琴，因为痛失真正的知音，弹琴还有什么意义呢？

伯牙、子期的故事，有深长的悲剧韵味。这种悲剧性体现在两个方

面：一是知音的本来难觅，二是知音的别多会少。由此加剧了中国文人对孤独心态的感悟，这既给人以痛苦哀伤，也赋予他们以择友甚严、决不苟合的文化品格。如唐代刘禹锡与柳宗元在患难中的相濡以沫，李白和杜甫在艰险时相互关切，都是中国文学史上"知音"间甘苦与共、生死不渝的高风亮节，而这一切又都是以伯牙、子期会知音的传说为先导的。伯牙、子期的故事，对后世文人仰慕友谊、崇尚义气，起了巨大的影响作用。

《商君书》与"屈死"的商鞅
shāng jūn shū yǔ qū sǐ de shāng yāng

图为商鞅画像。商鞅进行了中国古代最伟大、最成功的变法，奠定了秦统一天下的基础，他却为改革付出了生命的代价。

商鞅，姓公孙，名鞅，是卫国贵族的后代，所以也称卫鞅。他年轻时就喜欢刑名法术之学，在吸取前人思想的基础之上，逐渐形成了自己的理论体系。他的这种理论，集中体现在《商君书》中。《商君书》原有二十九篇，现存二十四篇，其中大部分出自商鞅之手，少部分是其他稍后的法家学者的作品。可以说，它是商鞅这一法家派别的遗著汇编，也是法家文学的早期代表。

公孙鞅还在魏国时，秦国国势落后于东方六国。孝公即位，决心变法图强，他下令求贤：如果谁能出奇计使秦国富强起来，就封他做大官，赏给他土地。公孙鞅闻听此消息，非常欣喜，他立志西赴秦国，干一番惊天动地的伟业。他依靠孝公宠信的一个姓景的太监引荐，得以谒见孝公。在见面之前，商鞅冥思苦索，拿不定主意，该用"王道"说服孝公呢，还是该用"霸道"去劝说他呢？最后，他决定先用尧舜治国方法去试一试。孝公召见时，公孙鞅就把尧舜的治国之道说得洋洋洒洒，有声有色。但不一会儿，他却发现孝公早已在一旁打起瞌睡，一点儿也没听进去。事后，孝公还迁怒景太监说："你引荐的客人真是大言欺人的家伙，这种人怎么能任用呢！"景太监心里也颇为不快，再见到公孙鞅时，就用孝公的原话责备了他一顿。公孙鞅不死心，他又一次求见孝公，并改用禹、汤、文、武的治国方法去劝说，把治国之道说得淋漓尽致。可是，这回还是不合孝公的心意。事后，孝公对景太监说："你的客人还是老一套，让他走吧，你怎么能把这样的人引荐给我呢？"景太监见到公孙鞅时，把一肚子的火气发泄了出来，狠狠地数落了他一番。公孙鞅央求景太监道："请您息怒，再帮一次忙吧！您的恩德我永世不忘！"当公孙鞅又一次见到孝公时，转而大谈春秋五霸的强国方略。这次，孝公果然面露喜色。公孙鞅走后，他对景太监说："你的客人果真不错，我可以和他谈谈了。"公孙鞅对景太监说："如果再召见我一次，我就知道该说些什么了。"当公孙鞅再次拜见孝公时，他口若悬河、滔滔不绝地讲法家治国图霸之术，孝公一会儿点头，一会儿插话，不知不觉地在垫席上向前移动膝盖，两人谈得非常投机，连谈几天也不觉厌倦。孝公终于下定决心，任用公孙鞅，变更法度。他随即在宫中云集群臣，商讨变法大计。以甘龙、杜挚为代表的旧贵族，提出种种借口，极力反对变法，公孙鞅则坚持己见，严辞批驳。公孙鞅得到了孝公的支持，终于制定出变法的命令。

公孙鞅深知，因循守旧是人们的传统心理和生活方式，他要实行改革，不能没有充分的准备。所以，在新法尚未公布前，他左思右想，心生一计，便在都城南门竖起一根长约三丈的木头，宣布："谁能把木头搬到北门，谁就能得到十斤黄金。"赶来看热闹的人们都觉得奇怪：这样简单的事情，哪能值这么多钱？因而没人敢动。接着，公孙鞅又把赏钱增加到五十斤黄金。这时出来一个胆大的人，把木头搬过去了。公孙鞅当即下令，赏给他五十斤黄金，以此表明自己令出必行，绝不食言。这件事很快

统一度量衡是商鞅变法的一个内容。图为秦国的容器，称"商鞅方升"。

流传开了。人们都知道公孙鞅是个言而有信的人。公孙鞅见时机已成熟，就正式颁布了新法。

新法主要内容有：第一，加强治安。把十家编成一什，五家编成一伍，互相监视检举，一人犯法，别人必须告发，否则十家都要判罪。第二，奖励生产。粮食丰收、布帛增产的，可免除劳役和赋税。从事工商业及懒惰贫穷的，妻孥收为官奴。第三，奖励军功。立有军功者可按标准升爵受赏，没有军功的贵族也只享受平民待遇。明确尊卑爵位的等级，各按等级差别占有土地、房产。

新法的实行，给秦国带来富强。周天子把祭肉赐给秦孝公，各国诸侯也都来祝贺。后来，孝公为了成就帝王的伟业，派公孙鞅率军队攻打魏国。魏国派公子昂领兵还击，两军形成了对峙的局面。公子昂过去曾是公孙鞅的朋友，公孙鞅便遣人给他送去一封信，上面写道："我当初与公子相处甚欢，现在各为其主，兵戎相见。我实在不忍心彼此攻打，想与公子当面结盟，快乐地饮上几杯，然后就撤兵，让秦魏两国相安无事。"魏公子昂信以为真，前来结盟。背信弃义的公孙鞅早已埋下伏兵，在酒宴上俘虏了魏公子昂，并突然袭击，打垮了魏国的军队。公孙鞅凯旋回到秦国后，秦孝公赐给他商於十五邑，封号为商君。从此以后，人们就把他称做商鞅了。

商鞅出任秦相十年，力主变法，以法治国，虽然促进了秦国的发展，但同时也以严刑酷法招致许多人（特别是贵族）的怨恨。有一个叫赵良的人劝商鞅道："您惩治了太子的师傅，不仅在商於面南称君，还天天用新法来逼迫秦国的贵族，您的处境就像早晨的露水一样，很快就有消亡的危险。您为什么不把商於十五邑封地交还秦国，到偏僻荒远的地方去浇园自耕，以颐养天年呢？如果还是这样下去，秦王一旦崩逝，您丧身的日子也就为期不远了吧！"商鞅却根本听不进赵良的劝告。

公元前 338 年，秦孝公去世。太子即位，这就是秦惠文王。旧贵族终于盼到了报复商君的机会，公子虔等人诬告商君谋反。惠文王曾触犯新法，被商鞅定了罪，把他的师傅判了刑，他也一直怀恨在心，随即下令逮捕商鞅。商鞅闻讯后仓皇逃跑。他逃到边境关口，想住旅店。店主人不知他就是商鞅，不肯接纳，说："商君有令，住店的人若无证件，店主要连带判罪。"商鞅长叹一声，说道："唉！不想我亲手制定新法，竟然到了危及我自己的地步！"他又逃到魏国，魏人怨恨他欺骗公子昂、打败魏军的不义之举，拒绝收留他。他潜逃回封地商邑，发动邑中士兵，北攻郑国，谋求生路。秦国派兵前来攻打，把他杀死在郑国的渑池。秦惠王不仅把商鞅五马分尸，还诛灭了他的全家。

司马迁在《史记》中曾写道："商君天资刻薄，是个残忍少恩的人。他刑罚公子虔，欺骗魏将公子昂，不听赵良的规劝，都足以证明这一点。"也许正因如此，他年轻时就甚喜刑名法术之学，凭此而显赫一时，威震天下，也终因此招来杀身之祸。但他的《商君书》一书，却成为传世之作。这是战国时代法家的一部重要著作，其中阐明了他的政治思想和法治主张，论述了秦国的政治、军事制度等。它在战国末期已广为流传，不仅对当时社会产生一定积极影响，同时也影响到后来的法家文学创作。

66. 《战国策》里的纵横家苏秦
zhàn guó cè lǐ de zòng héng jiā sū qín

苏秦是战国时代最著名的纵横家之一。他以"合纵"而闻名于世，但最初他是主张"连横"的。"连横"失败，转而"合纵"，就这样，他东游西说，南北奔波，足迹遍布大江南北，声音响彻七国宫廷，终于获得了成功。《战国策》中留下了他很多故事，其中最精彩的当数《苏秦始将连横》一章，记载了他从失败到成功的传奇经历。

苏秦最初以"连横"主张游说秦惠王。他先以富于鼓动性与煽动性的

《战国策》插图：苏秦合纵相六国。这篇作品前半部分是对秦王的游说辞，以议论为主；后半部分为叙事，情节生动，细节描写真实传神，带有喜剧性。

语言，盛赞秦国地利、人众、物丰、财富、兵强、主贤的大好形势，以证明秦国一定可以据此而"并诸侯，吞天下，称帝而治"。他的这番说辞，既有切合实际的分析，又有策士的铺张夸大，具有极强的煽动性。但秦王并未被他打动，反而以条件不成熟为理由，委婉而又坚决地拒绝了他，使苏秦吃了个软钉子。但以苏秦的性格，他绝不会就此罢休，果然，他对秦王又展开了更有力的说服工作。

他首先用了一个激将法，希望以此来激起秦王的雄心，而后又滔滔不绝地引古论今，阐述战争的历史作用，并再次以更具诱惑力的话故意刺激秦王，做此番游说的最后一搏。但秦王仍然拒绝了，秦王的拒绝，显示了鲜明的个性，雄心勃勃而又谨慎稳重，希望谋略之士的辅佐而又绝不盲从。

苏秦的"连横"行动失败了，而且失败得很惨，"书十上而说不行，黑貂之裘弊，黄金百斤尽，资用乏绝，去秦而归"，这段描叙虽然简略，但已初步展示了苏秦性格的某些特点，"书十上而说不行"，不仅仅记载了他的失败，更刻画出他锲而不舍、坚忍不拔的性格特点；"去秦而归"则表现了他灵活机敏、见机行事的纵横家本色。

这篇文章里的心理刻画也很成功，苏秦由失败到成功，苏秦的传奇故事似乎是应该结束了，但作者却又为他加上了一个饶有趣味的尾声。

苏秦说楚，路过家乡洛阳，这一部分主要是对他家人态度的描写，与他落魄归家时家人态度的描写，形成了鲜明的对比，具有强烈的讽刺意味。"父母闻之，清宫除道，张乐设饮，郊迎三十里"；他的妻子则是"侧目而视，倾耳而听"；他的嫂子就更为滑稽可笑，竟"蛇行匍匐，四拜自跪而谢"。苏秦与他嫂子的对话，不但充满了讽刺意味，揭露了世态炎凉，还留下了"前倨后恭"这一形象生动的成语，成为人们对那些趋炎附势、逢迎拍马的小人进行嘲讽的绝妙好辞。

苏秦的刻苦读书，留下了千古佳话，鼓舞着一代又一代的苦学之士，并与汉代孙敬以头悬梁而苦读的故事一起，被收入中国古代的蒙童读物——《三字经》："头悬梁，锥刺股"，以此作为教育儿童刻苦读书的最佳典范。如果不去追究苏秦如斯苦读的目的，仅就学习的勤奋与刻苦而言，他称得上千古华夏第一人，是值得所有读书人学习的。

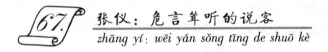

67. 张仪：危言耸听的说客
zhāng yí: wēi yán sǒng tīng de shuō kè

张仪，战国时代最著名的纵横家之一，以散纵连横而闻名于世。他原本是一个没落的魏国贵族的后代，曾求见魏惠王，但未被重用，于是去魏奔楚。他在楚国的遭遇更是不济，楚威王根本就没有见他，只好投在令尹昭阳的门下为客。有一天，昭阳大宴宾客，把楚国的国宝"和氏璧"拿出来给大家传看，传来传去，忽然之间，"和氏璧"不翼而飞。此时，穷困潦倒的张仪也恰逢其会，昭阳怀疑是他偷了"和氏璧"，叫手下把他打得遍体鳞伤、奄奄一息，然后把他送回家去。张仪一回到家，就让妻子看看他的舌头是否还在，他说，只要舌头在就不怕。此后，他又说遍各国，终于在秦惠文王十年（公元前328年），被任为秦国的大良造（秦最高的官职，相当于相国，后称为相），开始了他以卿相之位游说诸王的政治生涯。为促成连横之势，他以三寸不烂之舌，说遍六国君主。鲁迅曾说："战国时谈士蜂起，不是以危言耸听，就是美言动听，于是夸大、装腔、撒谎层出不穷。"（《伪自由书·文学上的折扣》）其中的"危言耸听"恰是对张仪说辞的准确评论。

张仪为连横而劝说齐王的说辞，充分体现了"危言耸听"的特点。他

战国七雄纷争造就的奋争竞驱的社会环境，为纵横之士提供了驰骋辩才的舞台和博取功名的机会。张仪这样的士人虽无政治实力，却凭三寸不烂之舌，倾动王侯，左右政局。

首先用简洁有力的语言，驳斥了合纵之说，然后以春秋末期的齐鲁之战为引子，引出相类似的秦赵之战。齐鲁三战而鲁三胜，但齐国却灭了鲁国；赵秦四战而赵皆胜，但国力消耗过大而导致危亡，以此来说明秦国势力的强大。作了这样的铺垫后，他开始以"危言耸听"来威吓齐王：

> 今秦、楚嫁子取（娶）妇，为昆弟之国；韩献宜阳，魏效河外，赵入朝黾池，割河间以事秦。大王不事秦，秦驱韩、魏攻齐之南地，悉赵涉河关，指博关，临淄、即墨非王之有也。国一日被攻，虽欲事秦，不可得也。

整篇说辞，对齐国的优势略无涉及，而是极力渲染秦国势力的强大，并以与楚的联盟来威胁齐王，特别是以韩、赵、魏的割地臣服加以佐证，更具有说服力。说之未服，则继之以威吓，描写秦驱三晋之兵以攻齐，并以详细的战略陈述，陷齐王于"四面楚歌"之中，虽属假设，但因描绘具体，造成一种恐怖的气氛，使齐王如目睹国破家亡的惨景一般，令他毛骨悚然，惧而从命："请奉社稷以事秦。"

张仪说楚王，则用了两面手法，不但迫之以势，而且诱之以利。

他首先用铺张扬厉的口吻，向楚王强调了秦国的山川地势之险、车骑粮米之富、军队勇士之众。在如此强大的势力面前，楚如不臣服，秦仍将合三晋之力以攻之，并具体地陈述了攻楚的方案，顺江而下，三月之内楚亡，诸侯的救援是来不及的。而后，又以秦楚汉中、蓝田之战中楚的惨败，对楚王进一步威吓。在他如此形象的描绘下，楚国的灭亡，似乎已经发生了一般，给楚王以心理上的重压。在对楚王进行了足够的威吓之后，张仪又对他诱之以利，共进中原，各得其利，且许以约盟互质，奉美女，献大邑，结为兄弟邻邦。在那样强大的威吓之后，再继以利益相诱，楚王自然心动臣服，"敬以国从"，且献珍宝奇玩于秦王。

在说楚王时，张仪极力选择那些具有夸张、威吓性的语言，对楚王进行胁迫。在描绘秦的强大国力时，用的是"秦地半天下，兵敌四国，被山带河，以为固。虎贲之士百余万，车千乘，骑万匹，粟如丘山"这样的句子；在陈述攻楚的便利条件时，用的是"秦西有巴蜀，方船积粟，起于汶山，循江而下，至郢三千余里。舫船载卒，一舫载五千人与三月之粮，下水而浮，一日三百余里……"这样的句子；在举汉中、蓝田之战时，用的是"楚人不胜，通侯、执圭死者七十余人，遂亡汉中"这样的句子。

张仪在说韩、赵、魏、燕四国之君时，虽具体的方式、说辞有所不同，但"危言耸听"这一特点是共同的。

赵国是苏秦发迹的地方，也是大规模合纵的轴心之一，所以，张仪说赵王时，就采取了另一种方式。他首先说，因赵王率天下以摒秦，秦国人已十五年不出函谷关了，但秦人含怒之日久矣，早已秣马厉兵，欲攻邯郸，以此向赵王挑战。而后又驳论苏秦的合纵之策，以苏秦被车裂弃市为其论据。再对赵王作天下形势的分析，秦楚一家而韩、魏称臣，齐割鱼盐之地，这等于断了赵的一臂，秦与齐、韩、魏将合力破赵，四分其地。如此危言耸听，使赵王不得不割地臣服。

韩、魏两国，都是比较弱小的，张仪的说辞则更显得骄狂，都是先从两国的贫弱入手，既无山川地势之利，又无车骑米粟之富，更无众多的师旅士兵，根本无力与秦抗衡。对魏王，直接以势力相胁迫，若不事秦，则加之以师旅，若能事秦，非但不加攻占，反而可以得到秦的保护；对韩王，则以孟贲对怯夫、乌获对婴儿、集千钧之重于鸟卵之上为比，极言强弱不敌。在如此的威吓之下，两国自然献地称臣。

张仪对燕王的说辞，相对比较简单。先举赵王阴谋害死代王的事例，说明赵的狠毒与不可亲近，以绝燕赵结盟之念。又举赵王已经臣服割地的

事例加以诱导，说燕王事秦，否则，将举兵攻之，并以事秦之利相诱，使燕献地称臣。

纵观张仪的说辞，他这种"危言耸听"的特点，首先取决于秦国势力的强大，有了强大的国力做后盾，他才能够以一种居高临下的威逼口吻去对六国之君讲话，所以，每每在他说辞的后半部分，都会出现这样的句式：大王不事秦，将如何如何。另外，从他说六王的目的看，连横就是合众弱以事一强，因而，在他的说辞中，极力地强调秦的强大、六国的弱小，使六国不得不胁从，如此形成了他说辞的特点。

从他与苏秦说辞对比的角度看，苏秦的说辞美言动听，而张仪的说辞危言耸听；苏辞较婉转，张辞较强横；苏辞以利相诱，张辞以势相逼。从语言形式而言，二人的说辞都对汉赋的铺陈写法产生了很大的影响。

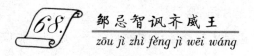

68. 邹忌智讽齐威王
zōu jì zhì fěng qí wēi wáng

邹忌是齐威王的贤相，在政治上卓有远见。他以善谏而闻名，齐威王正是在他与淳于髡的讽谏下开始振作起来的。淳于髡的进谏，留下了"不鸣则已，一鸣惊人"和"不飞则已，一飞冲天"的典故；而邹忌的进谏，不仅使齐威王振作，更使齐威王悬赏征谏，留下了从谏如流的美名，并使齐的国力不断发展壮大，成为战国时代的东方强国。

图为战国时的二十五弦琴。战国的士人以精通音乐为时尚。邹忌以琴为喻，游说齐威王，得登政坛。

即位之初的齐威王，不理朝政，沉迷于酒色歌舞，齐国的国势渐渐地衰落下去。邹忌对此心急如焚，但他只是一个普通士人，虽然满腹经纶，却无法亲见齐王，表达自己的见解，施展自己的政治才能。后来，他听说齐王喜好音乐，便心生一计。

一天，齐威王在宫中正玩得百无聊赖，忽听有人禀报，说宫外有个人，自称邹忌，颇善弹琴，因为听说大王喜爱音乐，特来献技。威王闻报，精神倍增，立即召见了邹忌。参见完毕，齐威王迫不及待地催促邹忌弹琴，只见邹忌缓缓地把琴取出，慢条斯理地放好、调弦，这一切都准备就绪后，他却把两手抚于琴弦上不动了。齐威王很奇怪地问："何不速速弹来，难道先生的琴会自鸣？"邹忌微微一笑，反而把琴推到了一旁，对齐威王说道："我专门研究琴理，至于弹不弹琴，则是无关紧要的！"威王疑惑不解地问道："难道弹琴还有什么道理可讲吗？我倒想听听。"于是，邹忌就绘声绘色地讲起了琴的来历、发展、演变的整个过程，但威王听琴是为了享受，并不想细究什么琴理，就不耐烦地说："先生的琴理如此高明，琴也一定弹得很好了，快弹给寡人听吧！"这时，邹忌正色对威王说："大王见我把手放在琴上不弹，只会空发议论，很不高兴。那么，齐国的百姓看见大王您手抚着齐国这样大的一张琴，几年来却一曲不弹，那不是更不满意吗？"齐威王一听，像是遭了当头棒喝，又有如醍醐灌顶，对邹忌肃然起敬。他马上郑重地对邹忌说道："先生讲得实在太好了，这国家就像面前的这张琴，琴不弹永不会响，国家不治理，永远不会强大。"齐威王果然远声色，用贤才，从此，国家大治。

邹忌初涉政坛，便显露了超凡的政治才能，因而被齐威王任用为相。此后，他不断地就齐国的现实政治与发展前途向齐威王进谏，而其中最著名的便是劝齐威王纳谏，并且因此留下了不朽的文史名篇——《邹忌讽齐王纳谏》，收于《战国策》一书中。

齐国逐渐强大之后，逢迎拍马的人也多了起来。齐威王被捧得有些飘飘然，听不进臣下的不同意见，有时甚至大发雷霆。对此，邹忌早有察觉，但怎样去劝谏齐威王，他一直没有想出一个好办法。

一天早晨，邹忌穿戴好衣帽，对着镜子自照，觉得自己身材伟岸修长，潇洒飘逸，于是，问他的妻子道："我与城北的徐公相比，谁更俊美？"他妻子非常自豪地说："当然是您，徐公怎能与您相比呢！"城北徐公，是齐国有名的美男子，邹忌不相信自己比徐公美，又问他的妾："我与徐公谁美？"他的妾说："徐公怎么能比得上您啊！"第二天，有客人拜访邹忌，邹忌又以同样的问题问客人，客人答道："徐公不如您。"又过了一天，恰好徐公来访。邹忌仔细地打量徐公，自认为不如徐公俊美；又看了看镜中的自己，更觉得自己远不如徐公。

邹忌是一个善于思考的人。晚上，他躺在床上仍在考虑此事，逐渐领悟到，人有所蔽，就会偏听偏信，不能正确地认识自己。家事如此，国事亦然。他终于找到了向威王进谏的途径。

"比美"本身是一件生活琐事，但邹忌却能对之进行严肃认真的思考，并与国事联系起来，找出其本质上的共同点。因而他对齐威王进谏道：

> 臣诚知不如徐公美。臣之妻私臣，臣之妾畏臣，臣之客欲有求于臣，皆以美于徐公。今齐地方千里，百二十城。宫妇左右，莫不私王；朝廷之臣，莫不畏王；四境之内，莫不有求于王：由此观之，王之蔽甚矣。

在这里，邹忌从家庭琐事推论到国家大事，把自己在家庭及社会上的地位与齐王的生活环境和社会地位进行比较，进而指出齐王作为一个大国之君，所受到的蒙蔽会更为严重。这段谏辞，类比贴切，由小见大，由己及人，顺理成章，极富逻辑性，具有很强的说服力，使齐威王恍然大悟，连连称"善"。并立即诏令全国，悬赏征谏。

诏令颁布之初，众多臣民纷纷进谏，朝堂如集市一般热闹。几个月后，进谏的人就越来越少了。一年以后，人们即使想进谏，也没什么可说的了。由于威王的广泛纳谏，国势不断地强大，燕、韩、赵、魏等国，皆尊齐为盟主。为此，齐威王很感激邹忌，于是封他为成侯，并把下邳（今江苏睢宁西北）赏赐给了他。

行为怪诞的谋士：冯谖

xíng wèi guài dàn de móu shì：féng xuān

冯谖是孟尝君的门客。孟尝君以门客三千而闻名于诸侯，他的养士标准可说是兼收并蓄，各色人等，无所不备。也正是因为这样的养士标准，才使冯谖虽自言"无能"、"无好"也被收留。当然，冯谖在"贫乏不足以自存"的外表下，深藏着独特的人格和深谋远虑的政治才能。《战国策》对此进行了形象的描述。

冯谖一出场，便给人留下了以与众不同的印象。他没有自我吹嘘，夸夸其谈，而是自称"无能"、"无好"。这既是自谦，又是自负，轻松潇洒，深不可测。但孟尝君对众多的门客不可能一一详察细究，只能以下等门客对待他，粗茶淡饭，果腹而已。当然冯谖对这样的地位是不满足的，他要争取到与自己的能力相应的待遇。而他的争取更为奇特。三歌"长铗归来"，不是一般门客可以做到的。一般门客，对做下等门客的地位或是无言接受，或是乞求更高的待遇，抑或是弃之而走，而冯谖不然。他既不愿埋没自己的才华，又不想把自己的才华贱卖了去，更不屑于低声下气地去乞求，而是不卑不亢，悠悠然弹铗而歌，并不理会孟尝君左右的侧目讨厌，一而再，再而三，终于使自己如愿以偿地做了孟尝君的高等门客。三歌"长铗归来"，可谓是怪诞之举，而他独特卓立的人格，也就在这怪诞之举中展现无余。

这一形象描写的过程极具特色：对冯谖的正面描写，只用了三次似乎是重复的相类言行的描写，但并未给人以呆板重复之感，反而使人感到一种"太公垂钓"般的悠然自信和不达目的誓不罢休的顽强精神。其余则全是通过孟尝君及其左右的言行衬托出来的。这一段描写还给人以悬念：如此怪诞放肆的人，究竟有什么才能呢？这便为后文展示冯谖的才华，作了一个有力的铺垫。

冯谖取得了上等门客地位后，虽不再弹铗长歌了，但也一直没有机会

长铗归来乎！食无鱼。

展露他的政治才能。直到有一天，孟尝君发出告示，寻找为他去薛地收债的人，冯谖才脱颖而出，承担了这一重任，临走前冯谖说要给孟尝君买些东西回来。

薛地收债，表现了冯谖的才干与魄力："券遍合，起矫命，以责（债）赐诸民。"干脆果断，胆识非凡。其结果是百姓们感动异常，高呼万岁。

如此收债的方式，自然是迅速异常，没有几天，冯谖便返回齐地。这使孟尝君很惊讶，于是问他是否把债全收回来，又问他买了什么回来。冯谖从容地答道："我临行前您说，看您家缺少什么就买什么。我私下考虑，您家宫中珍宝无数，狗马充栋，美女如云；所缺少的唯有'义'，所以我就自作主张地为您买回了'义'。"孟尝君不解地问："怎样是买义？"冯谖答道："您只有薛这一小块封地，但您却不抚爱那里的百姓，不能爱民如子，反而像商人那样从他们身上取利，百姓怎么会爱戴您呢？于是我假托您的命令，免了他们的债务，并且烧掉了他们的债券，百姓们非常感激，高呼万岁。这就是我给您买的义。"孟尝君不解其深意，很不高兴地对冯谖说："先生，您算了罢！"

一年后，因孟尝君位高权重，齐王听信谗言，罢了他的国相之职，孟尝君只好回到他的封地——薛。所谓"树倒猢狲散"，孟尝君的三千门客，此时只有冯谖等少数人陪同前往，路上的凄凉惨淡可想而知。而当他们行至距薛地尚有百里之遥的时候，却看到薛邑百姓已扶老携幼地在路上欢迎他们了。至此，孟尝君才明白了冯谖所买之"义"的重要性，于是，感慨万千地说："先生为我买的义，我今天算看到了！"孟尝君由不满到感慨，证明了冯谖的远见卓识。

市义于薛的结果，仅使孟尝君暂保无虞，冯谖对此并未满足。他又以"狡兔三窟"仅可保命的比喻，劝孟尝君再营造两处安身立命之所。他西游大梁，以利害说动魏王，使魏王虚上位、纳重金、派显使往聘孟尝君为相，而他又让孟尝君拒绝受聘，

战国时期养士风气极盛，当时与孟尝君齐名的有赵国的平原君，魏国的信陵君，楚国的春申君，号称战国四公子。

使"梁使三返"而孟尝君又"固辞不往"。以此抬高了孟尝君的身价，引起齐国君臣的恐慌，使齐王不得不以遣显使、赍重金、饰华车、赐佩剑的隆重礼节和封谢书的谦恭态度，迎接孟尝君回国就相位。这时，冯谖又提醒孟尝君，应提出要齐王赐祭器和在薛地建宗庙的要求。庙成之日，冯谖才对孟尝君说："三窟造完了，您可以高枕无忧地享乐了。"

冯谖游说梁王，是利用诸侯争霸、均需人才这一矛盾，从而迫使齐国恢复孟尝君的相位；建庙于薛，是因为当时社会结构虽发生了巨大的改变，但宗法观念仍是统治集团维护内部利益的精神支柱，孟尝君与齐王同族同宗，建宗庙于薛，可使齐王重视薛地，使这里不会轻易地遭到祸患。冯谖巧妙地利用诸侯国间的矛盾和宗法观念，为孟尝君又凿二窟，足见他敏锐的政治眼光和高超的政治手腕，显示了一个有胆有识、有谋有略的士的形象。而"狡兔三窟"的成语，也伴随着怪诞之士冯谖流传后世。

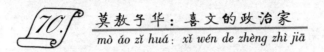

70. 莫敖子华：喜文的政治家
mò áo zǐ huá：xǐ wén de zhèng zhì jiā

提起荆楚文学，人们首先想到的往往是屈原、宋玉和《楚辞》。其实，在此之前，楚国文学就有了相当的发展，并产生了优秀的作家。莫敖（官名，位次于令尹）子华，就是其中著名的一位。他的《对楚王问》，是一篇立意鲜明、论证精当的政论散文。

莫敖子华是楚威王时人。楚威王常感叹国家缺少贤能之士，就向莫敖子华问道："自从我的祖先楚文王至今，有不追求爵位、不计较俸禄且能为国事担忧的人吗？"威王的问话，单纯、片面，甚至有些愚蠢，子华不同意他的看法，但又不能正面驳斥，因此，先举出了五种"忧社稷之臣"以开导楚威王：

第一类人物，子华举的是楚成王令尹子文。子文生活非常俭朴，即使是上朝的时候，也只穿黑粗绸衣服，而下朝居家时，他就只穿鹿皮袍子了。家无隔宿之粮，但他却能殷殷于国事，每天天不亮就立于朝门之外，等待上朝，而每天晚上，直到天色全黑下来才回家吃饭，整天为国家大事而奔波操劳。

第二类人他举的是叶公子高。他说，子高虽出身微贱，但却是国家栋梁之材。在楚惠王时，白公杀令尹子西而叛乱，攻占国都，惠王逃跑，白公自立为王，是叶公子高起兵讨伐，杀了白公，平定叛乱，迎回了惠王，使国家得以安宁，并使楚国威名远扬，四方邻国不敢滋生衅端。他功高盖世，国君封赏他六百畛的食邑。他虽位居崇爵，领取国家丰厚的俸禄，但他同样是担忧社稷的臣。这恰是对威王片面提出的"不以爵劝，不以禄勉"的狭隘贤臣观的有力驳论。

接下来，子华又以楚昭王十年（公元前506年）的吴楚柏举之战中三位大臣的具体表现来说明另外三种类型的忧社稷之臣，以细致的描绘，突出三人不同的性格特征。

　　柏举之战，两军对垒，短兵相接，作为主帅的莫敖大心，身负重伤，在生命垂危的最后时刻，他手抚御者，高声叹息："可叹啊！我的弟兄，楚国亡国的日子到了！我要杀入敌阵，你能杀死一个敌人或活捉一个敌人，这就是对我最大的安慰，如果大家都能这样，我们的国家也许还有希望！"以共死的决心来鼓舞士气，挽救国家的危亡，断颈剖腹，一切都为了国家利益，丝毫不为自己打算，莫敖大心就是这样的人。

　　柏举之战，郢都沦陷，昭王出奔，大臣随之，百姓流离失所。将军棼冒勃苏（即申包胥）见国家沦亡，内心极为悲痛，他想："我若是披坚执锐，冲入敌阵而死，这只不过相当于一个士兵，对国家不会有很大的益处，不如投奔他国请求救兵。"于是，他带上干粮，潜出重围，跃高山，跨深涧，磨破脚掌，刮破膝盖，经七天七夜奔至秦国。他伫立秦国的朝门之外，昼夜啼哭悲泣，又是七个昼夜，滴水未进，终至气绝昏倒，不省人事。他的赤诚之心，深深打动了秦王，秦王来不及穿戴好衣帽，就急忙跑来看望他，并亲自用左手捧着他的头，用右手给他喂水。他的行为，他的哭诉，使秦王大受感动，立即派出兵车千辆、勇士万人，前往击吴救楚。吴兵大败，楚国终于得救了，这一切都要归功于棼冒勃苏啊！他就是那种劳心劳力、为国家而奔走的人啊！

　　第五种人，也就是楚威王所要的那种"不为爵劝，不为禄勉"的忧社稷之臣，子华举了柏举之战中的另一个人物——蒙谷。在战争危急时刻，蒙谷舍弃了正在与他交斗的敌人，向郢都奔去，他在想："虽然国君出逃不知存亡，但若有孤子（国君后代）留下的话，楚国今后就有复国的希望！"于是，他只身入宫，把国家的法典背负出来，泅水渡江，藏身于云梦大泽之中。后来，在秦的帮助下，楚昭王复国，但因没有国典，官吏们无法处理政务，社会秩序一片混乱。这时，蒙谷献出自己抢救出的国典，国家迅速得到了治理。这与保存国家的功劳是一样重大的。于是昭王封给他最高爵位——执圭，赐给他最高俸禄——食邑六百畛。但蒙谷却愤怒地拒绝了："我不是国君你一个人的臣子，我是国家社稷的臣子，我保典献典并不是为了得到国君的封赏，只要国家不亡，我还用担心没有国

君吗?"他拒绝了封赏,隐居在磨山之中,他的子孙一直也没有受到他的荫庇。

这五个人的例子,已足以向楚王证明,贤能忧国之人是多种多样的,并不仅只是他所说的一种,只要国君真心求贤,贤臣就可以得到。但愚顽的楚威王并未理解,又提出了一个更愚蠢的问题:"此古之人也,今之人焉能有之耶?"令人可气又可笑。于是,子华又用了一个历史事实为比,向威王明确指出,国家能否有忧社稷之臣,取决于国君是否真的爱贤。他举了楚灵王好细腰的故事。因灵王好细腰,大臣中就有节食以求宠者,以至于有些人饿得几乎站不起来。饭是人活命所必需的,但为了细腰而强忍不吃;死是人所不愿的,但这些人为了细腰,甚至不怕饿死。之后,子华语重心长地指出,君主只要是真的爱贤,像前面所举的五种忧社稷之臣自然会得到的。

作为比屈原、宋玉更早的楚国文学家、政治家,子华的这番论述,有着鲜明的文学特征。首先,从人物形象上,他塑造了五个性格鲜明的忧社稷之臣:对令尹子文和叶公子高,他的描述虽然是概括的,但却突出了他们各自的特点:子文廉洁奉公,勤劳俭朴,子高才智卓越,爵崇禄丰。对莫敖大心,虽然只作了简单的动作和语言的描绘,但大心那誓与国家共存亡的英勇形象却跃然纸上:在生命的最后时刻,他还手抚御者之手,要求他与自己共入敌阵,奋勇杀敌,以行动为士卒树立楷模,一颗崇高的爱国之心,一腔殷切的忧国之情,表达得淋漓尽致。对棼冒勃苏的描绘更为细致,文学意味也更浓,"曾经吴与楚战于柏举,三战入郢,寡君身出,大夫悉属,百姓离散",这是他奔秦求救的背景,突出了形势的危急。他的那段内心独白,显示了他的镇定、智慧与沉着,在如此危急的形势下,他首先想到的是国家,因而,他没有逞匹夫之勇,与强敌硬拼,而是奔秦求救,"跖穿膝暴"。这一肖像描写,写尽了他长途奔波的艰辛,七昼夜伫立宫门,七昼夜痛哭悲泣,是血与泪凝结的赤诚爱国之心。对蒙谷,子华则突出了他为国而不为君、为社稷而不为爵禄的崇高品格,正因如此,他才能拒绝高爵厚禄而隐居于深山之中。

再从语言形式上看，其韵散结合、类于楚地招魂辞的句式，对后来屈原、宋玉及庄辛的创作，都产生了一定的影响。从篇章结构与行文技巧上看，子华的论述也是别具匠心的。前面的五个排比句式是总论，对五人的描绘是分述，最后点明中心作结。五个段落的排比各具特色，并且每个段落之后都有一次有意识的强调，照应到开头的总论部分，从文章结构来说，也是非常严谨的。

正因为这些鲜明的文学特征和浓厚的文学意味，我们便有理由认为莫敖子华是楚国早期的文学家。

71. **鲁仲连：不畏强暴、义不帝秦**

lǔ zhòng lián：bù wèi qiáng bào、yì bù dì qín

战国时代，"士"是一个特殊的阶层。他们既依附于一定的社会集团，又可自由来去，相对独立。他们凭三寸不烂之舌游说诸侯，随意表现自己的才华，有的鸡鸣狗盗，竞一技之长；有的朝秦暮楚，图一己之利；有的则高风亮节，留永世之名。鲁仲连就是一位高风亮节、不畏强暴的志士。

鲁仲连是齐襄王时的著名士人，以策划谋略、排难解纷而闻名于世。《战国策》中有关他的记载颇多，而最为人称道、文学价值也最高的，则是他"义不帝秦"的故事。

公元前 260 年，秦赵长平之战，赵括领兵，惨遭失败，四十余万士卒被秦将白起坑杀。第二年，秦又乘胜进逼，重兵围困赵都邯郸达三年之久。赵向魏国求救，魏将晋鄙率军十万，奉命前来救赵，但却因害怕秦而不敢进兵，驻兵于赵魏交界处的荡阴（今河南汤阴）这个地方。魏王又派外籍将军辛垣衍潜入邯郸，通过赵相平原君赵胜劝赵王拥立秦王为皇帝，以解邯郸的困境。此时，鲁仲连正在邯郸游历，得知此事，他立即去见平原君，问他有何打算。平原君无可奈何地说："我现在还敢有什么打算呢？长平一战，损兵折将，而今国都被困，魏本已派来了援军，可现在又来劝降，我能有什么办法呢？"鲁仲连闻言道："我本认为您是位名闻天下的贤

公子，现在看来并非如此。魏国的使者在哪里？我替您打发他回去。"

在这里，鲁仲连刚一露面，就先声夺人。平原君本战国四公子之一，而鲁仲连却以之为"非贤"，气冲霄汉；秦围赵，魏劝降，本不干自己什么事，而他却能从联合抗秦考虑，力敌帝秦，义薄云天。

《战国策》主要记述战国时期策士的言行，而记言往往是各篇的中心内容，鲁仲连的形象也主要通过他与辛垣衍的对话表现出来。鲁仲连初见辛垣衍，并未急于表明心机，而是"无言"以对。这"无言"是他运用的技巧和心理战术，一是想造成一种紧张气氛，给对方以心理上的压力，二是想让对方先开口，以探清对方的虚实。果然是辛垣衍首先打破了这尴尬的局面："吾视居此围城之中者，皆有求于平原君者也。今吾视先生之玉貌，非有求于平原君者，曷为久居此围城之中而不去也？"以辛垣氏的想法，久居此围城的人，定是有求于平原君，故有此一问。这实在是低估了鲁仲连，他对这一问题不屑回答，反借题发挥历数秦的残暴，并发出了宁愿赴东海而死也不愿为秦帝下之民的誓言，且以鲍焦之死来加以比照，说明自己之死绝不仅仅是为了个人而死，而是为了普天下人民的意愿以死抗秦的。这说明，他对平原君根本就无所求，之所以见辛垣氏，是为了向他陈明道理，是要帮助赵国的。正是在这种崇高人格的感召下，他那言明理彰的分析才能被辛垣氏接受。

首先，他分析了秦称帝的害处。他以齐威王与周室关系为例进行分析。齐威王曾经推行仁义，在周室衰微、诸侯不朝时，齐威王却能前往朝见。周烈王死，诸侯都去吊丧，齐后去，周室就要杀他，终于引来齐威王的大骂。齐威王之所以前后不一致，实在是对周室的苛求难以忍受了。因为周室是天子之朝，天子本来就可以随意处置臣下的，其潜台词不言自明：秦国如此强大，一旦称帝，对天下的苛求将更比周室还严重。

若仅此一例，很难说服辛垣氏。辛垣衍果然举了十仆而畏一主的例子来问难鲁仲连，仲连马上将了辛垣氏一军："那么，魏国相对于秦国而言，也就像仆人一样了？"在辛垣氏认可的情况下，仲连又说了一句石破天惊的话："我要让秦王把魏王剁成肉酱！"辛垣氏不服气，又怨忿地问仲连，怎样使秦王把魏王剁成肉酱？于是，鲁仲连又讲了昔年商纣王醢鬼侯、脯鄂侯、拘文王的事例，以此证明，君对臣、主对仆的任意处罚，是各自的地位、关系使然，而不是什么怕不怕的问题。接下来，鲁仲连又以邹、鲁二国为例，这两个弱小国家的臣子，以自己果敢的言行抗击齐闵王，终将齐闵王拒之于国门之外，又从反面证明这样一个道理：即使是弱小的国家，只要敢于抗争，大国也是不敢轻视他们的，尽管这两个小国已贫弱到对本国君主生不能侍奉供养、死不能行饭含的礼仪的程度。在有此具体实例的情况下，鲁仲连又反激对方："秦与魏都是万乘大国，彼此称王，但魏却因为看见秦的一次胜利就要尊秦为帝，三晋大国的大臣反而不如邹鲁的小国之臣。"然后，鲁仲连又作了一个退一步的假设，如果秦真的称帝，更将带来种种具体的危害，且这些害处又都与各诸侯国密切相关，又特别提出："梁王安得晏然而已乎？而将军又何以得故宠乎？"

鲁仲连的这一段逻辑严谨、说理透辟的分析，终于全面地打动了辛垣衍，盛赞鲁仲连为"天下之士"，并决定离开赵国，不再谈拿奉禄支持秦称帝的事了。后来，魏公子无忌偷符夺兵权，救赵击秦，邯郸之围才得以解除。

文章至此，鲁仲连义不帝秦的故事已经结束，但作者没有就此罢笔，而是补叙了这样一段故事：

> 于是，平原君欲封鲁仲连。鲁仲连辞让者三，终不肯受。平原君乃置酒。酒酣，起，前以千金为鲁连寿。鲁连笑曰："所贵于天下之士者，为人排患释难，解纷乱而无所取也。即有所取者，是商贾之人也。仲连不忍为也。"遂辞平原君而去，终身不复见。

这段补叙，从行文结构来看，与鲁仲连初见辛垣衍时与辛垣氏的答问前后照应。更重要的是，有了这段补叙，使鲁仲连的形象更加丰满鲜明。若仅有"誓不帝秦"的誓言和侃侃而谈的论辩，这一形象就会显得干瘪而无依托，也就当不起"千古高风"和"千古一士"的美名了。鲁仲连为人排忧解困而不受封赏，不接受祝福之礼，甚至终其身不复相见，这正是鲁仲连高风亮节的具体表现。这种崇高的品格，是那些苟且钻营、朝秦暮楚之士所不具有的，无怪乎司马迁称赞他："好奇伟倜傥之画策，而不肯仕宦任职，好持高节。"（《史记·鲁仲连邹阳列传》）

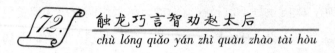

72. 触龙巧言智劝赵太后
chù lóng qiǎo yán zhì quàn zhào tài hòu

公元前266年，赵惠文王死，其幼子孝成王即位，由赵太后临朝摄政。这时，秦国乘机发兵攻赵。形势危急，赵派使者向齐国求救。齐国却提出了一个条件："必以长安君为质，兵乃出。"要求人质，是先秦各国之间盟约的惯例，两国结盟，往往以国君的弟兄或儿子互为人质，居于对方，以保证盟约的执行。因此，齐国的要求是合于惯例的。但长安君是赵太后的幼子，太后视为掌上明珠，最受宠爱，岂肯出为人质！因此，尽管大臣们屡次强行进谏，都未能改变她的主意。为了阻止臣下的进谏，她明确宣称："再有敢劝谏以长安君为人质的，我一定当众羞辱他，把唾沫吐在他的脸上！"一时间，满朝皆紧闭其口，无人再敢进谏。

赵太后本是一个有政治远见的人。有一次，齐国使者来访，赵太后问起"年成"、"百姓"与"君王"，谈论国君应该如何处理国家大事，表现出她以民为本、重视民心向背的远见卓识。而今天，一个慈母对幼子的溺爱，却使她变得目光短浅，态度固执，母子亲情超越了政治利害。

年迈的左师触龙闻知此事，表示愿入宫拜见太后。太后料知他也是为长安君之事而来，所以，满面怒容地在宫中等待着。触龙进宫，竭力做出欲快走而脚步缓慢的样子，来到太后面前，向太后谢罪道："老臣脚上有病，行动不便，所以很久没来拜望太后了。但又挂念您的身体健康，所以特来看望您。"见面之初，触龙并未开门见山谈起长安君的事，而是先向太后请安，寒暄数句，以缓和气氛。可见触龙进谏是很懂策略的。尽管如此，但太后尚未了解触龙进宫的真正意图，还是怒容未消，对他说："我靠辇车代步。"触龙也看出了太后的不快，感到进谏的时机尚未成熟，便仍从老年人最关心的健康问题谈起，询问太后的饮食情况，并介绍了自己的养生之道。太后见他非但没有谈长安君的事，反倒很关心自己，脸上的怒容渐渐消退了。

接下来，触龙仍从感情方面入手，以安排子女问题向太后求情："我的小儿子舒祺，没什么出息。我虽然老了，但非常疼爱他。所以，我冒死向您请求，让他做一名宫中的卫士吧。"太后欣然允诺，并

图为战国人物龙凤帛画。这是目前出土的最早的人物帛画，画中的女子穿着长裙，衣袖非常宽大。上方还有一只凤鸟，一只夔龙。

与他谈起了有关孩子的事情。一问一答，问者有心，答者无意；问者心存芥蒂，答者真诚恳切。触龙意在进谏，但话中自然而然地流露出亲子之情，很能引起太后的同感。这样，自己就可以顺理成章地对太后进谏了。果然，太后按照他的思路谈了下去，太后问道："男子汉大丈夫，也疼爱他们的小儿子吗?"争论起了到底是男人还是女人更疼爱孩子这一问题。

至此，触龙感到时机已到，便水到渠成地把谈话引上正题："我私下里认为，您爱您的女儿燕后，更胜于长安君。"左盘右旋，曲曲折折，话题终于指向了长安君，但赵太后已不再敏感了，针对触龙提出的问题，她得意地说："你错了，我疼爱燕后的程度比不上疼爱长安君啊!"谈话至此，动之以情告一段落，触龙要不失时机地对太后晓之以理了。他首先指

触龙说赵太后，一个富有教育意义的故事。

出，父母疼爱子女，就该考虑他的长远利益，又举远嫁燕后为例，说明太后对她所做的一切，都是为她的长远利益打算的。这一观点被太后认可之后，触龙又以各国诸侯的子孙后代被封侯的，多已不在其位了，来证明无功受禄是难以持久的。在这里，谈话的情势陡然发生了逆转，触龙由小心翼翼、左右盘旋变为从容发问、步步进逼，而赵太后则由高高在上变而为唯唯诺诺、无辞应对。但赵太后是一个通情达理之人，当初只是为亲情所蒙蔽，一旦情通理开，她便心悦诚服地答应了触龙的要求，派长安君赴齐为人质。

触龙对赵太后的说辞，富于启发性和诱导性，整个说服过程，都是在他的刻意设计之下完成的。太后忌谈长安君之事，他就以健康问题作开场白；当太后怒色稍减时，他又不失时机地转变了话题。首先抓住爱子之心这一普遍心理，从自己谈起，引起太后的同情；然后又以燕后为例提出疑问，其实是明知故问，以引起太后讨论这一问题的兴趣。在一切铺垫完成之后，马上适时地对太后晓之以理，各个环节配合得丝丝入扣，既没有咄咄逼人之势，又令太后无法拒绝。这些充分显示了一个老臣的成熟的政治才能。

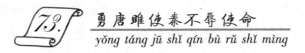

73. 勇唐雎使秦不辱使命

yǒng táng jū shǐ qín bù rǔ shǐ mìng

战国末期，秦王嬴政先后用兵吞灭了魏国和韩国，军威大振，更加不可一世，吞并天下的野心也愈来愈强，把临近秦国边境的小小安陵国（原为魏国封邑，在今河南鄢陵县一带）视为眼中钉、肉中刺，想要拔除之而后快。但秦王又不愿承担公然侵占别国领土的恶名，为了掩人耳目，便耍了一个掩耳盗铃的手段，意在巧取豪夺安陵这个地方。《战国策》中的《唐雎不辱使命》一章，对此有极为精彩的记述，并刻画了唐雎这个不畏强暴、光彩照人的勇士形象。

战国游侠之士的形象

秦王先派使者对安陵君说，他愿以方圆五百里的土地换取安陵，问安陵君是否答应。本来明明图谋侵略，偏偏说成交换；本是以强凌弱的豪夺，却要作出一副征求意见的口吻。这种欲盖弥彰的谎言，再加上秦王那霸道的口气，早已使安陵君清楚地看出了秦王的真正用意。然而，安陵如此弱小，秦国如此强大，怎么办呢？答应下来，亡国无疑；如不答应，必遭大祸。安陵君无奈之中，只好装出信以为真的样子，答道："大王施恩惠于我们，以五百里的广大土地交换区区五十里的安陵小国，真是太好了。但安陵之地毕竟是我从祖先那里继承下来的，我宁愿终生守在这里，也不敢与大王交换。"形势的重压，使安陵君不敢直接拒绝秦王，只有使用这番婉转又无奈的外交辞令。

安陵君的回答，使秦王大为恼火。为防止秦王加害自己，安陵君便派唐雎出使秦国，从而留下了这段唐雎智勇斗秦王的动人故事。

图为战国人首纹青铜剑

秦王见到唐雎，傲慢无理地质问道："我用五百里的广大土地交换安陵，安陵君却不肯听命于我，是何道理？难道他没看见吗？秦国把比安陵强大得多的韩国、魏国都消灭了，而安陵以区区五十里的弹丸之地存留下来，只是因为安陵君是一个有道的长者，我才不忍打他的主意。现在我用十倍的土地为他扩大领土，他却违背了我的意愿，难道他竟敢如此轻视我吗？"秦王的话，傲慢强横，无理至极。但唐雎并没有被吓倒，而是义正辞严地据理力争："事情并非如此。安陵君从祖先手里继承了这块土地，他有责任加以守护。即使是千里之地，他也不敢拿祖业去交换，因为那样做就会愧对祖先，岂是五百里土地所能换来的！"一贯专横霸道的秦王，怎能忍受如此的仓白，不禁勃然震怒，眼里露出了杀机，恶狠狠地对唐雎说："先生您大概听说过天子之怒吧？"他想以天子之怒来震慑唐雎，但唐雎却偏偏不睬，漫不经心地说："从未听说过！"这更加激怒了秦王，他狂暴地喊道："天子之怒，伏尸百万，流血千里。"唐雎则针锋相对地反问道："大王您听说过平民之怒吗？"秦王轻蔑地回答："平民百姓发怒，不就是摘了帽子，光着脚，用头往地上撞吗？有什么大惊小怪的呢？"唐雎愤然作色，说："这不过是凡夫俗子之怒，并非真正的勇士之怒。"接卜米他列举了前代三个勇士的故事："专诸为公子光刺杀吴王僚时，天上的彗星光亮异常，超过月光；聂政刺杀韩相韩傀时，白色的长虹贯穿太阳；要离刺杀庆忌时，苍鹰用翅膀敲击宫殿。这三人都是布衣之士，在他们怀怒未发时，上天已经降下征兆，我将成为第四个勇士。如果大王真的逼我发怒的话，那么，血流五步之内，倒在地上的将是你与我两具尸体，整个秦国都将为您穿上丧服。今天的情况就是这样。"说罢，他挺剑而起，直指秦王。

秦王顿时被唐雎的英雄气慨震慑住了。他一改先前的骄狂之态，脸上现出畏惧之色，庄重地长身跪起，向唐雎谢罪道："先生快请坐！何至于如此呢？我现在终于明白了：强大的韩、魏两国都被我所吞灭，而安陵国却以五十里之地存留下来，实在是因为有先生这样的人才啊！"秦王由骄狂变为钦佩，认识也大为转变了。

唐雎凭着他的智慧与勇敢，怀着宁为玉碎、不为瓦全的决心，周旋于虎狼之国，亢言于暴君之廷，义正辞严，不屈不挠，果敢地"拔剑而起"，使残暴的秦王"长跪而谢"，粉碎了秦王吞并安陵的企图，维护了国家的尊严，出色地完成了出使强秦的使命。

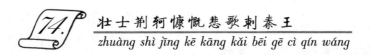

74. 壮士荆轲慷慨悲歌刺秦王
zhuàng shì jīng kē kāng kǎi bēi gē cì qín wáng

战国末期，燕太子丹曾与秦太子嬴政同在赵国做人质。后来嬴政即位为秦王，太子丹又到秦国做人质。秦王却根本不念旧情，对他极尽侮辱，使他无法忍受，只好逃回燕国。回国后，他看到秦的势力越来越强大，即将灭掉六国，且已兵临燕境，于是从国家存亡考虑，也为报个人"见陵之怨"，便准备对秦采取措施，这便演出了"荆轲刺秦王"的一幕慷慨壮烈的悲剧。

当时太子丹一心要向秦报仇，却又无计可施，便去向太傅鞠武请教。太傅不同意他与秦对抗的主张，认为这是自取灭亡。恰在这时，秦将樊於期因触犯秦王而逃到燕国避难，太子丹以宾客的礼仪待他，这无异于使本已紧张的燕秦矛盾火上浇油，更为加剧。太傅劝他马上送樊氏去匈奴，以免给秦国留下攻燕的口实，再计划抗秦之计。太子丹执意不肯，他说：

此地别燕丹
壮士髮衝冠
昔时人已没
今日水犹寒

风寒易水、击剑悲歌的形象使这位逆历史潮流而动的侠士成了悲剧英雄，他那慷慨赴死的形象不断出现在后世的文学作品中。

"樊将军是被秦王逼迫，走投无路才来投奔的，这是对我的信任。我决不能因为惧怕秦国就抛弃患难之交。"太傅深知燕秦之争已势所不免，于是便推荐田光同他共商抗秦大事，田光又因自己年老力衰，不堪如此重任，便推荐了好友荆轲。

荆轲的出场，可谓曲曲折折，波澜层生。由太傅引出田光，又由田光引出荆轲，其间又插入樊於期的事情，情节曲折丰富，以此为铺垫，使荆轲一出场便形象不凡。

田光与荆轲的会面，真是惊心动魄。他先以诚挚的态度、真切的语言打动荆轲，使他爽快地答应去见太子丹。然后又当着荆轲的面刎颈自杀。田光此举，既为明志，表示不会泄密；又为激励荆轲，使他勇往直前。田光的形象，既是对荆轲侠肝义胆的陪衬，也成为荆轲勇刺秦王不可或缺的动力。

太子丹见到荆轲，毫无保留地诉说了自己的心事：希望有一位勇士前往秦国，威迫秦王，使他退还"诸侯之侵地"，如果这个目的不能达到，就乘机刺杀秦王，使秦国大乱，然后再联合诸侯共同破秦。对此，荆轲沉思良久，才说道："这是国家的大事，我才能有限，恐怕难以胜任如此重托。"荆轲的婉拒，并非出于惧怕秦王，而是在考虑自己能否完成任务，怕耽误了太子的大事。在太子诚挚的再三恳请之下，侠肝义胆的勇士荆轲，终于慨然许诺，此一"诺"岂止千金，它是以一个勇士的生命为代价的。

　　对荆轲的许诺，太子丹非常感激，尽全力给荆轲以物质生活上的享受："尊荆轲为上卿，舍上舍，太子日造门下，供太牢，具异物，间进车骑美女，恣荆轲所欲，以顺适其意。"太子丹之所以如此，是因为他把燕国的命运完全寄托在荆轲的身上，希望能早日实现愿望。

　　但过了好长时间，荆轲还没有出发的意思。此时，秦已经攻破了赵国，继续北上，并接近了燕国南方的边境。太子丹非常忧虑，对荆轲说："秦军迟早要渡过易水攻燕，到那时，我虽然想长久地奉侍您，恐怕也是做不到了。"太子丹的话，措辞委婉，语意深长，大有责备荆轲之意。对此，荆轲并未辩白，而是向太子丹陈述了自己的打算。他认为，只有用樊於期的人头和督亢地图作为进见秦王的礼物，秦王才会接见自己。但太子丹不忍伤害樊於期，请荆轲另打主意。

　　荆轲深知樊於期的人头对于此行至关重要，便私下去见樊於期。荆轲首先以秦王对樊於期的迫害，激起他对秦王的仇恨："秦王待将军可谓深矣，您的父母宗族皆为杀戮。现在又听说凡得将军之头者，赏金千斤，封邑万家。您想怎么办呢？"果然，荆轲的话挑起了樊於期的不共戴天之仇，他仰天长叹，痛哭流涕："我恨秦王，痛入骨髓，但又不知该怎样做才好。"荆轲趁此说出了自己的计划，此举既可报樊氏之仇，又可免燕国之难。樊氏听后，为把头交给荆轲，毅然拔剑自刎。太子丹又以重金购得一把锋利无比的匕首，并淬以剧毒，又派少年勇士秦舞阳做荆轲的副手，一切已准备就绪了。

　　众人为荆轲送行的场面，是一个极为感人的镜头，具有强烈的感染力：

　　　　太子及宾客知其事者，皆白衣冠以送之。至易水之上，既祖取道，高渐离击筑，荆轲和而歌，为变徵之声。士皆垂泪涕泣，又前而歌曰："风萧萧兮易水寒，壮士一去兮不复还。"复为忼慨羽声，士皆瞋目，发尽上指冠。于是荆轲遂就车而去，终已不顾。

送行者们身穿白衣，头戴白冠，创造出悲壮凄怆的气氛。人们知道，荆轲此去，生离即是死别，因而以纯白的孝服为他送行。"高渐离击筑，荆轲和而歌。"歌声和着琴声，惨烈悲壮，催人泪下。秋风萧瑟，易水生寒，勇士从容赴死的献身精神和对生命的深沉依恋之情，强烈地震撼着人们的心灵，使琴声变得慷慨而激越，使送行的人们悲哀而愤慨，人人怒目圆睁，怒发冲冠，众心一志，同仇敌忾。在这悲壮激越的气氛中，荆轲义无反顾地踏上刺秦的征程。谚语有"慷慨成仁易，从容就义难"。荆轲明知此去必死无疑，还得从容镇定，这需要多么大的毅力去克制内心的痛楚啊！生与死的搏斗，使侠肝义胆的勇士也不能不发出凄凉悲怆的歌唱。然而，他珍视对太子丹的诺言，不忘田光的激励，不忘对樊於期的表白，于是，义无反顾地迈向死亡，终不失英雄本色。

图为荆轲刺秦画像砖。"地入幽州白日沉，寒云莽莽水阴阴。亦知匕首无成事，只重荆轲一片心。"荆轲虽刺秦不成，但其一诺必诚、义无反顾的侠肝义胆却为历代人们所钦敬。

这一过程，有声有色，有歌有哭，含悲怀怒，震撼人心。正是因此，荆轲那激昂悲壮的歌声千年萦绕不绝，他那慷慨就死的形象万古生辉不泯。

到了秦国，荆轲重贿秦王宠臣蒙嘉，得以在咸阳宫见到秦王。在群臣环侍的大殿上，他冷静地等待"秦王发图，图穷而匕现"的时机到来。匕首一露，他便一手拿起匕首，一手抓住秦王的袖子，希望生擒秦王。秦王挣断了袖子，绕柱而逃，狼狈不堪，不复有不可一世的骄横之态。被秦王砍伤后，他知道生擒秦王已不可能，才投出匕首以刺秦王，可惜的是没有刺中，反被秦王连砍八剑。虽然行刺不成，反被重伤，但荆轲毫无惧色，"倚柱而笑，箕踞以骂"，最终被秦王身边的将士所杀。

荆轲刺秦王，虽然失败了，但他的侠肝义胆、英勇抗暴的精神却为历代人们所钦敬，他那慷慨赴死的形象不断出现在后世的文学作品中。如陶渊明在《咏荆轲》诗中，完整地描绘了荆轲刺秦王的全过程，特别突出地描绘了易水送别的情节，荆轲的形象也更为鲜明。诗的最后两句是"其人虽已没，千载有余情"，高度赞扬了荆轲精神的万古不朽。其他如左思、骆宾王、李白等人的笔下，也都写有歌咏荆轲其人其事的诗篇，可见荆轲形象对后世文学的影响之深、之远。

75. 《战国策》中的经典寓言
zhàn guó cè zhōng de jīng diǎn yù yán

《战国策》中记载了很多寓言，这些寓言多数是臣下用来讽谏主上或策士用来游说诸侯的。这些寓言多是言浅意深，以小见大，借此喻彼，把抽象深奥的道理用简单的故事体现出来，达到讽喻的目的。

赵惠文王时，赵国要攻伐燕国，苏代为燕王游说赵王，就用了这样一则寓言。苏代见赵王，并未正面提出制止这场战争，而是先讲了这个"鹬蚌相争，渔人得利"的故事。他把鹬蚌作了拟人化处理，描写它们的语言与动作，二者各不相让，最终导致同被渔人所擒的悲剧，以此引起赵王对两国之争的相类联想，而后指出："今赵且伐燕，燕赵久相支，以弊大众，臣恐强秦之为渔父也。"把燕赵比为鹬蚌，把强秦比作渔父，形象而贴切，不作更繁琐的阐述，使赵王明白了其中的道理，制止了这场即将发生的战争。

以寓言游说、进谏，在《战国策》中多有记载，如"画蛇添足"、"南辕北辙"、"两败俱伤"等，特别是"两败俱伤"与"鹬蚌相争"有很多共同之处。韩子卢，是韩国出产的黑狗，是天下跑得最快的狗。东郭逡，是著名的狡兔。天下最快的狗，追逐海内最狡猾的兔子，跃过五座高山，绕过三座大山，二者均因疲惫致死，农夫不费吹灰之力，得到了一狗一兔。这是齐王将要伐魏时，淳于髡谏齐王时所引用的寓言。他把齐魏之争，比喻为狗兔之逐，把强秦、大楚类比为农夫，这贴切的类比，使齐王大为栗惧，谢将休士而罢战。

在这两则寓言中，把即将交战的双方比喻为无知的动物，以动物的愚蠢行为比喻两国间的无谓之争，而把即将从中获利的秦楚比喻为渔父、农夫，以小见大，言浅意深，寥寥数语，道出了事物的本质，以形象说明事理，引人联想、让人深思，具有极强的说服力。

秦昭王时，宣太后、魏穰侯专权，又有华阳君、泾阳君和高陵君从旁辅助，昭王大权旁落。范雎在谏秦王集中王权时，讲了这样一个故事：恒思地方有一株神树，有一个猛悍少年要和神树赌博，并约定，少年若赢，神树把神灵借给他三天；少年若输，则任神树处罚。少年果然赢了，神树就把神灵借给了他。三天后，神树向少年索要神灵，但少年终究没有还。五天以后，神树枯干了，七天时神树就死了。

秦俑身上依然能反映出战国时代兵将的雄赳赳气概

在这则寓言中，范雎把国家喻为昭王的树，把权势喻为昭王的神灵。以此告诫秦王，如不收回王权，秦国恐怕将非昭王所有。秦昭王终于废太后，罢除穰侯，逐华阳君等，把权势集中到了自己的手上。这则寓言在当时起到了这样的作用。其实，"神去丛亡"这则寓言的意义远不止此，它向人们指出：神树的根本在于它的神灵，而树只是躯壳，一棵丧失了灵魂的树自然要枯干，那么，一个丧失王权的国君，其结果自是可想而知。它给人们以启示，对待任何事物都要把握实质，不可舍本逐末。

有一个卖骏马的人，接连在市上站了三天，没有人知道他卖的是骏马。没有办法，他只好去见伯乐："我有一匹骏马想卖掉，可我在市上连站三天，无人问津，我希望您能到市上去，绕着我的马看几圈，临走时再回头看看它，我愿给您一天的工钱。"伯乐真的按卖马人说的做了，这匹马的价格一下子提高了10倍。这是苏代请淳于髡向齐王介绍自己时所引用的一个寓言故事。苏代为燕说齐王，请淳于髡为自己美言，得到齐王的信任，得以在齐翻覆其手以使齐国衰弱，使燕国强大，为乐毅伐齐创造了机会。

这则寓言，就其本身价值而言，打动了淳于髡，使苏代得以进身于齐王之侧。但从另一个角度而言，这则故事说明，生活中总是有那么一种人，无论是办事还是考虑问题，没有自己的主见，不是亲自去观察、实践，而是看有名望的、权威人士怎么办，跟着名人、权威，亦步亦趋，这是很危险的，齐闵王重用苏代，就说明了这个道理。

《战国策》中有很多寓言。如"投杼逾墙"、"狐假虎威"、"惊弓之鸟"、"绝踵而去"、"土偶桃梗"、"郑人买璞"等等。这些寓言，通过一个个生动而形象的短小故事，或化干戈为玉帛，或指迷津于蒙昧，无不是言简而意深、事半而功倍的。所以，明代大文豪李梦阳盛赞《战国策》："是策也，有竟日之难辩，而一言之遂白者。"也就是说，当时的谋臣策士们，往往凭借几句简而精的话语、一个鲜明生动的小小故事，就能类推出某些重大问题的解决方法，揭示事物的本质。也正是因此，寓言作为谋臣策士们说事论理的武器而被广泛地运用，给我们留下了众多机警的、富于教育性与启发性的寓言。

这些寓言，经过千百年历史的积淀与文学的引申，内容更深刻，更广泛，有的甚至远远地超越了原历史背景下的意义，成为一种普遍的真理，人们可以从不同的角度得到启发与教育。如"狐假虎威"这个寓言。楚宣

王问群臣这样一个问题："我听说北方各国都惧怕昭奚恤，果真这样吗?"群臣莫对，客卿江乙为楚王讲了这个故事，使楚王明白，各国之所以怕昭奚恤，是因为怕楚国强大的兵力。这是这个寓言的背景与本意，但我们却可以借用这个成语，去讽刺那些凭借别人威势吓唬人的卑劣行为，使这个寓言的意义大为延伸。再如"南辕北辙"这个寓言，本是季梁为谏魏王不要伐赵而假托的一个荒诞故事，但我们却可以通过这则寓言，体会出一个深刻而普遍的道理：无论做什么事情，首先要目的明确，方向对头，才可收到良好的功效；反之，方向错了，条件越好，事情反而会办得越糟。

《战国策》中的寓言，与其他先秦典籍中的寓言一样，脱胎于比喻，借助于形象来说明某种事理，是一种包含着生活经验、充满着人生哲理、闪烁着智慧之光的讽喻性文体，它通过形象、生动的语言，以夸张、象征、拟人等多种艺术手法，创作出一个个短小精悍、通俗易懂、幽默诙谐的故事，把抽象、深奥的事理具体化、形象化，使听者从此事物具体的形象中去体味事物的本质，使言辞更具说服力。

76. "集百家大成"的荀况
jí bǎi jiā dà chéng de xún kuàng

战国末期，百家争鸣渐归合流，形成博采百家的杂家。《汉书·艺文志》把杂家列为"九流"之一，其特点是"兼儒墨，合名法"，"于百家之道无不贯综"。其代表著作是《吕氏春秋》。但早在《吕氏春秋》之前，比孟子稍晚的荀子就已开始了"兼儒墨，合名法"的集大成工作，形成了他那博大精深的思想体系，成为先秦诸子哲学思想的总结者。

荀子，名况，字卿，又称孙卿，约生于周赧王二年（公元前313年），卒于秦始皇九年（公元前238年），赵国郇（今山西猗氏县）人。

荀子出生于赵国，后来在齐、秦、赵、楚等国进行过积极的政治和学术活动。其中在齐、楚两国的时间尤长。他还在齐国三次担任稷下学宫的祭酒（学术领袖），在楚两次为兰陵（山东莒县南）令。这些诸侯国封建思想萌芽较早，又有道家和法家的思想背景，比如齐有管仲学派，秦有商鞅学派，楚有老庄学派，而燕赵自古多慷慨悲歌之士，有尚侠的风气。如此丰沃的文化土壤，使荀子遍采百家、融铸新说成为可能。

荀子画像

荀子一贯以孔子的继承人自居，但他对儒家思想传统又颇多改造，最突出的表现在反对效法先王，主张文化典章、政治制度应随着社会历史的发展而变化，这反而与法家思想有了相通之处。

再如，荀子的自然天道观是批判地吸取了初期道家学派的思想，这给他的理论学说奠定了基础。但道家的"道"经老子的解说，反倒难以言传的，因此是观念性的和神秘性的。所以荀子扬弃了道家的"道"的神秘性，赋予它以自然的内涵。这样一来，荀子所说的"天"，既不是孔、墨的有意志的天，而是自然的天；也不是道家的观念的天，而是物质的天。

又如荀子也提倡节俭，但又不赞成在任何情况下都节俭。他认为过度的节俭会阻碍推行赏罚制度，最终导致人们生产财富的积极性不高。这便与墨子的节用原则有了本质的区别。

也正是由于荀子出入百家，陶冶诸子，其文章便在对诸子散文的总体涵纳中，形成了雄浑博大的气势和风格。所谓雄浑博大，不仅指荀子囊括诸子、指点百家的恢宏气势，也指荀子的学说博及许多社会科学领域，诸如哲学、政治、经济、军事、伦理等学科，同时还指他思考问题时的视野开阔和论述问题时的举重若轻。

荀子散文雄浑博大的气势，还源于他强烈的自信。除了孔子和子张外，荀子几乎批评遍了当时的所有学派，认为他们都有所蔽（片面性），

清代刻本《荀子》书影

而他则要弃其所短，取其所长，以便兼而有之。他自称大儒，盛谈大儒的超群绝伦，而对其他儒家各派斥之为"贱儒"、"俗儒"，尤其对于子思、孟子学派，更毫不留情地骂为"呼先王以欺愚者"的"腐儒"。其实若就环顾周围的世界，敢于自称"舍我其谁"的豪迈的气概而言，荀子和孟子又是非常近似的。人们常以孟、荀并称，恐怕不仅由于孟子的性善说与荀子的性恶说针锋相对、并世而立，也由于这种天降大任于我的自命不凡。在士当以道自任这一点上，荀子守住了儒家的传统。这和战国末期颇为盛行的王侯不得骄士之说有很直接的关系。

在中国散文史上，政论散文在数量和质量两方面，都占有不可忽视的地位。许多篇章千古传诵，脍炙人口。而《荀子》散文，可称为这一文学传统的重要源头。

今本《荀子》共三十二篇，除少数几篇外，大多是荀子个人的著述。

荀子的政论散文，篇篇都有鲜明的政治功利目的，揭发时弊，指奸恶政，鞭笞谬说，具有强烈的现实意义。如《王制》篇，这是记载着荀子政治思想的重要专题论文。文中提出了一系列治理国家的原则和方略：在政治上，主张"一天下"，旗帜鲜明地反对诸侯异政、四分五裂的割据局面，倡导加强君主集权，并设计了一幅统一的封建帝国的理想蓝图；在具体的治国方略上，主张"法后王"、"隆礼义"，前者是对儒家传统的背离，也是对儒家思想的大胆改造，后者则是对儒家思想的继承；在用人上，大胆主张破格任用德才兼备的人，冲破了"世卿世禄"落后制度的束缚；在经济上，力主发展农业，兴修水利，加速物资交换等等。此外，文中还对"王者"、"霸者"、"强者"作了细致的区分，在倡导"王道"的同时，对"霸道"也给予较多的肯定，这便与孟子"尊王黜霸"的思想有了显著的差异。另外，荀子还敏锐地觉察到人心的向背关系到社稷的安危，提出"水则载舟，水则覆舟"的千古圣训，警告统治者若要巩固统治，当务之急在于"爱民"。一篇《王制》，不啻历朝君主应终生捧读的经典。

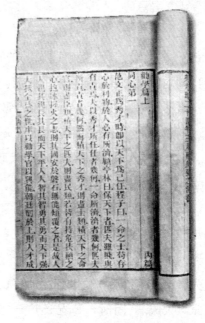

《荀子》书影。荀子遗留下来的著作，经后人整理成《荀子》一书。共二十卷，三十二篇，大多出自荀况之手，是研究荀子思想的直接依据。

《非十二子》一文则对荀子认为是修饰邪说奸言以扰乱天下的十二个代表人物及其谬论，进行了毫不留情的鞭笞，其中包括墨子、孟子、惠施等当时著名的人物。与此相表里，荀子正面论述了真正属于君子的德行操守："故君子耻不修，不耻见污；耻不言，不耻不见信；耻不能，不耻不见用。"这对于匡正战国后期某些知识分子的道德沦丧，赤裸裸地追逐名利的浅薄世风，无疑具有强烈的现实意义。即便是今天，它也还有警示作用。

荀子的政论散文具有雄辩天下的滔滔气势。过去孟子曾无可奈何地说："予岂好辩哉？不得已也。"（《孟子·滕文公下》）有趣的是，荀子则坦然宣称："君子必辩。"（《非相》）这既说明荀、孟同处战国时期，百家争鸣已达到白热化时期，不好辩、不善辩则无法弘扬其学说，此为荀、孟之同；也说明荀子比孟子要来得更主动、更自觉、更坦荡、更无畏，这是

荀、孟之异。

雄辩的气势，既体现出荀子当仁不让、据理力争的个人禀性，也表现为荀子善用类比、反复申述说明的写作方法。这开创了后世（特别是汉代）政论散文淋漓酣畅风格的先河。

概括说来，《荀子》一书作为政论散文的典范，在思想内容上有为而作、不尚空言，在语言表达上宏论滔滔、博辩无碍，在写作手法上巧譬博喻、联类无穷。这些都给中国古代政论散文的发展，树立了很好的榜样，产生了很大的影响。

荀子出入百家，陶冶诸子，而又能自成一家之言，给后世哲人以深远的启迪。如朱熹作为理学的集大成者，王夫之作为近代思想的启蒙者，都受到他的影响。正如郭沫若在《十批判书·荀子的批判》中所说："荀子是先秦诸子中最后一位大师，他不仅集了儒家之大成，而且可以说是集了百家之大成。"同时，荀况还广泛涉猎民间流行的各种文学样式，写了《成相》、《赋篇》等作品，在文学史上留下了光辉的一页。

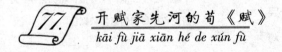

77. 开赋家先河的荀《赋》
kāi fù jiā xiān hé de xún fù

赋，是汉代四百年间最有代表性的文体，与所谓唐诗、宋词、元曲并称，成就非同凡响。那么，是谁引发了汉赋创作的辉煌呢？

应该说，是荀子《赋》的问世，为汉赋的创作奠定了基础，引发了人们的注意和仿效。荀子以"赋"名篇，在中国文学史上属于首创，赋作为专门文体的名称出现，是从荀子开始的。

荀子的《赋》，包括《礼》、《知》、《云》、《蚕》、《箴》五赋，构思精巧，不同于后来汉大赋的铺张扬厉、敷陈排比，而是所谓"遁词以隐意，谲譬以指事"，是采用当时流行的"隐语"表现手法写成的。"隐语"或称"瘦词"，是古人对谜语的称呼。

荀赋中的《礼》、《知》二赋，是咏抽象的道理，说明礼义、法制的重

要，赞颂"君子"在制定礼、法方面的作用；《云》、《蚕》、《箴》三赋，
是借咏物来抒发作者的抱负和感情，文学的色彩更加突出强烈。

《云》赋抒发了荀子远大的志向。他赞美云"大参天地，德厚尧禹。
精微乎毫毛，而大盈乎宙"的充塞天地的博大精神，象征着他自己那以天
下为己任的广大视野和怀抱。他又强调云"天下失之则灭，得之则存"的
特点，以此暗示"尚贤"的极其重要。而云可化为甘霖以哺育万物，"功
被天下而不私置"的奉献品性，又激励荀子为天下的大一统而奋不顾身，
甚至是勇于献身。

战国末期的丝织业已有了很大的进步，丝绸成为当时贵族生活的必需
品。这样的变化也必然带来养蚕业的空前发展，由此引发了荀子的注意，
启发他托意于蚕而写就了《蚕》赋。他这样描述蚕：

> 冬伏而夏游，食桑而吐丝，前乱而后治，夏生而恶暑，喜湿
> 而恶雨。蛹以为母，蛾以为父。三俯三起，事乃大已。

把蚕的生活习性和生长过程展示得生动而又通俗，惹人喜爱；笔墨间
又富有生活的情趣，给人以很强烈的美感，也显示了赋在民间时的本来特
色。荀子还这样讴歌蚕：

> 有物于此，裸裸兮其状，屡化如神，功被天下，为万世文。
> 礼乐以成，贵贱以分。

这里不仅逼真地描绘出了蚕的由蛹而蛾的神奇变化，而且将蚕的令人
震惊的社会功用和价值做了充分的描述，实际上是寄寓了荀子的人生理想
和人格设计。现实中，他要使礼乐有成，贵贱有序，社会一片晏然，其恩
惠泽被天下；未来，他要为万世师表，岂止一世而已。真可谓雄心豪气并
炽，功业威名共远。

战国末期的冶铁业也很发达，由此引发了生产工具和生活用具的革
新，荀子在《箴》赋里热情地赞赏了铁制的针。他描述说：

有物于此，生于山阜，处于室堂。无知无巧，善治衣裳；不盗不窃，穿窬而行，日夜合离，以成文章；以能合从，又善连衡；下覆百姓，上饰帝王；功业甚博，不见贤良；时用则存，不用则亡。臣愚不识，敢请之王。王曰：此夫始生巨，其成功小者邪？长其尾而锐其剽者邪？头铦达而剽赵缭者邪？一往一来，结尾以为事；无羽无翼，反复甚极；尾生而事起，尾遭而事已；簪以为父，管以为母；既以缝表，又以连里：夫是之谓箴理。

全文不足二百字。我们所以不厌其烦地悉数引述在此，正由于我们从中可以引出诸多的文史信息。它抓住针的形体衍化过程和诸般实际功用，细细地加以描写比附，"隐语"的手法很突出，富于机趣和智巧，增人阅读的兴味；它语言通俗活泼，富有民间文学的原汁原味，和后来的汉大赋的串缀字书、佶屈聱牙完全不同；它篇幅短小，内容精悍，言之有物，引人思索，和汉大赋篇幅宏大、内容单一、呆板乏味又形成了泾渭分明的对比。

但是荀《赋》作为赋家之祖，与汉大赋也有一些相通、相似处。比如荀《赋》采用的君臣问答对话的方式，句式比较整齐，既有押韵的诗，也有无韵的文，是前所未有的诗文混合体，这些特点都被汉大赋一一地继承下来，并由此形成了固定的写作模式。

最后要说明的是，从严格意义上讲，赋家之祖并非只有荀子之《赋》。因为与荀子同时的宋玉还写有《风赋》、《高唐赋》、《神女赋》等作品。刘勰在《文心雕龙·诠赋》中说：

于是荀况《礼》、《智》，宋玉《风》、《钓》，爰锡名号，与《诗》画境；六义附庸，蔚成大国。遂客主以首引，极声貌以穷文，斯盖别诗之原始，命赋之厥初也。

很显然，刘勰是把荀子、宋玉看作是赋体文学的共同开拓者，一并尊为赋家之祖的，这一观点得到了后人的广泛赞同。

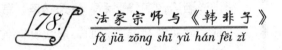

78. 法家宗师与《韩非子》
fǎ jiā zōng shī yǔ hán fēi zǐ

韩非（公元前280—公元前233年）生活的时代，战争的烽烟笼罩着华夏大地，齐、楚、燕、韩、赵、魏、秦诸侯并起，纷争天下。武士战场图功，而文士四方游说，梦想为君王所用。平步青云、布衣卿相的抱负，让每一个说客忘记了"伴君如伴虎"的危险，这里当然也包括法家学派的代表、心怀治国安邦壮志的韩非。

韩非子画像

韩非是韩国的贵族子弟，其优越的条件绝非普通百姓可比。他早年曾与李斯一同游学楚国，师从于儒学大师荀况。后来李斯当了秦国的丞相，而韩非学成后回到韩国。他在思想上并未继承其师荀子的儒家思想传统，而是受法家前辈的影响，吸取、综合他们思想的精华，成为法家学派的杰出代表。

在韩非之前，已经发展了几百年的法家学说，逐渐形成不同的派别。韩非特别重视吸收以商鞅为代表的"任法"、以申不害为代表的"用术"、以慎到为代表的"重势"等几派学说，形成了自己以法、术、势为核心的法家政治思想。他认为君权是至高无上的，君主的地位是决定一切的。这样，韩非就把过去法家学派中分散而各有侧重的法、术、势三派糅合到一起，形成了战国时期法家思想集中合流的理论体系，成为法家思想的集大成者。

造化也许有意与这位满腹经纶的才子为难。他虽胸怀韬略，远见卓识，却患口吃。这一生理缺陷，严重影响了他的说客生涯。社会需要善于言谈之士，而韩非却有如此障碍，真像他自己所说的那样"说难"啊！韩

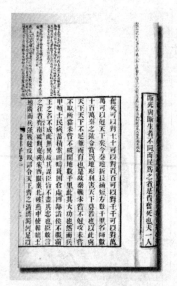

图为《韩非子》书影。韩非在总结商鞅、申不害和慎到三人代表性法家思想的基础上，提出了法、术、势相结合的成熟法治理论。他的思想成就超过了所有的法家代表人物。

非虽不善于口辩，却有如椽巨笔，文章写得洋洋洒洒，词锋犀利，论理透辟，气势不凡。韩非曾在韩国任职，屡次针对韩国的积弱，上书劝谏韩王实行变法，革新政治，却未被采纳。他在悲愤之余，将自己的主张整理成文字，写出了《孤愤》、《五蠹》、《内外储说》、《说林》、《说难》等十万字的文章，集中地反映出他的思想体系。后来，这些文章传到秦国，一代雄主秦王嬴政读到了其中《五蠹》、《孤愤》等篇，大为赞赏，感叹说："我要是能见到作者并和他交朋友，死也无憾了。"李斯闻听此言，就对秦王说："这是韩国公子韩非写的。"秦王为了得到韩非，竟发兵攻韩，逼迫韩王以派遣外交使者的名义，将韩非送到秦国。韩非的个人命运就此发生转折。

韩非到秦以后的活动，并无太多翔实史料。从现存的《初见秦》、《存韩》看，韩非在秦国是有一定的政治活动的。从内容看，其基本立场是为秦国利益着想，但其中却以"存韩"为手段之一，其用心显而易见，不过是为自己国家争得一丝苟延残喘的机会。这便给嫉妒和憎恨他的人提供了陷害他的机会。韩非入秦，并非自愿，和李斯不同。李斯想飞黄腾达，辅佐秦王出于自愿。韩非则不然，他作为韩国贵族后裔，对韩国抱有存恤之心，并不为怪。

才高见妒，古今同理。韩非的才学得到了秦王的赏识，却也引起了李斯的嫉妒。李斯自知才学不如韩非，自己虽为秦国重臣，却担心韩非强于自己，便把韩非视为眼中钉、肉中刺；而秦王之所以要得到韩非，一方面因为韩非的学识渊博、奇货可居，另一方面也不希望像韩非这样的人才为别国所用，所以并不充分信任韩非。

韩非没能躲开李斯从背后射来的冷箭，也没能在秦王面前解释姚贾对他的诋毁。姚贾诋毁韩非，事出有因。当燕、赵、吴、越四国将联合攻打秦国的时候，纵使秦国国富兵强，也很难抵御四国的联兵。国家危在旦夕，战争迫在眉睫，秦王召集群臣，商讨对策。姚贾声称他可以出使四国，平息战乱。于是姚贾带上重金厚礼，到各国去进行贿赂，终于使四国改变初衷，化干戈为玉帛。秦王大喜。姚贾回国后，封以千户，拜为上卿，受到秦王恩宠。韩非却以姚贾的行为为耻。贿赂四国不但有损于秦国的威势，同时也可能招致更多的敌国来犯，遗下后患。韩非还讥讽过姚贾出身的卑微和行为的不轨，所以姚贾也对韩非恨得咬牙切齿。

李斯、姚贾便联合起来，向秦王进谗言道："韩非是韩国的公子，现在大王想吞并诸侯，韩非终究是维护韩国而不会帮助秦国的，这是人之常情。大王不用韩非，把他长期留在秦国，最后送他回去，日后定会留下祸患，不如把他杀了。"秦王连连点头称是，随后便把韩非治罪下狱。李斯心中暗喜，但也怕夜长梦多，便急急忙忙派人弄来毒药，放在韩非面前，让他自杀。韩非眼望毒药，百感交集，千头万绪涌上心头。他做梦也没想自己要以这种方式结束生命。他先是沉默不语，突然间怒吼着，双手猛砸牢门，呼喊着要见秦王，申诉不平。可是这时的韩非毕竟是身在异乡，求助无门，想面见秦王为自己申诉，却有李斯、姚贾从中作梗，他被逼无奈，于公元前233年在狱中服毒自杀。待秦王后悔，感到这样做过于草率，派人赦免韩非时，已经太迟了。

韩非的一生，虽无辉煌的政绩，却留下了洋洋十余万言的政治理论、治国方略，被后人辑成《韩非子》一书。此书文章格高气盛，不仅题旨轩昂，立意高远，而且谈锋犀利，语言峭拔，令人感到排山倒海、不可阻遏的气势。文中还大量运用贴切的比喻，形象生动，使人易于接受。运用很多寓言，用质朴平易的语言，说明了深刻的道理。正因为他的散文独树一帜，表现出鲜明的艺术风格，所以曾与孟子、庄子、荀子并称为"四大家"。

韩非自视甚高，却不能为当时所用，明知"说难"，却不能自免。他的悲剧命运不能不给后人留下深深的叹惋。

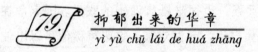

79. 抑郁出来的华章
yì yù chū lái de huá zhāng

韩非心存富国之情，胸有强兵之志，屡次针对韩国的问题，上书劝谏韩王革新政治，实行变法，但始终都不被采纳。他怀才不遇，浩叹无穷，悲愤之情，溢于言表，于是写下了《孤愤》、《说难》等文章，抒发心中抑郁不平之气。

在《说难》一文中，韩非把揣摩透君主心理，看作是劝谏成功的前提条件，认为只有了解君王的喜好与爱憎，选取适当的时间和角度去游说，才能达到预期的目的。

韩非把进言的对象（即君主）作了细致全面的研究，针对不同对象，提出游说者需要注意的问题。如果进言的对象是追求名誉的人，却用丰厚的利益来进言，就会被看作节操低下而被瞧不起。如果进言的对象是重利益的人，要是用名誉来劝说，这就会被认为是没有心计而不切实际，必定不会被接受。如果进言的对象是心里贪图利益而表面上看重名誉的人，却用名誉去说服他，那进言的人就会表面上被录用，而实际上被疏远；如果用丰厚的利益去说动他，那被进言的人就会暗中采纳意见，而表面上抛弃他。无论如何，劝谏者始终处在为难的境地，危险和猜疑始终与其相伴。所以游说者要懂得粉饰听话对象所得意的东西，而替他遮盖自以为羞耻的事情。如果听话的人有私人的急事，进言者就要向他表明那事情合乎公众的利益而鼓动他去做。听话的人意图卑劣，进言者就应把他的想法加以美化，赞誉与听话者行为相同的其他人，策划与听话者想法相一致的其他事。对与听话者有同样缺点的人，进言者一定要大加粉饰，说那没有什么害处。进言的主要内容不要同听话者的意图背道而驰，言辞不能有摩擦，然后就可以像奔马驰骋般施展自己的才智和论辩了。用这种方法，就会收到良好的效果。听话者亲近而不怀疑进言者，进言者就可以把话说得透彻。韩非着重分析人主的心理活动，详尽地分析了宣传游说的危难。韩非明知说难，却没有却步，他作为先秦法家思想之集大成者，其思想是顺应战国时势而发展起来的政治理论，这理论只有为君王所接受和采纳，才能实现其价值，那么研究宣传游说人主的理论和技巧，则又关乎其自身的成败。

韩非曾称赞做厨师的伊尹和做奴隶的百里奚。他们虽是圣人，却是依靠卑贱的方式得了君主的信任。如果能达到这样的目的，劝谏的人也不应以卑贱的方式为耻。韩非希望能通过与君主长时间的接触，得到君王的恩宠，可以深入地策划计谋而不被怀疑，长时间地争论而不被怪罪，这样就可以明白地剖析利害，达到建功立业的目的。

但伴君如伴虎，建功立业谈何容易！韩非又讲了"郑武伐胡"、"宋人墙坏"这样两个故事，来说明"说难"的道理。

一个故事说，过去郑武公想讨伐胡国，就先把自己的女儿嫁给胡国的君主，以使他高兴。然后问群臣说："我想打仗，谁可以是讨伐的对象呢？"大夫关其思回答说："胡国可以讨伐。"武公一怒之下杀了关其思，并说："胡国是兄弟国家，你提议讨伐，是何用意？"胡国君主闻听此事，误以为郑国很爱护自己，因此疏于防备。郑国人终于袭击胡国，一举吞并了它。当时关其思虽然说出了实情，却招来杀身之祸。

另一则故事更为人们所熟知。讲的是宋国有一位富人，连日大雨淋坏了墙壁，他儿子说："如不把墙修筑好，必然会引来强盗。"邻居一位老人也这样说。晚上，他家果然丢失了许多财物。这家主人十分赞赏自己的儿子有远见，却怀疑邻居老人是盗贼。其实，老人的判断与其子并无差别，富人却怀疑他，这是因为老人与他的关系不够亲密，还达不到可以直言相劝的程度。

韩非还把人主比作龙。当他温驯的时候，可以戏耍坐骑，但它喉下一尺左右，倒生一块鳞甲。如果有人不小心扯动它，龙就会怒而杀人。君主也有倒长的鳞甲，进言者如果不小心触动君主的逆鳞，也同样会有生命

危险。

在《孤愤》一文中，韩非从君主、臣下谈到自己，实是有感而发。他认为通晓统治技巧的人，必须有远见卓识，能明察臣下的隐私，任用那些遵循命令而履行职责、按照法令恪尽职守的人，而不让那些没有命令擅自行动、损害法律以利于私、削弱国家便宜自己、权高势显控制君主的小人得势。如果小人得势，必定会造成百官为小人所控制的局面。百官会在君王面前颂扬小人，因为他们想依靠小人而谋求仕途的显达，这样就会出现君王受到蒙蔽，而小人的权势越来越重的情形。

历来君王多喜爱曲意逢迎、阿谀奉承之臣，所以朝中多是奸邪横行，小人得志，结成朋党，相互勾结，蒙蔽君主。韩非要推行以法治国的理论，却不能得到君王的信任；他要以法治权术等言论，匡正君王的邪恶之心，却不能同君王达成共识。地位低贱而无朋党，与权贵势不两立，势必是以卵击石。韩非已意识到，推行法治的人，不是被官吏以种种罪名诛杀，就是被奸人谗言所伤害，而自己作为正直忠贞之人，以专注和廉洁来约束自身，必不能用财物贿赂来侍奉他人，所以自然不能讨好君王的左右。

君王身旁既多庸碌无能之人，韩非曲高和寡，他的治国理论自然不会受到肯定和赏识。所以，像他这样的耿介之士，必然是心情孤愤，抑郁难申。他便用自己的文章抒情言志，写成《孤愤》等篇，说理透辟，长于排偶，重于炼句，辞锋犀利，难怪秦王对其文其人大加赞赏。

司马迁在《报任安书》中曾说："韩非囚秦，《说难》、《孤愤》；《诗》三百篇，大底圣贤发愤之所为作也。……"指出古来文人大都因其坎坷的遭遇和抑郁难申的报国之情而留下了千古名篇。韩非"难体"文章的创作，对后世产生了深远的影响。从东方朔《答客难》等名家的文章中，都可以看到韩非的余韵。韩非虽满怀一腔孤愤，深知劝说艰难，并对游说之术分析详彻，却终难逃小人的诬陷，在秦国遭谗被杀。这也许才是真正的悲剧。而其《孤愤》、《说难》等文章则流传至今，韩非亦因此而名垂青史，这也许又是令人感到欣慰的地方。

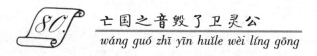

80. 亡国之音毁了卫灵公

wáng guó zhī yīn huǐle wèi líng gōng

　　春秋时代的一天黄昏，卫国之君卫灵公在去往晋国的途中，眼看夕阳西下，便问左右侍臣，已经行至何处。侍臣回答："此地为濮水之南，名叫桑间。"卫灵公传令于此地休息过夜。

　　夜半时分，卫灵公隐隐听到从濮水那边传来阵阵音乐声，轻柔优美，动人心弦，便派人出去察看，但所有人回来都说，没听到什么音乐，更没看到有人弹琴。卫灵公只好请来乐师涓，对他说："就在濮水之滨，有人在弹奏优美时新的乐曲，我派人去打听，可是都说没有听到，这让我非常奇怪，好像是有神鬼在奏乐。你仔细听一听，并且把曲调全记下来。"师涓答应了。他凝神静气，盘膝而坐，手抚琴弦，认真倾听、记录着时远时近飘忽而至的乐声。

　　第二天清晨，乐师涓来到卫灵公的卧寝，报告卫灵公说："我已把乐谱全部记录下来，但还没有练熟，所以请求大王再停留一夜，我再进行练习。"卫灵公答应了。白天乐师涓反复练习，夜晚又与传来的乐声相参照。次日，卫灵公离开桑间，到了晋国。

　　晋平公在施夷之台大摆酒宴，款待卫灵公。在气氛最为热烈之际，卫灵公站起来说："我有一首十分新奇的曲子，请让我献给诸位。"晋平公说："那太好了。"卫灵公就叫来了乐师涓，让他坐在晋国的乐师旷的旁边。乐师涓奏出的柔靡哀婉的乐声，如一缕轻风拂过殿宇。忽然，乐师旷以手按住琴弦，乐声戛然而止，众人不解其意，投来惊诧的目光，全场鸦雀无声。乐师旷对晋平公说："这是一首亡国之音，千万不能弹下去了。"晋平公莫名其妙，问道："这首曲子是何人所作，又是从何地听来？"乐师旷说："商朝时乐师延，为商纣王谱写了这首靡靡之音。后武王伐纣，乐师延向东逃跑，于濮水自尽。其阴魂未散，每至深夜，常在濮水中弹奏此曲，所以要听到这乐声，一定是在濮水之滨。先听到这乐声的人，他的国家一定会灭亡，所以这首乐曲不能弹完。"晋平公执意要听完，乐师旷不敢再反对，乐师涓便演奏完了全曲。

晋平公听完后，又问乐师旷曲名，乐师旷说叫《清商》。晋平公又问："这难道是天下最悲伤的乐曲吗?"乐师旷告诉他，《清徵》的曲调比《清商》更哀伤。晋平公便想听《清徵》曲调，乐师旷说："不可。古代凡听此曲调的人，都是品德高尚的君主，而君主您德行还不够，所以我不能为您演奏。"晋平公不许，乐师旷只好弹奏。一遍还没弹完，从南方的天际，飞来十六只排成两列的黑羽仙鹤，停息在宫廷门廊之上；奏完第二遍，仙鹤排成了整齐的队伍；奏完第三遍，仙鹤发出悦耳的鸣声，翩翩起舞。鹤鸣声伴随着音乐在天宇间回荡，所有人都陶醉其中，晋平公手持酒杯，站起身来，为乐师旷精湛的演技祝贺。

晋平公又问乐师旷，是否还有比《清徵》更悲伤的音乐，乐师旷告诉他《清角》更悲伤。晋平公让他演奏，乐师旷说："这可万万不行。过去黄帝曾在泰山上与鬼神相会合，只有在那样盛大的集会上，才能演奏《清角》这样的音乐，而君主您现在德行还没有布施天下，不具备听《清角》之音的条件，如果一定要听，恐怕会给您带来不幸。"晋平公面露哀愁，长叹一声说道："我已体弱年迈，时日不多，而我一生所喜欢的是美妙的音乐，希望你能在这里为我演奏，了却我的心愿。"众人静默无声，等待着乐师旷的答复。

乐师旷十分为难，只好轻拨琴弦，开始了惊天地、泣鬼神的演奏。乐曲刚刚演奏完第一节，天地变色，日月无光，黑色的乌云从北方的天际涌起，遮盖了天空，众人面面相觑，目瞪口呆。乐师旷开始了第二节的演奏，狂风呼啸，殿前的大树被狂风吹得东摇西晃，小树被连根拔起，大雨倾盆而下，天地之间一片苍茫，宫殿的帷幕被大风扯破，桌上的盘碗杯碟被吹起来，摔得粉碎，门廊上的瓦也被掀掉，变成了满地碎片。众人慌不择路，四散奔逃，晋平公吓坏了，踉踉跄跄地逃跑，摔倒在了门廊和殿宇之间。

以后连续三年，晋国大旱，禾稻难生，满目焦土，民不聊生。晋平公也一病不起，身体日渐衰弱。

81. 和氏璧和法家人士的悲剧
hé shì bì hé fǎ jiā rén shì de bēi jù

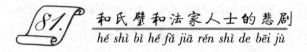

和氏璧是人所共知的珍宝，但其来历却有着一段浸满血泪的故事。

春秋时期，楚国有一个叫和氏的人。一次，他在山中寻得了一块玉璞。他捧着玉璞把它献给了厉王。厉王找来治玉的工匠，让他对这块玉璞进行鉴定。工匠回禀厉王说："这是一块毫无价值的石头。"厉王大怒，认为和氏欺骗他，于是下令砍下了和氏的左脚。厉王死后，武王即位。和氏想，献宝的机会来了。于是，又捧着玉璞，献给武王。武王也找来治玉的工匠鉴定，工匠还是回答

现代雕塑"和氏璧"

说："是石头，根本就不是什么玉。"武王也认为和氏大胆欺君，妄图用石头冒充美玉来行骗，于是又下令砍下了和氏的右脚。武王死后，文王登位，已被砍去双脚的和氏抱着他的玉璞，在楚山之下高声痛哭，三天三夜，眼泪流干了，又从眼中流出鲜红的血。文王听说此事，便派人去问和氏："普天之下，被砍去双脚的人很多，为什么唯独你这样悲伤呢？"和氏回答："我并不是因为被砍去双脚而悲伤，我悲伤的是宝玉被人当做石头，忠贞的人被当做骗子，这才是我悲伤的真正原因。"于是文王派工匠对和氏的玉璞进行了细致的加工，剖开玉璞，得到的竟真是一块晶莹温润的美玉。这块美玉，就是稀世之宝"和氏璧"。

和氏虽怀抱美玉，却被砍去了双脚，付出惨重的代价；而法家人士，

虽有雄才大略，胸怀治国安邦之策，却不能被君王所任用，甚至招来杀身之祸，法家人士的悲剧不断地在历史舞台上重演，这两者是何等的相似！

在战国时期的楚国，法家的代表人物吴起，协助楚悼王实行变法。他针对楚国存在的政治弊端，向楚悼王直言劝谏："现在楚国国内大臣权势太重，有封邑的贵族太多，大臣权高势重就会逼迫君主，君主就丧失了所应有的权力，而黎民百姓也会因为封邑贵族的统治而被虐待。这样的结果，必然会导致国家日益贫穷，军队因供给不足而丧失战斗力。所以，消除这些导致国家衰亡的因素迫在眉睫。"吴起又向楚悼王提出了这样的建议：对有封邑的贵族子孙，至第三代就收回爵禄，取消或减少百官的俸禄，对那些不必需或不紧要的官员实行裁减，用节余的开支供养选拔出来进行训练的战士。楚悼王认为吴起讲得很有道理，就接受了吴起的建议，取消贵族后裔的封邑爵禄，减少官员俸禄，裁减冗员，楚国的百姓得以安居，军队也增强了战斗力。但由于吴起实行变法，得罪了掌握实权的重臣贵族，楚悼王死后，吴起在楚国惨遭被肢解的酷刑。

说起法家人士的悲剧，商鞅也应是这一幕幕悲剧中的一个主角。商鞅是战国时期法家的代表人物，他曾协助秦孝公变法图强。秦孝公接受了商鞅的建议，并在秦国国内全面实行，社会出现安定的局面，国力也增强了。但好景不长，过了八年，孝公死后，商鞅在秦国被车裂，又一个法家人士以悲剧收场退出了历史的舞台。

法家人士的悲剧，给后人留下了无尽的思索，"文死谏，武死战"，成为忠臣良将的悲剧写照。后世文人鲜于直言进谏，而多是托物言志委婉迂回地表达对朝政的不满，而变法维新，几乎成为王朝中的一块禁地，无人敢于涉足。法家人士悲剧产生的根源，就在于其单纯地相信君王个人的力量，打击了当朝权贵的大多数，同时也没有得到黎民百姓的支持，所以其悲剧的发生是难免的。法家人士的悲剧，在后世文人心理上投下了阴影，加重了其宦海沉浮、"伴君如伴虎"的悲剧文化心态，他们不再敢直接地参与政治，揭露时弊。但中国的文人向来以国家前途、命运为己任，不能为保全性命苟且偷安，只能常以诗文针砭时弊、揭露黑暗，忧时伤生，所以才有了不计其数的内涵丰富、思想厚重的优秀诗文。

当然，法家人士的悲剧命运，政治的残酷无情，也使许多文人或学仙，或参禅，吟风咏月，寄情山水，在游历祖国美好山川中写下了流传千古的诗文，这或许又是不幸中的大幸。

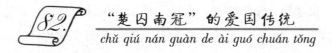

82. "楚囚南冠"的爱国传统

chǔ qiú nán guàn de ài guó chuán tǒng

早在春秋初期，"楚囚南冠"的故事，就被人们作为楚人爱国的事例而广泛流传。

公元前584年的秋天，楚国的大将子重带兵进攻郑国，驻军在泛，诸侯纷纷派兵救援郑国。郑国的大将共仲、侯羽趁机带领军队包围了楚军，并擒获钟仪，把他献给晋国。晋人带着钟仪，兴高采烈地回了国，把他囚禁在军用仓库里。

过了两年，晋君视察军用仓库，见到了钟仪。这时的钟仪仍然戴着南方楚人的帽子，一副威武不屈的神态。晋君问："那个人是谁呀？"手下的官员回答说："那是郑人献来的楚国战俘。"晋景公感到奇怪，两年已过，为什么他还戴着南方人的帽子？于是命人把他带来，询问有关情况。钟仪拜谢了晋君的厚意。晋君问他家族出身，回答说："是乐官。"晋侯问道："那么你能够演奏音乐吗？"钟仪回答说："这是先人的职责，我不能忘本，岂敢从事于其他事呢？"晋君命人给他一张琴，请他弹奏。于是一曲凄楚婉转、感人至深的南楚音乐从琴上流出。晋君把这件事告诉了范文子，范文子称赞说："楚国的囚犯是个君子啊。说话中举出先人的职官，这是不背弃根本，奏的是家乡的乐调，这是不忘记故旧。"并劝晋君放他回去，让他回国缔结晋、楚之好。晋君听从了范文子的建议，对钟仪重加礼遇，并让他回国去求和。此后，在古代诗文中，"南冠"常被用作囚犯的代称。

关于楚人的爱国事迹，在古代史籍文献的记载中，是不胜枚举的。公元前656年，齐桓公统帅鲁、宋、陈、卫、郑等诸侯国的军队进攻楚国，楚君派大夫屈完赴诸侯联军中谈判。为了向楚示威，齐桓公将诸侯的军队都陈列出来，他和屈完乘车观看。齐桓公说："用这么多的将士来作战，谁能抵挡得住？用他们来攻城，什么城池攻不破？"屈完回答说："您如果用德来安抚诸侯，没有谁敢不服；但您如果凭借武力，楚国将以方城山当做城墙，用汉水河作护城河，以死相拼！你们的军队再多又有什么用呢！"屈完面对强敌，大义凛然，慷慨陈词，表现了楚国人民森严壁垒、众志成城的抗敌决心。公元前506年，吴攻陷楚郢都。申包胥为了拯救自己的祖国，到秦国去请求援救。由于秦哀公没有心思出兵，申包胥竟然在秦宫廷前哭了七天七夜，泪尽继之以血。他舍生忘死的救国之情，终于感动了秦国君臣，使秦君发兵救楚。

当然，楚人这种浓厚的爱国情感，是在楚国的历史发展中逐渐形成的。

但是，在相当长的历史时期中，北方中原各族对远在南方的楚人是缺乏了解的，始终认为楚是未曾开化的、保守落后的、软弱可欺的野蛮民族，称楚为"被发左衽"的荆蛮，经常出师征伐。早在原始社会，楚民族的前身三苗，就曾不断受到黄、炎的攻击，后来又受到禹的大规模讨伐，被迫退居到江南的山林草莽之中。在殷商时代，又受到殷武王的攻伐。至周朝，虽然从楚国的先君鬻熊开始，世世代代臣服于周，但周天子对于南乡的楚民族往往放心不下，认为"非我族类，其心必异"，而多次出兵攻伐。正是由于周天子对楚人的歧视，所以仅仅给楚君以"子"的爵位；周成王与诸侯在岐阳会盟时，按周天子排定的尊卑次序，楚君与东夷的鲜卑之君一起守望门前的火炬，地位和守门人一样卑贱。但长期的压抑、欺侮、损害，不仅没有使楚人屈服，相反更加激起了他们自强不息的斗争精神，培养起他们浓厚的民族意识、强烈的民族感情和不可摧折的民族自尊心、自信心。

楚国地处长江流域，那里气候温暖，山川秀丽，物产丰富，水陆交通发达，是有名的"泽国"。优越的自然环境，给人们的生产和生活提供了良好的条件，人们"饭稻羹鱼，火耕水耨"，无饥馑之患，无冻馁之虞，过着自给自足的生活。同时楚国还是一个兼得"金木竹箭、皮革角齿"的富饶之邦，又是和氏璧、随侯珠的产地。优越的自然环境，丰富的物产，独特的文化和风俗，很自然地培养了楚人依恋乡土的深厚感情，形成了共同的民族心理。

春秋战国时期，游说之风盛行。历史上虽然也有"楚材晋用"、人才流于他国的情况，但像屈原那样，宁肯被疏远流放，长期不得复用，直至献出生命，而始终不去投奔他国的爱国人士，才真正代表了楚国民族精神的主流。

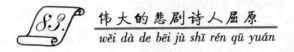

伟大的悲剧诗人屈原
wěi dà de bēi jù shī rén qū yuán

屈原是我国文学史上出现的第一个伟大诗人。他一生都怀着高洁的品德，追求着美政的理想。但他却不断遭受打击，几度流放，最后自投汨罗江而死，充满了悲剧色彩。他的政治生涯是失败的，他的创作却取得了辉煌成就，以其奇特的构思、奔放的感情、雄浑的气魄和华美的文辞，批判现实，抒写理想，把我国古代诗歌艺术推向了一个新的高峰。

屈原，名平，字原，战国末期楚国人，约生于公元前340年，卒于公元前278年。当时有"人生于寅"为吉祥的说法，而相传屈原的生辰恰逢"寅年寅月寅日"，以一身而独占"三寅"，他的父亲便觉得屈原不同一般，于是一降生就给了他美好的名和字，即《离骚》中所说的"名余曰正则兮，字余曰灵均"。"正则"，是公正可为法则的意思，是天的象征，暗寓"平"之义；"灵均"是"神田"的意思，是地的象征，暗合"原"之义。屈原"寅"的生辰，加上"平"和"原"的名字正包含着天、地、人三者统一于一身之意。屈原很以这种与生俱来的美好禀赋而自豪，称之为"内美"，同时又对自己的美好品德不断加强修养，以此来抵御世风时俗的侵袭和沾染，称这为"外修"。

屈原出生于楚国旧贵族的家庭，是楚武王之子屈瑕的九世孙。但到屈原的时代，屈氏的势力已经衰落。孟子曾说："君子之泽，五世而斩。"（《孟子·离娄下》）韩非子也说："楚邦之法，禄臣再世而收地。"（《韩非子·喻老篇》）可见屈原在《惜诵》中说"忽忘身之贱贫"，并不是一时的愤激之辞。事实上他已经完全丧失了"世卿"、"世禄"的贵族特权，丧失了采邑封地。因而从实际阶级地位看，充其量只能算作没落的贵族。这种出身，使他既能够接受贵族子弟的文化教育，又有机会接触下层民众，对他政治思想的形成具有重要意义。

图为湖南汨罗的屈子祠

屈原二十几岁就开始参与政治活动。据《史记》记载，屈原年轻时学识深厚，见闻博洽，"入则与王图议国事，以出号令。出则接遇宾客，应对诸侯"，甚得楚怀王信任。他做过楚怀王的左徒，左徒是仅次于令尹的高官。他以其"博闻强志，明于治乱，娴于辞令"的杰出才能，得到一度热心于改革的楚怀王的重用。但到后来，当屈原看到楚怀王政治日渐腐败、国势每况愈下的危机局面，又看到了秦国因变法而强盛起来的事实，便继承了吴起变法的传统，在新的历史条件下，针对楚国的具体情况，开始实行变法。他对内主张严明法度，限制贵族特权，举贤授能，以推行"美政"，进而达到富国强兵的目的。对外主张联齐抗秦，屈原曾多次出使齐国，以结同盟。公元前318年六国合纵，楚怀王被推为纵约长，与屈原是有一定关系的。

屈原的改革主张，遭到了腐朽的旧贵族的极力反对，他们在怀王面前进行谗言相害，加上秦国派张仪南见楚王，"厚币委质事楚"，并以商於之地六百里诱使怀王绝齐。怀王见利忘义，不顾自己"纵长"的身份，撕毁了屈原亲自缔结的齐楚盟约，并"怒而疏远屈平"。此后，屈原便担任了有职无权的三闾大夫，管理王族子弟教育和昭、屈、景三姓的宗族事务，一般情况下不许参与朝廷政事。

屈原被黜以后，秦、楚、齐等国之间展开了更加激烈的斗争。先是秦王使张仪入楚，勾结怀王宠姬郑袖，哄弄楚王，使楚国在政治上、外交上吃了大亏。接着楚怀王轻率出兵攻秦，又遭大败。屈原在这段时间，曾被派遣出使齐国。《新序·节士篇》载："是时怀王悔不用屈原之策，以至于此，于是复用屈原。"屈原使齐，再修楚齐之盟。但楚怀王已经陷入了亲秦派旧贵族的包围之中，不久又发生了怀王不听屈原谏阻，入秦被拘，客死于秦的事件。

顷襄王即位后，不思卧薪尝

图为屈原望江。"路曼曼其修远兮，吾将上下而求索。"（《离骚》）我国第一个伟大诗人屈原的一生充满悲剧色彩，却又闪烁着理想主义光辉。

胆，报仇雪恨，反而以其弟子兰为令尹，在屈辱事秦的路上越滑越远。楚国人民对此表现出强烈的不满，屈原更是疾恶如仇，对子兰一伙异常愤恨。《史记》载："令尹子兰闻之，大怒，卒使上官大夫短屈原于顷襄王。顷襄王怒而迁之。"屈原被再次流放，从此彻底告别了楚国的政治舞台。作为一个政治家的屈原是失败了，这悲剧却成就了一个伟大的诗人。

屈原一生的成就，主要表现在文学方面。屈原的作品，收集在《楚辞》一书中。《楚辞》是我国文学史上继《诗经》之后的文学经典，它的影响远远超过了《诗经》。在形式上，楚辞打破了四言格律，利用民间歌谣的自然韵律；在内容上，充满了爱国激情，想象力非常丰富，无论写景抒情，阐发政治理想，探索自然规律，都是前无古人的。

屈原的作品，前期有《橘颂》和《九歌》。《橘颂》是一首比兴体的诗，前半首歌颂橘树，后半首抒写抱负。以歌颂橘树岁寒不凋，深深植根在祖国的土地上，来抒发自己热爱祖国、坚贞不贰的感情。他这样写道：辉煌的橘树啊！树叶纷披，生长在南方，独立不移。这也是屈原忠于祖国的誓言。

《九歌》是一组祭祀鬼神的舞曲，包括歌辞、音乐和舞蹈，是我国古代戏剧的萌芽。这些祭歌，歌词清新，音调铿锵，用瑰丽的词句把楚国秀丽的山川和那些自然神祇融为一体，构成了优美的神话剧。而《国殇》以雄伟气势，描写了古代的战争场面，礼赞那些为保卫楚国而牺牲的英雄。

随着屈原在政治上的失意，他的作品不再是宫廷的舞乐，或者是抒情的小诗，而是篇幅宏大、内容丰富的不朽诗篇。屈原离开了楚国宫廷之后，浪游在楚国的大地上，他关心着楚国的兴亡，目睹了人民的疾苦，既不能拯救祖国，又不愿离开故土和人民，内心充满了痛苦和矛盾。在这种心情下，屈原写作了《离骚》、《天问》两首著名的长诗和《九章》中的另外八首诗作。

《离骚》是屈原一生中最宏伟的诗篇，也是我国古代少见的长诗。作者把现实的叙述和瑰丽的幻想交织起来，把雷、电、风、云、日、月作为他的侍从，驾驶着凤凰和虬龙拉的车子在太空中驰骋。他到达了天国的门前，站在世界的屋顶，也去过极西的天边，他上天入地去追求自己的理想，结果是失望了。他下望人寰故乡，不忍离去，决心用自己的生命来殉他的祖国。《离骚》充分发挥了屈原的想象力，深刻影响了后代的诗人。

在《天问》这首长诗中，屈原一共提出了一百七十二个问题，大胆地怀疑了旧的传统观念，对自然现象、社会现象、古代历史、神话传说，都提出了一系列迫切要求解答的问题，体现了战国时期人们思想的解放和智慧的发展。关心祖国命运和人民前途的屈原，把当时人们总结历史经验、探索未来的理想，要求了解社会、研讨自然的愿望，都归纳到《天问》诗中。这首长诗，在我国哲学史上也占有重要地位。所以，屈原不仅是一位诗人和政治家，还是一位深刻的思想家。

到了屈原晚年，楚国的郢都被秦军攻破了。这对漂泊困顿中的屈原来说，可谓是最后的打击。他伤心至极地写下《哀郢》，其中充满了国破家亡之痛。最后，又绝望地写下他的绝笔《怀沙》。终于在旧历五月五日自沉于汩罗江，落得个千古奇悲的结局。据说，后世人们在这一天划龙船、吃粽子，就是为了纪念屈原。

作为一位伟大的爱国诗人，屈原的高洁人格和爱国精神光照千秋。屈原的作品，既是我国宝贵的文学遗产，也是世界文学的重要财富。这些作品已被译成多种文字，为人们所诵读喜爱。唐代大诗人李白说："屈平辞赋悬日月，楚王台榭空山丘。"正说明了屈原作品在历史上的崇高地位。

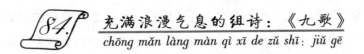

84. 充满浪漫气息的组诗：《九歌》
chōng mǎn làng màn qì xī de zǔ shī：jiǔ gē

《九歌》是屈原根据楚国民间祭神乐歌而创作的优美动人的组诗。它情致缥缈，舞态婆娑，洋溢着奇幻瑰丽的浪漫气息。

《九歌》名称的来源甚为古老。据《山海经》记载，《九歌》原是天帝的乐曲。一次，夏后启来到天宫，献给天帝三位美女，却从天上偷走《九辩》、《九歌》两套乐曲，供自己尽情享受。楚国民间流行的《九歌》，是否是上古《九歌》的原调，已不得而知。但它作为祭祀乐歌的性质和用途，与上古《九歌》应该有着直接的继承关系。

《九歌》流行于楚国，并非偶然，实际上它是南方荆楚文化传统的反映，是楚国人民的宗教巫风的具体表现。楚国南方沅、湘一带，民间风俗尊鬼神、重祭祀，祭祀时必定要奏乐、唱歌、跳舞，并由巫觋装扮成神灵，表演一些神人相通的故事，来讨神灵的喜欢，以求得福佑。祭祀活动又常常与性爱相结合，祭祀仪式的同时伴随着大规模的男女欢会。所以，原始的歌词，通常是以性爱为主题的。屈原流放到南方以后，在民间祭祀歌词的基础上，进行了加工、改写，使它得以广泛流传，既保留了原来民间祭歌的神话色彩，又赋予这些故事以新的社会意义。所以，王逸《楚辞章句》认为：

> 《九歌》者，屈原之所作也。昔楚国南郢之邑，沅、湘之间，其俗信鬼而好祠，其祠必作歌乐鼓舞以乐诸神。屈原放逐，窜伏其域，怀忧苦毒，愁思沸郁，出见俗人祭祀之礼，歌舞之乐，其词鄙陋，因作《九歌》之曲。上陈事神之敬，下见己之冤结，托之以讽谏。

这话应当是符合实际的。

《九歌》之"九"，在古代代表多数的意思。所谓《九歌》，即指由许多乐章组成的组曲。屈原的《九歌》，共十一篇作品。其中，除最后一篇《礼魂》是送神曲外，其余十篇各有不同的内容，也就是以祭歌的形式歌唱不同的神灵。这些神灵，都与人类的生产、生活有着密切的联系，屈原为每位神灵作一歌，大致可分为三种类型：

(1) 天神：《东皇太一》（天神之最尊贵者，即天帝）、《云中君》（云神）、《大司命》（主管寿命的神）、《少司命》（主管子嗣的神）、《东君》（太阳神）。

(2) 地祇：《湘君》、《湘夫人》（湘水之神）、《河伯》（黄河之神）、《山鬼》（山神）。

(3) 人鬼：《国殇》（阵亡将士之魂）。

《九歌》中，有一部分是写人们对天神的热烈礼赞，表现了人们对大自然的热爱和歌颂，同时也凝聚着人们在现实生活中的美好愿望，如祈求雨水充足、农业丰收、子孙繁衍等，因而祭词中多偏重求雨和性爱的内容。

《九歌》中，更多的是一些描写人神恋爱的作品。中国古代原始宗教习俗有一个非常重要的特征，即祭祀与性爱相结合，屈原则根据民间祀歌的内容和风格，进行了加工改写，使它们成为十分优美动人的爱情诗篇。在《九歌》中，把神充分人格化，赋予神同人一样的喜怒哀乐，悲欢离合之情。神的形象已接近于人了。

九歌图。东皇太一画像。

《山鬼》写的是山中女神的爱情故事。诗中写了她渴慕爱情、追寻配偶、赴约不遇及失恋后的悲哀。全诗以抒情为主，比较细致地刻画了人物的心理，把一个多情女子在追求爱情时的一往情深，以及爱情受挫时的心理波折，都刻画得淋漓尽致，十分感人。

《河伯》写黄河之神的爱情生活，诗中描述了双方形影相随、心潮飞扬的亲密关系。最后虽然也有"子交手兮东行，送美人兮南浦"的离别，却没有猜忌与疑虑，没有忧伤与痛苦。

在艺术表现上，《九歌》以楚国民间的神话故事为背景，充满了浪漫主义色彩。诗中所写的各类神灵，其生活环境、容貌体态，无不符合他们的身份，具备神的性质，但却又不至于荒诞无稽、光怪不伦。因为作者在不同程度上赋予这些神灵以人的特征、人的性格，实际上是生活中人的生活与想象中神的特点相结合，从而使作品形成独特的艺术风格，洋溢着奇幻的浪漫气氛。作者还善于把周围的景物、环境气氛和人物的思想感情融

合起来，从而构成某种情景交融的境界。如《山鬼》诗中，用深山中的雷雨交加、猿声啾啾的夜景，来渲染山林女神因失恋而激起的愁苦悲愤之情，就写得极为生动传神。

《九歌》的语言，清丽华美，韵味悠长，优美自然，带给读者以丰富的情思和无限的遐想。

85. 端午节民俗的来历
duān wǔ jié mín sú de lái lì

在中国历史上，屈原是最受普遍敬爱、普遍纪念的伟大诗人，他甚至影响到中国的民间风俗。据传屈原是在农历五月初五投江自尽的，在他逝世不久，民间就开始以独特的方式来纪念他，那就是每年端午节划龙船、包粽子。

"端"是开端，起初之意。"午"则为五的同音通假。"端午"，即五月开端之意，因月日都逢五，两个阳数重合，所以又称端阳、重五。

端午节龙舟竞渡，是民间每年阴历五月初五举行的一种赛会。相传在屈原自沉的那一天，当地人民纷纷划着船，从四面八方赶来，争先恐后地到江心里打捞屈原。从此以后，每逢这个忌日，人们就举行龙舟竞渡来纪念他。

关于龙舟竞渡，在《荆楚岁时记》中说："五月五日竞渡，俗为屈原投汨罗日，伤其死所，并命舟楫以拯之。"《隋书·地理志》记得更加具体：

> 屈原以五月五日赴汨罗，土人追至洞庭，不见。湖大舡小，莫得济者，乃歌曰："何由得渡湖！"因尔鼓棹争归，竞会亭上，习以相传，为竞渡之戏。其迅楫齐驰，棹歌乱响，喧振水陆，观者如云。诸郡率然，而南郡襄阳尤甚。

龙舟竞渡之举，可以说是遍及全国水域，其中尤以湖南汨罗最为隆重

热烈。据载，汨罗竞渡仪式是首先点起许多蜡烛，绕着龙船走三圈，祭祀木匠宗师鲁班，称为"亮灯"，然后抬起龙舟到屈子庙去举行隆重祭祀，敬献三牲和顶礼膜拜，称为"祭庙"，最后才是把龙舟放到江中，称为"下水"。参加竞渡的龙船装饰得特别漂亮，精心雕刻的龙头龙尾灿然发光，十几个甚至几十名划手，身着一式短打，腕扎红布。一切预备停当，只听得一声炮响，众船像箭一样一起飞出，船桨伴随着锣鼓声，整齐而又急骤地奋力向前划行。锣鼓声愈来愈快，在紧锣密鼓的指挥下，各船激烈竞争，勇夺胜利。竞渡多由"屈子祠"下的江面出发，而以"招屈亭"为终点。优胜的船上，划手们高高举起船桨，敲起胜利锣鼓，向岸边欢呼雀跃的人群频频致意，使竞渡盛举达到高潮。早在南唐时，竞渡之戏就已很盛行，并且官府还颁发优胜者一些奖品。

历代诗人多有描写龙舟竞渡的佳作，如唐代诗人张建封就曾生动地描写了当时龙舟竞渡的盛况。诗中说："鼓声三下红旗开，两龙跃出浮水来。棹影翰波飞万剑，鼓声劈浪鸣千雷。鼓声渐急标将近，两龙望标目如瞬。坡上人呼霹雳惊，竿头彩挂虹霓晕。"刘禹锡在他的《竞渡曲》中，也记载了当时龙舟竞渡的场面，并写出人们以此寄托对屈原的崇敬和哀思。诗中写道："沅江五月平堤流，邑人相将浮彩舟。灵均何年歌已矣，哀谣振楫从此起。刺史临流褰翠帏，揭竿命爵分雄雌。彩旗夹岸照蛟室，罗袜凌波呈水嬉。曲终人散空愁暮，招屈亭前水东注。"此类诗歌，历代都有，不胜枚举。

端午节祭奠屈原的另一项活动，就是包粽子。据传屈原投江后，人们担心水里的鱼和蛟龙会伤害屈原的尸体，就用糯米、竹叶包成粽子，丢到河里去喂鱼和蛟龙。另据沈亚之《屈原外传》记载：

> 屈原五月五日自投汨罗江而死，楚国人民哀悼他，每到这一天，就用竹筒装米投水祭他。东汉建武年间，长沙欧回白昼里忽然看见一人，自称三闾大夫，对他说："你常祭我，很好。但是你投下的祭品多为蛟龙抢去。今后你若再祭我，可用楝树叶包在

外面，用五彩丝线缠着。这两样东西是蛟龙害怕的。"欧回照办了。从此世人端午做粽子都带五彩丝线和楝叶，这是汨罗的遗风旧俗。

湖南的民间传说中还说，人们依照屈原的话做了粽子以后，仍有一些为水族抢食。屈原又启示人们说："在用船送粽子时，可以将船装饰成龙的样子，水族皆怕龙，就不敢再吃了。"人们照他的话去做，于是相沿成习。

宋代诗人刘放在《端午诗》中写道："万里荆州俗，今晨采药翁。浴兰从忌洁，服艾已同风。泛酒菖蒲细，含沙蝘蜓红。沈湘犹可问，角饭喂蛟龙。"这里所说的角饭，即是粽子，又称角粽。宋代人不仅爱吃粽子，而且粽子的花色名目也很多。据祝穆《事文类聚》记载："端午粽子，品名甚多。形制不一，有角粽、锥粽、菱粽、筒粽、秤锤粽、九子粽等名。"

端午节这个古老的节日，和纪念屈原的美好风俗，从两千多年以前，一代代传下来，成为我国人民的传统节日。直到今天，其意义和作用也在不断发展。今天赛龙舟，不仅仍使人怀念伟大的屈原，而且还成为锻炼体魄的运动项目，它的生命力更加长远不息。这个风俗还传到了朝鲜、日本、越南和马来西亚，反映了广大人民对屈原真挚的热爱与怀念，屈原不仅活在中国人民的心中，也受到世界各国人民世世代代的尊敬与爱戴。

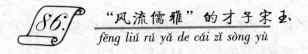

86. "风流儒雅"的才子宋玉

fēng liú rú yǎ de cái zǐ sòng yù

战国后期楚国的宋玉，是与伟大诗人屈原同时而稍晚的作家。在唐代以前，人们往往把屈、宋并称。随着时间的推移，屈原的形象越发光彩夺目，而宋玉的形象却变得暗淡无光。提到屈原，人们想到的是忠君爱国，刚直不阿；而说起宋玉，人们想到的却是美貌善媚，忘恩负义。那么，宋玉究竟是一个怎样的人呢？

宋玉（公元前 290 年—公元前 222 年），出身卑微，生活穷困。他年轻时常为衣食而忧，但却因容貌俊美、体态闲雅、才华横溢而闻名遐迩。

经朋友的引荐，他进入楚国朝廷，做了楚襄王的一名文学侍臣，后来又晋升为大夫，但地位却始终不算很高。他和屈原同为楚王之臣，地位却有天壤之别。屈原虽然后来被放逐，郁郁寡欢，却毕竟有过辉煌的经历，当初曾受到过重用。屈姓是楚国三大姓之一，所以屈原曾做到左徒（仅次于宰相）的官职，这便使他有机会与国王图议国事，应对诸侯，面谏怀王的过错。宋玉则不同。他没有屈原的贵族身份，加之顷襄王昏聩，小人掌权，作为一个侍从之臣，在正式场合没有多少

图为宋玉背影。

发表政见的机会，只能在君王观光游乐之时，随侍左右，为其助兴逗乐而已。正是在这种情况下，宋玉写出了《风赋》、《高唐赋》、《神女赋》、《登徒子好色赋》等传世之作。

《风赋》是宋玉的代表作之一。这篇文章从写风入手，展开丰富的想象，用精彩的文字对风进行了淋漓尽致的描写，别出心裁地把风分为两种——大王之雄风和庶人之雌风，用巧妙的方式，写出了当时社会贵族和平民两个阶层悬殊的社会地位和生活境遇的差别。如此深刻的内容，用如此便捷而诙谐的语言表达出来，显示了宋玉超凡的才能。如果说宋玉对无形之风的描写令人惊叹，那么他对巫山神女的描写则更令人叫绝。巫山神女是宋玉笔下最有代表意义、刻画得最成功的形象，这一形象肇始于《高唐赋》，而完成于《神女赋》。巫山神女不仅有举世无双的美貌，飘逸的风采，更有贤淑温顺的内在之美。《高唐赋》、《神女赋》的序，都是优美的

散文诗，它们把民间流传的高唐神女的故事，用婉转清丽的文字表达出来，在后代甚至比赋的本文流传还广。

由于宋玉容貌出众，才华秀逸，便招来了许多人的嫉妒。当时有个叫登徒子的大夫，不仅嫉妒宋玉容颜俊美，体态闲雅，还嫉妒他的出众文采，便向楚襄王进谗言道："宋玉是个好色之徒。"宋玉听到此言，面色从容、不慌不忙地进行了反驳，并反客为主，攻击了登徒子的好色，不仅洗刷了自己的不白之冤，而且置登徒子于难堪的境地。记载此事的，便是著名的《登徒子好色赋》。这几篇赋表面上都写到对美貌女子的赞美，其实更深层的含义，是对楚王游娱荒淫、好色误国行为的讽谏。作为侍从之臣，宋玉只能把这严肃的内容，用诙谐的语言、华美的文辞表达出来。可是楚王并未因此而警醒，反而变得越来越昏庸。他宠信和重用的不是宋玉这样有才华的人，而是那些无德无才、投机钻营的小人，而这些小人是不能允许宋玉这样的才子存身于朝廷的，他们不断向楚襄王进谗言，搬弄是非，挑拨离间。结果，楚襄王终于把宋玉赶出了朝廷。

宋玉远走他乡，四处漂泊，因为他曾经蒙受过楚王的恩泽，便无法割舍对楚国的眷念之情，去也不是，留也不是，于是陷入了深深的矛盾痛苦中。面对满目肃刹的秋景，他心头纵有千头万绪，却已无人可与诉说。楚国的命运就像这眼前的秋树，已无力抵挡风雨的侵袭，而自己也正似这风中的落叶，只能随风而逝。著名的《九辩》，就是在这种环境中写成的。这是一首时代与个人的悲怆挽歌。在赋中，他希望楚王有朝一日能重睁慧眼，再振雄风，重新任用自己。但这只能是一种无望的期待。风流儒雅、才华横溢的宋玉，在楚国处于风雨飘摇之时，寂寞而潦倒地死去了。可是，他无论如何也不会想到，后人对他的认识竟是那样的互不相同。

后人对宋玉作出总体评价的，首先是汉代的司马迁。他在《史记·屈原贾生列传》中说："屈原死后，楚国有宋玉、唐勒、景差等人，他们都爱好文学而以擅长辞赋著名。但他们都只学习了屈原辞令委婉含蓄的一面，而最终没人敢像屈原那样直言劝谏"。司马迁这段话，在肯定宋玉文学才华的同时，对他不敢直谏的行为似乎略有不满。在唐以前，宋玉在文人的笔下是一个遭遇坎坷、忧国忧民的仁人志士。第一次从"文"的角度给宋玉极高评价的，是南朝刘勰的《文心雕龙》。在《辨骚》篇中，作者提到宋玉达十三次之多，客观地指出了宋玉对文学的贡献，并且大发感叹："屈宋逸步，莫之能追。"

唐代是我国封建社会的鼎盛时期，诗歌的重大成就是空前的。但在封建社会中，即使像唐代那样兴盛的时期，也总是笼罩着一层阴影，文人们的遭遇并不像想象的那么浪漫而富有诗意。社会弊病，仕途坎坷，内心的压抑和不平，给他们带来了无限感伤和忧虑，这使他们转而向先贤那里寻找知音，以寄托自己的理想和情感。宋玉就是他们所推崇的前贤之一。在众多咏叹宋玉的诗人中，李白、杜甫、李商隐是名气最大、创作最丰的。李白与宋玉有着相似的遭遇，所以在《感遇》中专咏宋玉，称赞说："宋玉事楚王，立身本高洁。"在《宿巫山下》又咏叹道："高丘怀宋玉，访古一沾裳。"这位"诗仙"为宋玉所折服，视宋玉为知己。杜甫的遭遇较李白更不幸，他亲身经历了安史之乱，国家破败，生活贫困，一生漂泊异地，年老时又悲愁多病。他同宋玉虽时代不同，但际遇相似，所以在诗中表达了对宋玉无限的缅怀和赞叹之情。在他咏宋玉的诗中，以《咏怀古迹》之三为最佳。其中"摇落深知宋玉悲，风流儒雅亦吾师"二句，表达了对宋玉的高度赞赏之情。李商隐也在诗中推崇宋玉超群的才华，称赞他的微辞讽喻。这几位诗人以伤悼宋玉的悲剧，来暗示自己的怀才不遇，从而升华了宋玉悲秋精神的境界。这使我们认识到，唐以前人们心目中，屈原和宋玉是可以并立的，无论在文采上，还是在精神上，都是如此。

到了晚唐五代，诗人心目中忧愁多悲的宋玉，变成了烟花丛中的多情才郎，又经过后代词曲小说的丰富、发展，宋玉赋中演化出的风流逸事，被当做他真实的生活而越传越真。明清时代出现了以描写宋玉爱情为主线的才子佳人戏，宋玉忧国忧民的愁怨，变成了男女间的缠绵情思；他的微辞讽谏，又成了杜撰其风流韵事的根据。宋玉已变成了美貌风流、偷香窃玉的轻薄才子，他与屈原再不可同日而语。这便导致了现代人对宋玉的冷遇和轻蔑。

　　现代人们心目中的宋玉的形象，是由郭沫若的历史剧《屈原》塑造的。宋玉已是与屈原相对立的、忘恩负义、奴颜婢膝的帮闲和弄臣。而郭沫若的依据就是司马迁说的那句话："最终没有人敢像屈原那样直言劝谏。"固然，在司马迁的心目中，宋玉是逊色于屈原的，但司马迁只是说宋玉等人不敢直谏，并未曾说过他是奴颜婢膝呵！

　　总之，客观公正地看，宋玉是继屈原之后最有成就的楚辞作家。在文学上，屈原、宋玉各有千秋；从人格上讲，宋玉微言讽谏，忧国忧民，精神也与屈原相通。而在长期的流传中，宋玉的形象却逐渐失去了本真。由此可见，形象固然是自我塑造的，但有时也是他人臆造的。愿人们还给宋玉其本来的历史面目——风流儒雅千古师。

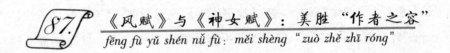

87. 《风赋》与《神女赋》：美胜"作者之容"
fēng fù yǔ shén nǚ fù: měi shèng "zuò zhě zhī róng"

　　自然界中，凡有生命之物，都有雌雄之分。因此，世上万物才生生不息，生命便在更替消长中延续着。风，是无生命的自然之物，生之于地，兴起于草木之中，无色无味，来无形影，去无踪迹，为我们所熟悉。如果把风分为雌雄，你一定感到惊奇。然而，两千年前的宋玉却做了如此出人意料的划分，并写成了千古绝唱的代表作《风赋》。

　　宋玉如何会有把风分为雌雄的奇思妙想？事情是这样的：一天，天气格外晴朗，蓝蓝的天空中时而飘过几朵白云，兰台宫苑中古树参天，枝繁叶茂，亭台楼阁间点缀着奇花异草。微风过处，送来缕缕清香。这正是游览观赏的好时节。楚顷襄王怎能错过这良辰美景，他便来到了兰台宫苑。自然是宋玉、景差随侍左右。

　　君臣一行面带喜色，指指点点，走走停停，谈天说地。忽然，一阵风飒飒吹来，襄王敞开了衣襟迎风解热，任风吹拂，顿感十分惬意，便高兴地说道："这风吹得真是痛快啊！百姓是不是也和我共同享受呢？"宋玉马上答道："这是大王的风啊，百姓怎能分享？"襄王感到迷惑不解，便追问道："风乃天地间自然之气，遍及各处，无所不至，吹在身上不分高低贵贱，而你却偏偏以为是我所专有。你能对此作些解释吗?"一般来讲，这个解释的确难以作出。可是宋玉毕竟聪明过人，加之常陪侍君王身边，更使他机敏异常。在楚王的追问下，他侃侃而谈："我曾听我的老师说，枳树弯曲，鸟儿就爱在上面建巢；洞穴虚空，所以常有大风吹过。风的来源不同，气势也就有区别。"楚王听罢，似懂非懂，却对宋玉的解释很感兴趣，便问道："那么风是从哪里兴起的呢?"宋玉就有条有理、十分精彩地叙述了风兴起的整个过程：

> 风悄然生起于地面和水面，渐渐扩展到山谷，暴怒吼叫于洞口，沿着高山顺坡而下，飞舞在松柏之间。轻捷迅速，气势磅礴，并发出巨大的声响，有如轰轰雷鸣。瞬息间回绕盘旋，左冲右突，摇撼巨石，吹断树枝，奔腾到原野，摧折了草木枝干。随之慢慢减弱，四处分散，进入房门，吹动门栓。微风拂过，天空与万物显露出灿灿光明。那清新凉爽的"雄风"飘摇高升，超越高高的城墙，进入深宫之中。拂过绿叶香花，使空气散发出阵阵幽香。然后在桂椒之间逗留，盘旋于滚滚激流之上，摆动荷花，经过惠草，洗涤辛夷树，盖住幼小的杨树顶。就这样，它旋转着，冲突着，吹落了百花，凋谢了香木。然后徘徊于庭院之间，向北进入玉堂。钻进帷幕，经过室内。这种风吹在人的身上，悲凄清冷，令人感叹不止。这种清凉能治愈百病，使醉酒之人清醒，并且能使人耳聪目明，安体利身，受益无穷。这就是君王所享受的风，是大王之雄风。

宋玉的这段话一气呵成，辞采华美，景色鲜明，形象贴切，描绘生动，楚王早已听得入了迷。楚王感叹道："你对事理的论辩简直是太精彩了！那么一般百姓呢? 他们所享受的风是否可以给我讲一讲呢?"宋玉从容答道：

庶人之风，陡然之间兴起于穷街陋巷，尘土飞扬，黄沙扑面。像是有深深的烦恼和无穷的怨恨。钻进墙缝，撞击屋门，飞土扬沙，搅混污水，扬翻垃圾。顺着邪路钻入破窗，冲进简陋的草房。吹到人的身上，使人顿生厌恶之情，忧郁烦闷。它给人带来风湿之病，令人心情愁苦忧伤。使人热病缠身，嘴上生疮，眼睛红肿，抽搐中风，死不能死，生不能生，痛苦万状。这就是属于百姓的风，是庶人之雌风。

宋玉对风的描绘之所以这样成功，是因为他有聪明才智和深厚的文学功力。首先，他驰骋想象，详尽地写出了风的发生、发展、衰微的过程。词藻丰富，语言准确。如形容风的动态，用了"侵淫"、"舞"、"飘忽"等词，化抽象为具体，准确生动而形象，使我们可见、可闻、可感。其次，《风赋》的精彩之笔，更在于用鲜明的对比手法，描绘了大王之雄风和庶人之雌风的截然不同。作者由不同环境和不同气势写起，进而写人的不同生活心理感受，再推进到对人体的不同作用和结果，层次清晰、逐层深入地写出了雌雄二风的不同性状。再次，对二风具体性状的描绘多用对句，显得整齐匀称，而在衔接对答和交代情况时多用散句，显得自由活泼。这种韵散相间的语言，读来朗朗上口，使文章具有音乐美。

有关神女传说，早已流传民间。相传赤帝女儿瑶姬葬于巫山之南，为巫山神女。可是这一形象出现在文人笔下，当首推宋玉。在《神女赋》中，宋玉不但写了神女俏丽秀美的容颜，华美飘逸的服饰，优美多姿的仪态，还写了她贤淑温和而又忠贞高洁的性情，微妙复杂的心理。从外到内，全面细致，既使神女形象更加丰满生动，又体现出作者内心美与外表美相统一的审美观念，从而使神女成为中国文学史上第一个成功的美女形象。

迷离恍惚中，神女出现了。她的美丽无法形容。毛嫱举袖遮日，虽说娇媚，却无法与神女相比；西施掩面含羞，甚是可爱，但见了神女，也会自愧不如。只见神女容貌丰满，颜面如玉，温润光泽，神情端庄；娥眉淡扫，微微上扬，明眸似水，脉脉含情；粉面含春，朱唇明艳，顾盼生姿，惹人怜爱。她的身材婀娜窈窕，腰肢柔软如丝如缕，似游龙乘云飞翔。她身穿如雾的轻纱，迈着款款的步伐，衣裳拂动石阶，发出沙沙的声响。她来到床前，双目含情，凝望帷帐，欲走还停。她性情柔和，通情达理，贤淑温顺，善解人意，又端庄矜持，守身如玉。所有男子对她都会一见倾心，而又不敢产生非分之想。

这篇作品文字清丽，修辞活泼，大笔铺叙，笔调酣畅，在语言方面也取得了很大成就。

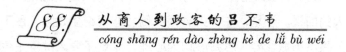

88. 从商人到政客的吕不韦
cóng shāng rén dào zhèng kè de lǚ bù wéi

战国时期，特别是战国的中后期，随着经济交流的频繁和战乱的加剧，商人对政治表现出了前所未有的关心。商人参政，寻求强大的政治依靠与保障，成为一种时代风尚。当时，最为成功的莫过于敢于买卖国君的吕不韦了。

吕不韦，卫国濮阳的富商。他出生的时候，卫国已是魏国的附庸，国土实际上也只剩下了濮阳一地了。濮阳是当时有名的商业城市，交通便利，经济繁荣，但地处秦和魏、赵争交的要地，被强大的秦国吞并只是迟早的问题。吕不韦虽然家累千金，但是对未来的忧虑却更强烈。也许，他本不想只做一个父亲那样的富而不贵的商人。大约在秦昭王四十二年（公元前265年），吕不韦离开濮阳来到赵国国都邯郸。

与先祖吕尚（即姜子牙）当年以耄耋之躯垂钓于渭水之上，被动地等候贤君的赏识不同，年轻的吕不韦决意以商人的身份主动进入政治领域。因此，一开始，吕不韦的新事业就带有明显的投机性与冒险性。他自信，他并不缺乏先祖吕尚那样的韬略与智谋，只是机遇尚未降临。

在邯郸，一般的商业交易已不再吸引吕不韦，通过对当时各国政情所作的研究和分析，吕不韦越来越坚定了秦国必胜的信心。于是，他那一双鹰隼般的眼睛紧紧地盯住了秦国。当时秦昭王已近高龄，实权掌握在岁数也已不小的太子安国君手上，安国君有子二十余人，而宠幸的华阳夫人无子。吕不韦推测，秦国未来的君王，必然出自这二十几个儿子之中。也许是机遇垂青吕不韦，当时，秦国王孙异人恰巧在邯郸做人质。经过一番调查，吕不韦确信异人最有利用价值，难怪他一见到异人便脱口说出"此奇货可居"这句留传千古的名言。

异人是秦国太子安国君的庶子，因母亲夏姬失宠而备受冷落。秦昭王四十二年（公元前265年）左右，十几岁的异人被送到赵国为质，处境非常糟糕。吕不韦认为，身处逆境之人不仅容易接近，而且如果施恩于他，将来还会有更大的回报。于是，在异人穷困潦倒、悲观绝望之际，吕不韦来到他的身边。吕不韦抓住异人思归心切的心理，点燃了异人继承王位的热望。吕不韦表示，愿意出资千金，西入秦，设法劝说安国君和华阳夫人，立异人为嫡子，将来继承王位。异人惊喜万分，连忙顿首，并感激涕零地说："如果您的计划能实现，我当了秦国的国王，秦国一定归我们俩共有。"吕不韦当下馈赠异人黄金五百两，让他在邯郸广交宾客，扩大影响，自己又以五百金买了珍奇宝物去秦国进行游说。

吕不韦在咸阳的游说是相当成功的。《战国策·秦策》和《史记·吕不韦列传》对此有很详细的记载。吕不韦的精明在于，他没有冒冒失失地直接去找太子安国君和华阳夫人，而是采用侧翼迂回的战术，分别游说了华阳夫人的弟弟阳泉君和她的姐姐。吕不韦巧舌如簧，几番游说，动之以情感，晓之以利害，再适时敬奉上令他们赏心悦目的奇珍异宝，由不得他们不进入吕不韦的思维轨道，接受吕不韦的忠言良劝。由于他们姐弟二人的现时幸福与前途命运都维系在华阳夫人身上，所以在吕不韦的授意下，他们积极劝说华阳夫人。相比之下，姐姐的谈话更加坦率，她开门见山，以"色衰而爱弛"的浅显道理，直截了当地点到华阳夫人的要害，使她愈发感到没有子嗣的悲哀和可怕。华阳夫人也因此对姐姐所兜售的吕不韦的

"异人无国而有国，王后无子而有子"的两全方案产生了浓厚的兴趣。当她听到吕不韦说异人衷心地热爱她，把她视作生母，思念得日夜哭泣时，她头一次感受到了做一位母亲的幸福，并意识到了做一位母亲的重大责任。母爱的激情与利害的盘算，使她几乎没有费什么周折就让安国君答应了她立异人为嫡子的请求，并以刻符为据。这样，尚远在邯郸当人质的异人，竟摇身一变成为秦王位的继承人。

图为先秦时代最有政治头脑的商人吕不韦

回到邯郸，深谙经商之道的吕不韦，在异人浑然不觉的情况下又同他做了一笔生意，即将自己的情人、已有身孕的赵姬献给异人，通过血缘的纽带把自己的命运与王位继承人紧紧地联结在一起。为了不露出破绽，吕不韦作了精心安排。他请异人喝酒，席间让姿容艳美、风情万种的赵姬向异人频频敬酒，异人神魂颠倒，无法自持，请求吕不韦把赵姬送给他。吕不韦佯装发怒，异人苦苦哀求。最后，吕不韦忍痛割爱，让异人如愿以偿。秦昭王四十八年（公元前259年）正月，赵姬生一子，取名为"政"，称嬴政，也叫赵政。他就是后来的千古一帝秦始皇。

秦昭王五十年（公元前257年），吕不韦和异人用六百金买通守城的吏卒，逃出邯郸，回到咸阳。华阳夫人改异人名叫子楚。六年后，赵姬和稚子政也平安回到秦国。

秦昭王五十六年（公元前251年），秦昭王驾崩，五十三岁的安国君即位，称孝文王，在国王的宝座上只坐了三天就一命呜呼。接着，子楚登基，他就是庄襄王。华阳夫人被尊为华阳太后，吕不韦为丞相，封为文信侯，食洛阳十万户，有家僅万人。吕不韦既非秦国宗室亲族，又无显赫战功，在任相国之前没有任何官、爵和政绩，却在庄襄王即位之后，集官、爵、食邑最高等级于一身，着实令满朝文武大臣大吃一惊。他们哪里知道，这不过是吕不韦十年前投资的应得收益，和庄襄王对自己所作承诺的兑现。

三年后，庄襄王莫名其妙地死去，十三岁的太子嬴政即位。吕不韦继续任相，并以"仲父"身份辅政，直至秦王政十年（公元前237年）。自庄襄王元年（公元前249年）灭东周开始，以商贾头脑从政的吕不韦，在事业上达到了辉煌的顶点。

客观地讲，吕不韦不惜以家财、性命作投机资本，挖空心思地攫取政治权力的意义，已远远超出了单纯的牟取私利的范围。与一般的专事投机钻营的政客相比，吕不韦在他专权的十几年时间里，无论在军事，还是内政、外交上，都显示出了不凡的政治才能和战略眼光。否认这一点，便难以理解吕不韦主持编写《吕氏春秋》的深层动机——把自己的政治主张理论化，为秦国统一提供系统的政治理论纲领。

然而，具有讽刺意味的是，逐渐成熟起来的秦王嬴政，在赞同《吕氏春秋》所提出的大一统的主张的同时，却越来越不能容忍气焰薰灼、骄横跋扈的"仲父"吕不韦。嬴政十年（公元前237年），秦王嬴政以涉嫌嫪毐叛乱为由，罢免了吕不韦的丞相职务。两年后，吕不韦在流放地蜀中饮鸠自尽。

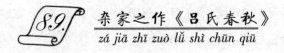

89. 杂家之作《吕氏春秋》
zá jiā zhī zuò lǔ shì chūn qiū

秦王政八年（公元前239年）的一天，秦国首都咸阳城门前万头攒动，热闹非凡。原来城门上挂满了成片的写有文字的木牍和竹简。告示上说：有能给此书增损一字者，赏赐千金。可是，一连几天过去了，没有人能够增损一个字。

这部悬赏千金、轰动一时的书，就是由当时相国吕不韦主持编写、出自众多宾客之手的巨著《吕氏春秋》，因书中有"八览"，后人也称此书为《吕览》。

吕不韦本是商贾出身，在秦为相之后，却召集门客编纂了一部《吕氏春秋》，是附庸风雅，还是另有目的？吕不韦有意识做一个器量不凡的人，与战国四公子竞赛招贤养士，不招则已，招便招来天下所有学派；吕不韦有意识做一个集诸子百家之大成的人，效仿荀卿等著书立说，不写则已，写便写尽天地万物古今之事。不求创新说，只要集大成，"假人之长，以补其短"（《用众》），向天下显示秦国作为一个泱泱大国的开放胸襟和恢弘气度，也好给战国时代划上一个大大的句号。说到底，是为了迎接一个横扫六国、一统天下的秦帝国的早日诞生。

《吕氏春秋》鼓吹统一。统一视听、统一思想、统一力量、统一行动，统一就能治理好天下，不统一就会造成天下大乱，就像并排驾驭四匹马，让四个人每个人拿一根马鞭，那就连街门都出不去。统一天下，一定要有天子，天子一定要集权，这是根本，是大势所趋。

《吕氏春秋》鼓吹君权。《恃君》篇从人的生理特点阐释"君"的产生，令人耳目一新。它说："就人的本能来说，爪牙不足以保卫自己，肌肤不足以抵御寒暑，筋骨不足以使人趋利避害，勇敢不足以使人击退凶猛强悍之物。然而人还是能够主宰万物，这是由于群居的缘故。而群居使人彼此得到好处，则必须有一位领袖来统帅。这就是'君'。"然而奇怪的是，《吕氏春秋》一面极言君权的重要，一面又倡导君权的根本在于清静无为，这里的"无为"，取源于道家，但又不同于老庄道家的"绝圣弃智"的绝对无为。它只限于君权，要求君主"无智、无能、无为"，为的是让臣下有所作为，而各尽其能。

《吕氏春秋》倡导德义为本。《上德》篇指出，治理天下和国家，莫过于用德行义。用德行义，不靠赏赐人民就会努力向善，不靠刑罚邪恶就能制止。而严罚厚赏是衰败之政，必须加以反对。这表明，吕不韦对法家一味崇尚"严刑峻法"是有所不满的。

《吕氏春秋》倡导仁爱思想。《爱类》篇指出，所谓仁，就是爱自己的

图为一字千金的《吕氏春秋》

同类。仁人爱之，关键是努力为百姓谋利，要勇于承担社会的急难，关心百姓疾苦，消除祸害。此篇把"仁"解释为"仁乎其类"，颇近于墨家无差等的"兼爱"说。书中所载墨子非攻、大禹治水的事例，也是墨家所乐道的。与此同时，作者又以大量篇幅，褒扬了惠施这样的名家人物，表现出《吕氏春秋》兼容并包的杂家风格。

《吕氏春秋》倡导以"义兵"伐无道。《振乱》篇说："当今的社会混乱极了，人民的苦难无以复加了。周王室已经灭亡，贤人被迫隐匿，昏君恣意妄行。"这正是战国末期社会现实的真实写照。作者提出，只有依靠"义兵"攻伐无道，才能平定动乱，救民于水深火热之中。《禁塞》篇进一步指出："战争本身，必将杀人，这是不可避免的。然而战争有正义与不正义之分，不能一概否定战争。一概采用攻伐不可，一概反对攻伐也不可；一概采用救守不可，一概反对救守也不可，唯有正义之师才可以。"显然，作者对墨家一味主张"非攻"、"救守"也表示不满。

《吕氏春秋》倡导"节丧节葬。"这一思想源于墨家，但又有所不同。作者的出发点是为死者考虑，指出以节俭葬死，是为了让死者安宁，否则，厚葬有被掘墓盗墓的危险。《节丧》篇对当时的厚葬风作了严厉的批评，一针见血地指出："如今社会风气大坏，君主行葬越来越奢侈，他们心中不是为死者考虑，而是活着的人借以彼此夸耀，争出人上。"然而，秦王亲政后，对吕不韦的这一套主张置若罔闻，他大修骊山墓，极尽奢侈。

《吕氏春秋》强调尊师。《劝学》篇指出，圣人是在努力学习中产生的，不努力学习而能成为圣人，未曾有过。而努力学习关键在于尊师，要想学习却不尊重老师，就如同怀抱腐臭之物却希望嗅到芳香，明明不会游泳却硬往水里跳一样，不会有什么好结果。这里把儒家尊师重教的思想说得非常透彻。

《吕氏春秋》的十二纪，用阴阳五行学说一以贯之。它要求天子在郊庙祭礼、礼乐征伐、农事活动等方面，发布政令要顺应四季十二月的时气。例如，春季万物萌生，是生养的季节，天子应发布政令，禁止杀伐伤生，与这一季节的时气相适应。

《吕氏春秋》还有关于忠孝礼乐、帝王统治之术、求贤用贤等方面的论述。

总的来说，这部书的内容以道家、儒家为主，兼采墨家、法家、阴阳家、名家、兵家等学说，其中既有各家的精华，也有各家的糟粕。许多具体观点和理论主张，在书中往往相互抵触，前后矛盾。作为一部包罗百家的"杂家"著作，似乎很难看出哪些内容是吕不韦个人的思想，然而全书总的指导思想来源于吕不韦，应该是没有问题的。

《吕氏春秋》的公布，打破了秦国固有的法家定于一尊的传统，为秦国统一天下提供了一个宽阔的思路。但是，吕不韦这种把天下所有学说都统一起来的做法，也产生了很大的负面影响。从此，人们再也难以看到战国时代那种思维活跃、百家争鸣的繁荣局面了。

《吕氏春秋》的寓言故事也具有杂的特点，《察今》篇中的三则寓言是法家观点的反映，而《贵公》中的"荆人遗弓"、《异用》中的"商汤祝网"、《去私》中的"腹䵍杀子"三则寓言则分别反映了道家、儒家、墨家的主张。

《吕氏春秋》的寓言大都取材于现实生活和史家所记之事，很少有庄子寓言的想象丰富，夸张大胆，这与吕不韦关心政治生活、注重实际人事有密切关系。"葆申笞荆王"（《直谏》）突出了执法必严的重要性，"立表取信"（《慎小》）突出了取信于民的重要性。"齐宣王射箭"（《壅塞》）

则辛辣讽刺了统治者图虚名爱奉承的缺点。当然，也有夸张，像《至忠》篇齐王用鼎活煮医生文挚，文挚被煮了三天三夜，竟容貌不毁，还能说话，告诉齐王说："真的要杀我，为什么不盖上盖，隔断阴阳之气？"这未免有些荒诞不经，可能是受了阴阳家的影响。

《吕氏春秋》中有几则寓言篇幅较长，叙事非常完整，情节曲折生动、引人入胜，运用言语和行动刻画人物性格，至为传神。如"静郭君善齐貌辨"（《知士》）、"伊尹说汤"（《本味》）、"子产诛邓析"（《离谓》）、"北部骚以死为晏子洗冤"（《士节》）等，这些故事完全可以独立结篇，视为小说家言，如"伊尹说汤"，则直接取自战国时代的小说家著录《伊尹说》。

总之，《吕氏春秋》不仅在思想观念上涵纳了诸子百家，成为杂家之作，而且在写作方法上广泛吸收了各家各派表达上的特点，来阐述自己庞杂的思想，为先秦诸子散文画上了一个圆满的句号。